当太阳照进深山

重庆脱贫攻坚故事

中共重庆市委宣传部
重庆市扶贫开发办公室 编

重庆大学出版社

编委会

主编
马岱良　刘贵忠

副主编
魏大学　刘长发

参编人员
刘丹凌　刘　涛　张　萌
孙小丽　万　鹏　陈杏梅
周建华　黄仕恒　谭　旭
佘孟怡　谭其华　胡力方

序

太阳照进深山，大地气象万千。2012年底，新时代脱贫攻坚拉开序幕。8年来，以习近平同志为核心的党中央把脱贫攻坚摆在治国理政的突出位置，把脱贫攻坚作为全面建成小康社会的底线任务，组织开展了声势浩大的脱贫攻坚人民战争，完成了消除绝对贫困的艰巨任务，创造了彪炳史册的人间奇迹。这是中国人民的伟大光荣，是中国共产党的伟大光荣，是中华民族的伟大光荣。

在伟大光荣的背后，靠着我们党的坚强领导和扶贫政策，深度贫困地区尽锐出战、精准施策、奋力减贫，扶贫干部不畏艰苦、扎根基层、倾力扶贫，贫困群众自强不息、顽强奋斗、努力脱贫，点点滴滴包含着为民的深情、奉献的真情、奋斗的豪情，汇聚成决战决胜脱贫攻坚的强大精神力量，值得书写，更应铭记。2020年6月至12月，我们开展了“决战决胜、奋斗有我”脱贫攻坚故事征集宣讲活动，精心遴选减贫、扶贫、脱贫故事60篇，汇编而成《当太阳照进深山——重庆脱贫攻坚故事》这本书。此书正是重庆上下在以习近平同志为核心的党中央坚强领导下打赢脱贫攻坚战的闪光记忆，生动再现了伟大脱贫攻坚精神。越把记忆擦得铮亮，让精神熠熠生辉，我们就越能深切体悟这非同寻常的伟大光荣，就越会倍加珍惜这来之不易的伟大成就。

面对脱贫攻坚战的全面胜利，习近平总书记强调，脱贫摘帽不是终点，而是新生活、新奋斗的起点。进入新发展阶段，我国开启全面建设社会主义现代化国家新征程，重庆建设高质量发展高品质生活新范例，同样需要坚强的意志、昂扬的斗志、进取的精神。借以此书致敬建党百年、传递精神伟力、汇聚奋进力量。

编委会

2021年5月

第二部分 扶贫故事

如此滚烫的心

目录

青山也知晓

第一部分　减贫故事

第三部分 脱贫故事

走在阳光下

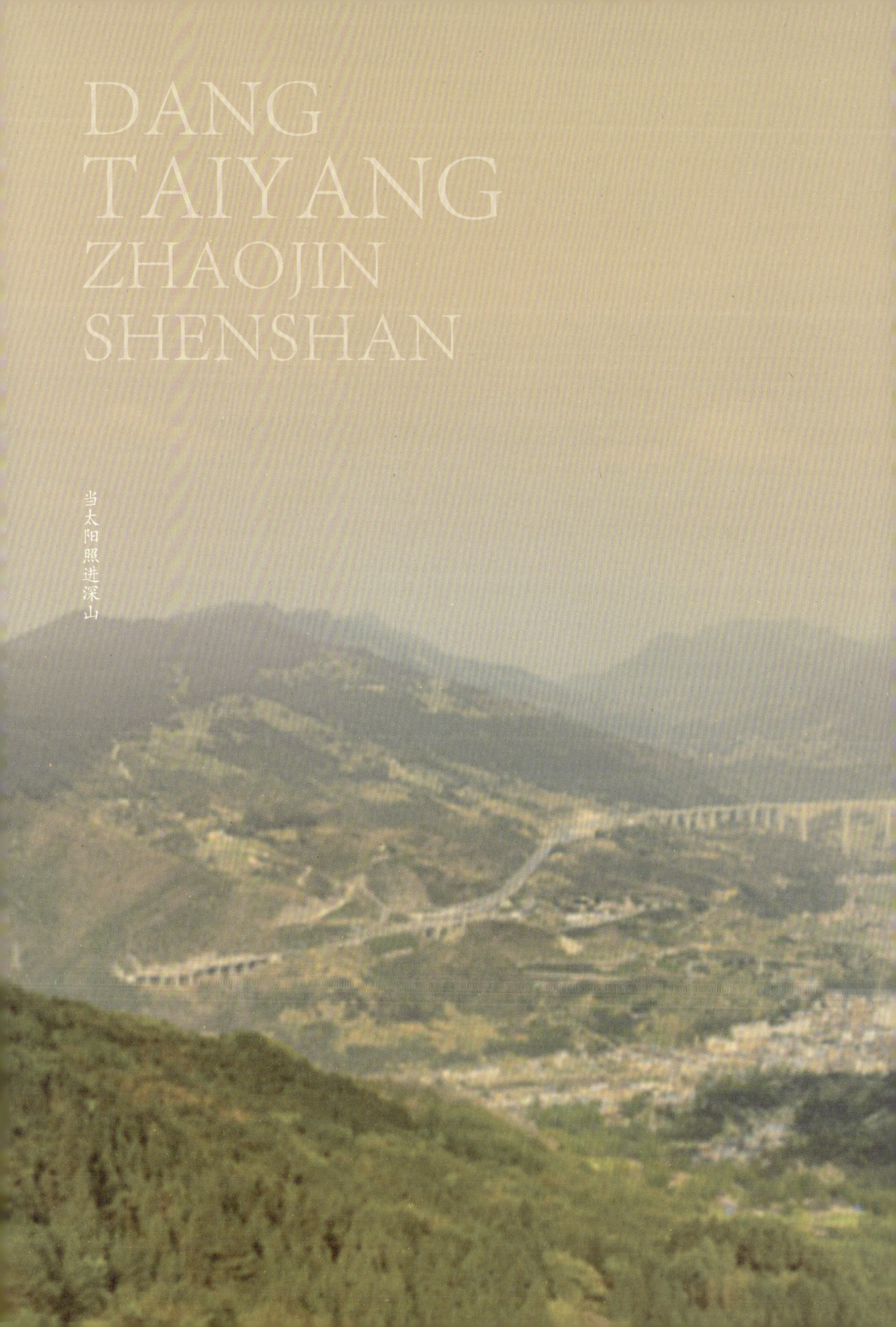
DANG
TAIYANG
ZHAOJIN
SHENSHAN
当太阳照进深山

青山也知晓

第一部分

减贫故事

当太阳照进深山

石柱中益乡

人间四月芳菲尽，中益山花始盛开。

时光回溯到2019年4月，在初春的暖阳中，重庆市石柱土家族自治县中益乡山峦吐翠、百花争艳，清澈见底的龙河水在逶迤流淌。行走在纵横交错的乡间公路上，一栋栋乳黄色的漂亮民居林立在公路两旁，村民们在忙碌着春耕春播，蜜蜂在飞来飞去采蜜，一幅产业兴旺、生态宜居、乡风文明、治理有效、生活富裕的美丽画卷徐徐展开。

2019年4月15日，中益乡人永难忘怀的日子，习近平总书记亲临这块脱贫攻坚的热土视察调研，实地查看解决"两不愁三保障"突出问题情况，同村民代表、基层干部、扶贫干部、乡村医生等围坐在一起，拉家常、问冷暖，共话脱贫攻坚成果，让全乡人民倍感温暖、备受鼓舞。大山深处勤劳善良的村民们从内心深处发出了"先吃黄连苦，再享蜂蜜甜""如今政策就是好，

鸟瞰中益乡新貌

我要努力向前跑”的最强音。

“真是做梦都没有想到，总书记会到我家来，拉着我的手嘘寒问暖，这是我们家最幸福的一天，全家人巩固脱贫成果和勤劳致富的劲头更大更足了。”谈起习近平总书记来到村里看望和慰问大家时的情景，华溪村先锋组85岁的老共产党员、已脱贫的马培清依然沉浸在激动和喜悦之中。

和马培清一样，中益乡上下始终牢记习近平总书记“把工作往深里做、往实里做”的殷殷嘱托，深化“三个深刻认识”，聚焦“四个深度发力”，发扬“先吃黄连苦，再享蜂蜜甜”的中益精神，群策群力打好精准识别、基层党建、基础设施建设、易地扶贫搬迁、产业发展、农村产权制度改革等一个个硬仗，为决战决胜脱贫攻坚、推动乡村振兴交出了一份合格的答卷。

吹响攻克深度贫困号角

中益乡位于石柱县中部，处于石柱的几何中心，距县城40公里，面积达160.5平方公里，辖龙河、光明、华溪、盐井、坪坝、全兴、建峰7个行政村，共有村民小组34个，户籍人口3013户8227人。境内沟壑纵横、山高坡陡，海拔最高1934米，最低800米。

中益乡的贫困状况体现在“两高三弱五差”，成为全市18个深度贫困乡镇之一。“两高三弱五差”是指全乡贫困人口占比和贫困发生率高，干部管理能力、医疗教育服务能力和村级公共设施配套弱，生产条件、交通条件、住房条件、产业结构差和发展意识差。

2017年9月，中益乡成立了由重庆市委、中共石柱县委主要领导和市县相关部门人员组成的中益乡脱贫攻坚工作指挥部，指挥部下设办公室、基础设施改善组、产业结构调整组、住房安稳保障组“一室三组”。7个行政村分别成立了由2名县领导担纲的前线指挥部，优选县乡村干部与市委办公厅扶贫集团选派的7名扶贫干部混编成中益乡驻乡工作队和7个驻村工作队，集中优势兵力集体作战，不遗余力展开攻坚。

2017年9月30日，中益乡吹响了攻克深度贫困“堡垒”的号角，脱贫攻坚秋季攻势誓师大会在乡政府门前的小广场上隆重举行。

大会号召，要坚持以习近平总书记系列重要讲话精神为指导，以市委书记陈敏尔视察中益乡时的指示要求为遵循，以等不起的紧迫感、慢不得的危机感、坐不住的责任感，始终把中益乡的脱贫攻坚工作放在心上、抓在手上、扛在肩上，坚决打赢这场破釜沉舟、不胜不休的攻坚战；坚决打赢这场补齐短板、共奔小康的攻坚战……

“让我们整装扬旗、威武出征，誓师立令、高歌猛进，以开局就是决战、起步就是冲刺的状态，撸起袖子加油干、迈开步子加快赶，力争到2020年让中益乡发生翻天覆地的变化，成为全国一流的脱贫攻坚示范乡镇，成为生态美、产业兴、百姓富、可持续的绿色发展小康镇。”

“要发扬打头阵、创一流的工作精神，以铁一般的信念、铁一般的担当、铁一般的纪律，下足‘绣花’功夫，力促中益乡‘高一格脱贫，快一步致富’。”

誓师大会上，扶贫干部们守初心、担使命和村民代表们“我要脱贫”的铮铮誓言在中益乡的缺门山下久久回响。

大事难事看担当，实干就是一种最有力的担当，也是检验干部状态的重要试金石。2017年10月以来，中益乡的扶贫干部们翻山越岭，走遍了中益乡的山山水水、村村寨寨，深入普查农旅融合资源，了解乡土文化，为该乡的脱贫攻坚工作制定了一揽子切实可行、行之有效的发展规划。

“就连节假日都不休息，他们不跑景区跑山区。干部都这样铆足劲儿扶贫，我们脱贫致富有希望！”建峰村双坝组贫困户谭地元激动地说。

补足精神扶贫“钙片”

“牵挂那生病的大娘，是否还能忍受身上的苦痛；牵挂那背水的大叔，是否还背得动身上的水桶；牵挂那上学的孩子，是否还坐在凛冽的寒风中……蹚过湍急的河流，翻过陡峭的山峰，脚踩泥泞的小路，我们去搬掉贫穷……”2018年11月，石柱县驻村扶贫干部创作的扶贫歌曲《牵挂》在微信朋友圈走红。

“那首歌，写出了我们扶贫人的心声……”看到朋友转发的《牵挂》这首歌后，中益乡坪坝村第一书记韦永胜深有感触。

中益乡打响脱贫攻坚的战役以后，在重庆市教科院职业教育与成人教育研究所任调研员的韦永胜主动申请，来到偏远的中益乡参加扶贫工作。

垃圾遍地、污水横流，脏乱差随处可见，村民们却见怪不怪甚至熟视无睹。“看不得、坐不得、闻不得，是中益乡过去的真实写照……”韦永胜说。

“脱贫攻坚，必须让村民先从思想上脱贫。”韦永胜的想法得到其他帮扶干部的赞同。

当日晚上，中益乡政府会议室灯火长明，中益乡原党委书记、石柱县政府副县长谭燕子组织乡政府领导班子、扶贫干部和村支“两委”干部，开起了“诸葛会”，大家畅所欲言、各抒已见。

为补足群众精神扶贫“钙片”，激发贫困群众内生动力，拔掉贫困群众精神穷根，中益乡集思广益，加强“志智双扶”，创新开展“三三”联动抓党建促脱贫攻坚工作，持续整顿软弱涣散的村党组织、发挥党员先锋模范作用、强化脱贫典型示范带动，让支部组织力、党员带动力、群众内驱力“三力”并举；构建“集体经济组织+龙头企业+农户”互利链、“党员干部+贫困户”亲情链、“村支部+党员+贫困群众”责任链，实现“三链”共生；

开展“建甜蜜家庭·开创新生活”“建甜净院落·展现新面貌”“建甜美乡村·培育新风尚”行动，实现“三甜”互促。

针对干部管理能力弱的情况，中益乡以整治软弱涣散的党支部为切入点，将7个村全部纳入后进基层党组织整顿，调整村支书、村主任4名，择优选配其他村组干部28名，回引大学生、本土人才12名，村干部平均年龄下降5岁，培养党员致富带头人26名，组织赴贵州石门、山东淄博、湖南十八洞村等地考察学习基层党建、脱贫攻坚工作经验，基层党组织战斗堡垒作用、党员先锋模范作用显著增强。

与此同时，该乡以“梦想课堂”“扶贫夜校”“院坝会”和新时代文明实践站、流动电影院等为载体，通过开展尊老爱幼、“身边的脱贫故事”微访谈、勤劳致富“榜样”评选和推行乡风文明积分等活动，引导群众议家风、立家训、传家礼、转观念、改习惯，提振精气神，摒弃“等靠要”思想，激励广大群众勤劳致富奔小康，主动积极发展特色农业产业。

“先吃黄连苦，再享蜂蜜甜”“勤劳苦干，诚实为人”“如今政策就是好，我要努力向前跑”……在中益乡，这样的精神文明激励用语随处可见，干净漂亮的农家院落给人一种纤尘不染的感觉，不仅提升了“颜值”，更增添了“气质”。

“脱贫攻坚工作开展以来，我养成了天天清扫庭院，做到垃圾入桶，整齐摆放家具的好习惯。”盐井村红岩组年近半百的罗洪俸说。

罗洪俸自幼患上气管炎，成年后患上了肺气肿，整日气喘吁吁，渐渐失去了劳动力，甚至连种菜挖土的力气都没有。其妻扔下一儿一女另嫁他

晨雾中的中益乡虎头山风光

乡后，罗洪俸拖着两个年幼的孩子一直靠政府的救济过日子，被评为低保贫困户。

“我这条命是党和政府救回来的，看病吃药基本上不花钱，今年身体好多了，还种了两亩前胡，收入了4000多元钱呢。”罗洪俸说，“村里开院坝会经常讲要自立自强，我现在就是能做的事、能干的活尽量自己干，不给政府添负担。”

如今在中益乡7个行政村的村级文化广场和村民房屋的墙体上，总能看到一幅幅图文并茂的家训文化宣传画，社会主义核心价值观、中华传统美德、文明礼仪知识、道德模范故事在墙上生动活泼地展现出来，成为乡村精神文明建设的一道美丽风景，青山、碧水、蓝天、白云与村庄美、生活美、田园美相互映衬。

“以前只要进入冬季，村民便三个一群、五个一伙烤火打牌聊天，通过文化浸润和精神扶贫，这种现象销声匿迹了，就近务工和发展产业已蔚然成风。”中益乡党委书记谭雪峰介绍说。

打通服务群众“最后一公里”

“手机信号覆盖率差，通信基本靠吼；外联公路等级低，交通基本靠走”，是昔日中益乡基础设施落后的真实写照。改善落后的水、电、路等基础条件，让山区群众获得致富的“门票”，是打好打赢脱贫攻坚战的重点。

石柱县着眼深度改善广大群众生产生活生态条件，立足“三年会战”立体交通建设，为中益乡量身定制了“打通对外大通道、畅通对内扶贫路”的交通扶贫建设方案，在全乡规划实施交通扶贫项目46个，总量程达185公里，其中对外大交通3个项目共56公里，对内农村公路建设有43个项目达129公里，实现村通畅率、10户以上通达率达100%。家家户户修建起了人行便道。

如今走进中益乡，一条条“农村四好路”或串连在农家院落，或盘山而上，或跨溪越涧，犹如美丽的“丝带”交织在广阔的山涧院落，绘就成一幅幅美丽的山水田园图画。

“如果路未修好，再新鲜、再天然的绿色农特产品也运不出去，再壮美、再原生态的风景也无人来观赏；现在路通了，来旅游休闲的人多了，土货变成了俏货，收入稳定增长了。”中益乡全兴村官心组已脱贫户、年近花甲的黄玉英谈起家门口公路扩建畅通后给村里带来的诸多便利时，喜悦之情溢于言表。

依靠便捷的交通，在驻村工作队和重庆市农业银行石柱县支行的帮扶下，黄玉英叫回在外务工的儿子，母子俩将三间住房整理出来，办起了“黄水人家·沁悦园农家乐”。

中益乡全兴村紧邻黄水“大风堡”国家4A级景区，呈“一河三溪三槽六山”地貌特征，青山对峙，沟谷流水潺潺，溪涧众多，风光迷人，当地旅游和农特产品资源相当丰富。随着“四好农村路”的建成和完善，这里成为“自驾游”和“生态游”的新景点，一条条“四好农村路”悄然变成了“醉”美乡村精品旅游线路。

“充分利用全兴村与黄水旅游景区相邻的优势，抓住农村自种有机蔬菜的特点，把农家乐建设好、发展好，进一步巩固好脱贫成果。”面对未来，黄玉英信心满满。

“原来村道公路不通，黄连、竹笋、蜂蜜、山菇等绿特产品销售难，农民守着‘金山’却口袋空空，现在全乡7个行政村34个村民小组，公路实现组组相通相连，形成四通八达的公路网，与外界联系十分方便。”中益乡乡长刘登峰介绍说：“路通后，自驾的游客多了，黄连、香菇等特色农产品很好卖了，洋芋和红苕等高山食品都成了抢手货。”

在自媒体时代，信息传播快是最大的亮点。中益乡在建设“农村四好路”的同时，结合公路沿线自然风光，因地制宜建造一些微景点和停车场，既解决了驾驶员长时间驾车疲劳问题，又可通过微信、微博、QQ即时分享沿途美景美食，增强了旅游的趣味性和适应性，通过“指尖游”来此的游客络绎不绝。

在此期间，全乡新建及整治维修分散式农村供水工程55处，新建和改扩建水厂各1座，全乡累计有分散式农村供水工程85处、集中供水厂2座，安全饮水覆盖率达100%。通过实施农网改造，增设了10kV专线，新建了4G基站26座，实现了农户用电、广域信号全覆盖，打通了服务群众的“最后一公里”。

依托便利的交通优势，两年来，中益乡外出务工返乡创业人员越来越多，农家乐如雨后春笋——全乡7个行政村已办起“森林人家”“黄水人家”等农家乐78家，建成“全家院子”高端民宿点1处，正在加快推进冉家坝、白果坝民宿院落建设，已经形成日接待1000人次的能力，为发展乡村旅游打下了坚实基础。

村民从“忧居”到“优居”

公路直通家门口，院坝宽敞平坦；卧室、厨房、卫生间干净整洁；家里水、电、气一应俱全……中益乡坪坝村因病致贫的村民谭弟槐享受易地扶贫搬迁政策，搬进了坪坝村居民点后实现了安居梦，住上了新房子，又就近务工，逐步过上了好日子。

“感谢党的好政策，让我们住进了这么好的房子，出行和就近务工都很方便。”谈到自己的新家，谭弟槐滔滔不绝。他家的老房子在一座偏远的高山上，昔日破旧的土坯房，水不通、路不通，遇上刮风下雨，住在家中就提心吊胆。

搬新家、住好房，一直是谭弟槐的梦想。“现在好了，有敞亮的房子住，舒适又舒心。”望着窗明几净的新房，谭弟槐一脸幸福。

然而，在2017年8月以前，中益乡传统民居多为土木结构，由于长年累月的风雨侵蚀，多数土木房屋破败不堪，居住在危房中的低保户、贫困户及残疾户达133户，群众居住条件亟待改善。

中益乡牢牢锁定“让群众住上安稳住房”的目标，将农村危房改造、易地扶贫搬迁作为打赢打好脱贫攻坚战的着力点和突破口，以最强的动力、最大的决心、最实的举措、最严的标准、最有力的行动，切实解决农村困难群众的住房安稳问题，让贫困群众从“忧居”转变到“优居”，实现他们“住有所居、住有所稳、住有所安”的心愿。

该乡精准落实易地扶贫搬迁、农村危旧房改造、老旧房屋宅基地复垦等住房保障政策，新建易地扶贫搬迁集中安置点4个，安置农户278户889人（其中贫困户107户346人），完成D级危房改造75户，C级危旧房改造583户，老旧房屋宅基地复垦537户249亩，实现脱贫对象100%住房安稳；全面实施改厨、改厕、改圈、改地坪、改风貌、改习惯“六改工程”，完成农村人居环境整治1390户，全乡实现清洁改厨改厕全覆盖，卫生厕所普及率达100%。

中益乡常态化开展村庄清洁整治行动，通过铲除房前屋后杂草、整治村内沟塘堰坝垃圾、清理畜禽养殖粪污、整改乱搭乱建乱堆乱放、拆除废旧广告牌，着力解决村庄环境“脏乱差”的突出问题，有效破解了农村人居环境治理“瓶颈”和“难题”。

如今，行走在中益乡的广袤大地上，乡村公路纵横交错、大小院落干净整洁、木柴堆放整齐有序、翠竹婆娑掩映成趣、塘堰水满碧波荡漾、村民奔波忙碌不息……新农村建设步伐铿锵有力，处处呈现欣欣向荣的景象。

念好产业发展“四字经”

绿水青山就是金山银山。可多年来，中益乡的“金山银山”一直沉睡着，全乡7个行政村没有一家企业，村集体经济基本为零。

要打赢打好脱贫攻坚战，中益乡脱贫攻坚工作指挥部认识到，首先要克服先天不足的环境，再利用好当前得天独厚的资源发展好产业才是根本之举。

山高坡陡、土壤贫瘠、交通条件差、外联公路等级低等原因制约着中益乡的产业发展，苞谷、红苕、洋芋这“三大坨”一直是中益乡种植的传统农作物。

“以前就是种苞谷、红苕和洋芋，每亩地的收益才几百元，即使嘴里有吃的，手里也没有用的。”光明村石拱组年过八旬的老共产党员袁大伯种了一辈子庄稼，对村里的生产生活情况了如指掌。

传统种植业难脱贫、难致富，全乡近3000名青壮年劳力外出务工，导致土地撂荒1.55万亩，占全乡在耕面积2.32万亩的67%。

中益乡坚持问题导向，以深度调整产业结构为脱贫攻坚抓手，邀请西南大学、中药研究院、畜科院、果树所等的专家深入论证，科学制定产业规划，按照农、文、旅融合发展思路，将“温饱型”粮食作物调整为“小康型”经济作物，因地制宜发展中蜂、中药材、果蔬三大特色产业。

为改变坡地水土流失严重和土壤贫瘠的状况，推动特色产业向纵深发展，中益乡在龙河流域大刀阔斧展开了水土流失治理工作。项目涉及光明村和华溪村，治理面积1800亩，其中石坎梯田有250亩，坡面水系工程有1550亩。

昔日的撂荒坡地变成层层的石坎田，从种植低收入的苞谷、红苕、洋芋等传统农作物，改种前胡、瓜蒌、脆红李等高收入作物，并配套建设了蓄水池、排水灌溉沟渠、人行便道和耕种便道，中益乡光明村和华溪村的1800亩耕地已悄然“变脸”。

为引进和培育经营主体，不让村民单干，解除村民无销售市场的后顾之忧，中益乡坚持做到产业对人、人对产业，广发“英雄帖”，引进有实力和有担当的龙头企业，建立长效利益联结机制，通过保底收购和分红的方式，确保群众共享产业发展红利。

“过去不少农户独自尝试产业发展失败了，种植积极性受到打击，乡里调整产业结构时，对新品种的好处和产业政策进行宣传，群众也不买账，不少农户宁愿荒地也不发展中药材和果蔬等产业。”中益乡副乡长郎滔介绍说，为转变群众观念，该乡念起了“引、带、帮、信”“四字经”。

用政策“引”：7个行政村明确规定，再种苞谷或者撂荒土地，一律取消种粮直补；让干部“带”：村支两委干部必须起到引领和榜样作用，带头发展特色产业；对弱劳力户“帮”：对劳力偏弱的农户，在重劳力环节，由驻村干部、村组干部等帮助翻耕土地和进行技术指导；让群众“信”：引入企业实施订单制度，并保价回收产品。

冬日的中益乡，虽然寒风刺骨，但走在乡间的小路上，处处可看到村民在田间地头忙碌，冬闲变冬忙，成为乡间的一道景致。

“自从乡里引来了中药材专业合作社和辣椒专业合作社，动员村民发展特色产业，按照订单回收产品，增强了我脱贫致富的信心和决心。”中益乡光明村前进组的马兹梅谈起了自己依靠发展产业脱贫的心路历程。

现年42岁的马兹梅是一名地地道道的农村妇女，丈夫患哮喘病，失去了劳动能力，加上两个孩子上学，导致家庭贫困，2014年6月被识别为贫困户。

2016年，马兹梅种植了4亩前胡，收入1.2万元，顺利摘掉了贫困帽；2017年，她种植了6亩前胡和5亩辣椒，收入了近4万元；2018年和2019年她将前胡和辣椒种植面积分别增加到了15亩、10亩，年收入超过10万元。

中药材黄连虽然味苦，但极具药用价值，当地群众种植黄连已有数百年历史。这里有良好的森林植被，村民有养殖蜜蜂的习惯。对于这一苦一甜两项产业，当地村民感受颇深。

"人穷不能穷一辈子，要先吃得黄连苦，才能享受到蜂蜜甜。在党的扶贫政策引领下，通过我一个人的辛勤劳动，照样能让全家人过上好日子。"马兹梅乐呵呵地说。

光明村海拔1100米左右，一阵阵寒风吹来，不禁让人感到丝丝凉意，但马兹梅的脸上始终洋溢着丰收的喜悦和温暖的笑容。

中益乡以深度调整农业产业结构为契机，全乡引进和培育经营主体25家，带动2302户群众新发展中药材、特色果蔬等1.95万亩（含套种5000亩），其中前胡、瓜蒌、黄连等中药材1.07万亩，脆李、脆桃等经果林0.43万亩，辣椒等经济作物0.45万亩。传统粮食作物与经济作物种植比例从原来的9：1调整到现在的1：9，特色产业发展带动农户户均增收2500元以上。

针对森林植被丰富、生态环境优美、蜜源植物众多、中蜂养殖得天独厚的优势，中益乡大力发展中蜂产业，新（改）建5个中蜂良种繁殖区（场），全乡630个中蜂养殖户新增中蜂5000余群，总量达8000余群。

“目前我乡正在紧锣密鼓地建设中蜂休闲体验园和扶贫加工车间，打造和培育‘三峡蜜罐’品牌，创建‘中华蜜蜂小镇’，促进中蜂产业‘接二连三’，加快脱贫致富步伐。”中益乡人大主席秦新军介绍说。

“空心村”变成“实心村”

面对土地撂荒高达1.55万亩的实际情况，为了让沉睡的资源活起来，中益乡按照“深度推进农村集体产权制度改革”要求，把握核心要义，聚焦关键环节，积极稳妥推进农村资源变资产、资金变股金、农民变股东的“三变”改革，激活“人地钱”等资源要素，促进农民增收、产业增效、生态增值，让人民群众在改革中拥有更多获得感。

深入推动资金入股合作。各村集体以财政补助和社会捐赠资金、集体资产等作为公司启动资本金，成立具有独立法人资格的集体股份公司，由村干部和村民共同管理，公司化经营农业产业项目，通过组织生产和协调服务入股分红；积极开展生产和代销农特产品、劳务和运输服务、撂荒地收储利用等经营项目，实现自我造血发展，不断发展壮大农村集体经济。

深入推进股份合作。中益乡推动土地和劳动力入股合作社，农户以土地承包经营权、劳动力等作价入股，农业企业、专业合作社以种子、肥料、农药等生产物资以及技术指导、产品初加工、产品销售等入股，村集体经济组织以生产过程协调服务、争取政策支持等入股，经营周期结束后农户、经营

中益乡华溪村偏岩坝农家乐

主体、村集体经济组织分别按50%、44%、6%的比例分红。

推动代种代管合作。中益乡充分借鉴贵州“三变”改革经验和石柱县“1+4”资产收益扶贫模式，不断深化利益联结机制，通过“互惠契约”锁定公司、农户、村集体经济组织各方权责，公司利用产业补助资金购买种苗，为农户“代种代管”，丰产后按农户70%、业主25%、村集体经济组织5%分红。

推动以房联营合作。通过引进公司以货币出资入股，农户利用宅基地和共享产权房屋入股，民宿公司统一经营，经营收入由农户与公司5：5分红。

秦光发和刘文红无技术，罗光才长期生病，三人是中益乡光明村的建卡贫困户。2017年，随着《石柱县关于推广资产收益模式促进经营主体与贫困户利益联结共同发展的实施意见》出台，三人看到了脱贫致富的希望。在驻村工作队和村支两委干部帮助下，他们以“政府出资、扶贫资金入股”的方式，成为该村残疾村民马培华家庭养鸡农场的股东和工人。

“我们不仅可以在农场打工赚钱学技术，还能享受每年固定的入股股金和效益分红，农场还为我们代养小鸡，并按市场价回收，在2017年实现了稳定脱贫。这样的扶贫就是雪中送炭啊。”今年54岁的秦光发有感而言。

“带动一个贫困户发展石蛙，真能获得2万元的补助金？”2017年9月下旬的一天，中益乡盐井村召开了一次院坝会，村民谭启禄在会上对扶贫政策心生疑惑，不禁大声问道。

中益乡驻村干部谭兴玉耐心地给他解释了政府的相关补助政策，谭启禄也当场表示，愿意通过扶贫资金入股分红的模式带动10个贫困户走上养石蛙的脱贫路。说干就干，如今他在盐井村建成了一个规模化的石蛙养殖基地。

通过稳妥推进农村集体产权制度改革，如今中益乡越来越多的村民改变传统的种养模式，加入到发展特色产业的创业大军中。华溪村的谭地普流转土地搞起了辣椒规模种植，谭荣华办起了母猪养殖场，建峰村贺剑飞建起了蔬菜采摘园……

目前，中益乡已有11家龙头企业与1000余户农户建立起稳固利益联结机制，实现了贫困户利益链接全覆盖，为农户增收和贫困户稳定脱贫奠定了良好基础。

全乡7个行政村均成立了集体股份制公司，2018年和2019年村集体经济累计收益100万元左右，让昔日的“空心村”变成了“实心村”。如今“三变”改革已成为中益农民致富、村集体增收的“金腰带”。

与此同时，中益乡精准落实惠民政策，筑牢村民“返贫墙”；通过开展基层社会治理行动，探索智能化乡村治理新实践，形成并推广以“人心和善、态度和易、家庭和睦、人际和顺、社会和谐”为目标的“贵和工作法”基层社会治理经验；研发并投入使用“平安乡村·智惠农家”防控系统；乡、村两级干部深入开展各类矛盾纠纷和隐患排查化解，扎实做好政策解释和情绪疏导工作，邻里关系越来越融洽，基层治安越来越稳定，乡村社会越来越和谐，走出了一条贫困地区平安共建、问题共治、和谐共享的基层治理新路。

东风劲吹战鼓擂，策马扬鞭催人进。近年来，中益乡人守初心、担使命，不断增强“四个意识”、坚定“四个自信”、做到“两个维护”，紧紧咬住摘帽目标，牢记嘱托、感恩奋进，以滚石上山的战斗精神，以爬坡过坎的攻坚精神，以砥砺奋进的拼搏作风，奋力翻越一道道险峻的山峦，全乡减贫成效显著，谱写出了一首新时代脱贫攻坚的壮丽赞歌。

（石柱县中益乡党委、政府供稿）

得益于习近平总书记的亲切关怀，借着党的好政策，凭着“先吃黄连苦，再享蜂蜜甜”的干劲，中益乡不仅成功减贫，更是踏上了乡村振兴的大道。

DANGTAIYANG ZHAOJIN SHENSHAN

深山来客

奉节平安乡

2017年9月6日上午，市政府办公厅扶贫集团驻平安乡工作队从重庆出发了。大家乘车沿江而下，走长寿、过垫江、经万州，中午在云阳高速公路服务区简单吃碗面条后，又马不停蹄地赶往奉节。

从奉节县城到平安乡还有90公里的崎岖山路，跨桥穿洞，翻山越岭，山路弯弯，骨头被颠簸得快散架，到平安乡政府时已快傍晚6点。

这些远方来客不是来旅游度假的，而是带着使命、任务来的。平安乡是全市18个深度贫困乡镇之一，共有建卡贫困户731户2726人，截至2019年底已脱贫698户2626人，只有33户100人在2020年脱贫。2019年，平安乡高质量通过国家和市级脱贫考核评估验收，全县乡镇考评群众满意度第一。喜人的成绩，驻乡工作队功不可没。

奉节县平安乡文昌村田园风貌

一串串数字读起来轻松，但背后的一个个故事却是实实在在分外感人。

建设基础设施，改变“穷样子”

“潘大爷您好，我是新来的第一书记，想了解下您家情况。”

“我不管你是第一书记还是第二书记，有本事你把水给我整来。”刚到任的长坪村第一书记赵昕初次到潘大爷家，就吃了个闭门羹。

经过一段时间走访调研，工作队发现，“水”和“路”是横在脱贫攻坚路上两只最大的“拦路虎”。

“我们吃‘天河水’、喝‘泥汤汤’，一年到头不能痛快洗几次澡，日子难熬得很嘞！”缺水，让村民们苦不堪言。

平安乡属于喀斯特地貌，地表存不住水，要在莽莽大山深处寻得一处水源，犹如大海捞针。连续几天，凌凡队长、指挥部办公室副主任熊宣林等人头顶烈日，翻山越岭，都没能找到一处好水源。

“正在我们灰心泄气之际，有村民说在文昌村的后山有一个山洞，洞内有一处水源。”这是个好消息，凌凡队长决定到山洞一探究竟。

“洞里很潮湿，黑黢黢的，石头表面被浸湿了，踩上去很光滑，每走一步都异常艰难。我们手脚并用，攀着石头一会儿朝上爬，一会儿往下匍。”说起山洞寻水的经历，凌凡记忆犹新。

“苍天不负有心人，终于找到了水，但这些水比较分散，我们通过‘围追堵截’把水集中起来，现在很多村民们饮用的就是这股水。”熊宣林自豪地说道。

举全乡之力发动千人找水，终于找到几处水源，但这对于平安乡来说，简直就是杯水车薪。如何做到“车水车薪”？工作队把视线转向了关门山，想到了梅溪河。协调筹资421万元，启动实施了日提水量1000方的关门山应急提水工程。最终，稳妥解决了海拔900米以下地区居民用水难题。

但是，海拔较高的村子吃水问题依然严峻，工作队第二任队长王波眉头紧锁，想到了“地下钻水”。“没有钱，我和凌凡队长到市里争取到220万元资金，请来南江地质队实地勘测钻探。”王波说。

“水出来了，水出来了……”2018年9月8日，第一口井成功出水，井深180米，日出水量150方左右，人们兴高采烈，奔走相告。此后，地质队先后帮助平安乡打井8口、成井6口，日出水580方，王波脸上露出了久违的笑容。

“现在吃的是自来水，你看，只要一拧开水龙头，哗哗的山泉水就来了！”潘大爷笑了，这是发自内心的幸福笑容。

平安乡最大的交通堵点是关门山。

民谣道：“好个关门山，四周都是山，若是下点雨，进出就喊天！好个关门山，出行万万难，到个奉节县，腰杆就走断！”

“必须打通关门山！”2018年1月，投资5000多万元，关门山大桥及其通村道路项目开工了。2019年1月22日上午11点，伴随着响彻山谷的隆隆的礼炮声，十多辆小汽车缓缓开上新落成的关门山大桥，平安乡群众盼了百年的关门山大桥正式通车了。

平安乡联坪村畅通的村级道路

如今，平安乡水、电、路、信、房等基础设施和人民群众精神面貌焕然一新。

狠抓产业发展，摘掉“穷帽子”

几乎所有的扶贫干部都有一个共识：短期脱贫靠投入，长期致富靠产业。

长坪村是平安乡高海拔特困村，在推广产业过程中，也是几经波折。

“扶贫干部根本不懂种地，是瞎指挥，亏本了谁负责？”乡亲们顾虑很大。在村民看来，第一书记有“铁饭碗”，不需要种地；在群众眼里，扶贫干部就是“过路人”，终究要走。

“只有看到实实在在的效益，乡亲们才会放手跟着干。”为了打消乡亲们的顾虑，驻长坪村第一书记赵昕自掏腰包，在村里租了5亩地作“试验田”，带头种植中药材前胡和独活。

“老实说，试种前胡失败了，但我并不认为这是一件坏事，至少让村民避免了一场更大的损失。”赵昕说。“发展产业一定要因地制宜，要切实按照市场规律办事，才能有效益！”在带领同志们参加前胡试验田采挖劳动后，驻乡工作队第三任队长何光荣对大家发展农村产业提醒告诫道。

失之东隅，收之桑榆。试验田里的独活却长势喜人，效益良好，亩产达到4000多元。

2020年，桃树、长坪、向子三个村新种植独活2000多亩，产值将近1000

万元，贫困户通过土地流转、本地务工、自种药材三种方式实现利益联结全覆盖，长坪、向子村成了名副其实的“药材村”。

如今的天台村产业正旺，处处是热火朝天的干事创业景象。2020年，天台村成为全乡第一个亿元村。

破解精神贫困，拔掉“穷根子”

“说一千，道一万，家乡变化全在干！村干部，少补助，待遇最少活最苦，每月只有一千五！一年到头忙村务，家事全然都不顾……”在“两回两讲两解”群众大会上，驻乡工作队宣传综合服务队队长龚平表演了几段快板词，惹得乡亲们哈哈大笑，长坪村曾秋荣老大爷笑得前俯后仰，棉帽都掉在了地上。

这支宣传综合服务队一改过去“枯燥说教、单调呆板”的读报告念文件宣传形式，把党的好政策、工作好做法、身边好典型创作汇编成几十篇农民群众喜闻乐见的快板词、三句半、顺口溜，通过院坝会、“两回两讲两解”群众大会的形式，引导群众转变思想认识，不等不靠勤扒苦做主动脱贫致富。

“头包帕子嘴叼烟，不洗脸脚不洗碗，人人一口黄牙巴，从没刷牙好习惯。”这是以前平安人的真实写照。

“最初，一些老年贫困户不愿意洗澡刷牙，我们就用奖励一块香皂或毛巾的办法进行鼓励，在大家的不懈努力下，现在乡风民俗文明进步多了。”

干群一家亲

驻乡工作队队员唐华说。

“水管安到屋，油路修到户。村里有产业，企业把工务。家家搞五改，房屋像别墅。”这是现在平安乡的真实写照。

在平安乡双店村贫困户杨兴全的家里，我们看到了这户特殊人家记载的感恩账本。他的儿子2020年初因病去世，儿媳患精神病离家出走，60多岁的老杨独自抚养着7岁、3岁和不满1岁的三个孙娃，驻乡工作队和临时党支部的同志经常到他家帮扶关爱。

老杨用一个大红本子默默地记录：2019年1月7日，龚平处长、徐行长一行人送春节慰问金300元、书包一个；2020年3月17日，龚处长、徐行长赠鸡蛋60个、广柑一箱、快餐面6桶、藿香正气液5盒、口罩4张……

但愿苍生俱饱暖，不辞辛苦出山林。三年来，驻乡工作队21名同志像“钢钉”一样扎根平安大地，他们付出的艰辛和努力，非常人能够体验。凌凡同志的车无数次陷在山道上，挨冻、淋雨、受饿是常有的事；王波同志头部受伤缠着绷带，左脚骨折打着石膏还在一线指导工作；何光荣半夜赶回市里只为协调项目资金……太多太多这样可敬可爱的扶贫工作干部。

（作者：曾　滔　龚　平）

DANG TAIYANG ZHAOJIN SHENSHAN

俗话说：群众富不富，首先看干部。脱贫攻坚成功与否重在干部。奉节平安乡之所以成功减贫，就在于有一群“深山来客”，他们住在山村，干在山村，心种在山村。人们不会忘记这群扶贫干部。为他们歌唱吧！

醉美森林人家

巫溪红池坝镇

11月的重庆巫溪县红池坝镇茶山村，群山环抱，五彩斑斓。

位于山腰的村子，宽阔的柏油马路，整齐清爽的民居，在五彩秋色的映衬下，呈现出一派迷人的田园风光。

茶山村村民胡光元对现在的日子很满意。他在当地开了第一家民宿“森林人家”，游客来了，经营民宿，游客走了，去李子园务工。半年时间，他挣了3万多元。“一家人在一起，比以前出去打工强多了。”阳光下，胡光元笑容灿烂。

茶山村的变化，只是红池坝镇产业发展的一个缩影。

巫溪红池坝镇茶山村新貌

红池坝镇是重庆市18个深度贫困乡镇之一。曾经，产业发展面临着“谁来种地”“地种什么”“地怎么种”“如何增值”等问题。如今，越来越多的当地人发了产业财，挣起生态钱，吃上旅游饭。红池坝镇如何铲除“穷根”？

谁来种地

连接巫溪县城和红池坝镇的道路，犹如雕刻在深山峭壁上的一条细白的丝带，险峻而绝美。

采摘茶叶

多年来，大多数村民一辈子困守青山受穷，日子过得紧巴巴的。

曾经，红池坝镇13个行政村中有9个贫困村，贫困人口基数高达1333户5138人，贫困发生率26.8%。

为谋生路，常年外出务工青壮年劳动力5000人左右，留守务农人口多为妇女、儿童、老人。

谁来种地？企社引领，促进联动发展。

双手在叶片间上下翻飞，一根根嫩芽收入篓中……看着建成投产的新厂区，近千亩的茶叶基地，重庆龙鼎茶叶有限公司总经理张俊踌躇满志。

他以土地入股、租金保底、劳务取酬、收益分红等方式，带动农户105户，其中贫困户50户，实现了公司年产值200万余元、村集体经济收入12万元、专业合作社分红30余万元、茶农户均增收约3500元的多方共赢。

自深度贫困乡镇脱贫攻坚战打响以来，该镇已引进市县级农业产业化龙头企业24家，发展农民专业合作社73个，培育种养大户246户，回引返乡创业能人55名。

如今，在新型农业生产经营主体的带动下，越来越多的农户放弃了“单打独斗”，开始“组团出海”。

丁升词是中岗村贫困户，就读于红池坝镇小河中学，家里还有80多岁的奶奶和多病的叔叔，是比较典型的弱能家庭。

2019年，镇上将其纳入低保兜底，帮助他申请扶贫小额信贷，委托肉牛养殖公司统一购买牛犊进行代养，到期还本后，他得到1625元的分红收益。

通过产业兜底，帮助贫困户发展“补血”，为其生活“鼓劲”，他们有了踏踏实实的获得感。

地种什么

“猪吃粮食人吃猪，家庭收入靠打工”，一度是红池坝镇人的生活写照。地种什么才赚钱，才能留住人？

茶山村位于红池坝镇中山台地，人口相对聚居，土地集中连片。过去，农户各自为政，分散经营着家庭承包的“巴掌田”“鸡窝地”，生产效率低下，经常靠天吃饭。

只有打破思想藩篱，才能找准前进的方向。

后来，镇上引进重庆昌万洋年农业科技有限公司等业主，整体流转土地实施宜机化改造，统规统建生产便道、玻璃温室、水肥一体化、农业物联网等基础设施，发展标准化李园400亩、茶园370亩、中药材基地430亩，打造了宜居宜业宜游的现代生态休闲农业示范园。

在破解农业基础设施建设难、产业规模标准上不去、传统产业效益低等问题上，红池坝镇坚持以“三变改革”为引领，积极培育和引进新型农业生产经营主体，在茶山、九坪、渔沙等生产条件较好、人口相对集中区域，按照“确权不确界”“反租倒包”等方式，流转土地9500余亩进行适度规模经营，统筹产业规划布局，促进形成“小规模、大集群”产业格局，基本建成渔沙—金家果蔬保供、茶园—中岗茶旅融合、茶山—九坪休闲康养“三大产业组团”。

如今，完成蝶变的茶山村正徐徐展开一幅秀丽的乡村画卷——“碧空如洗山似黛，暖风熏得李花白。亭舍步道散童翁，强农兴村犹可待。”

地怎么种

“过去大伙儿都不懂技术，只会种洋芋、红苕、苞谷‘三大坨’，高价值的瓜果蔬菜种不好，也不敢种。”在镇村干部和技术专家的鼓励帮助下，渔沙村一社社长李志贤成为最早尝试发展特色种植业的村民之一。

2018年，他通过种植辣椒、生姜、西瓜等，一年收入3万多元，当年就成功脱贫。

现今，他有了一个新身份：本土农技指导员。这个身份，让他既能学到农业实用技术搞产业，还能靠提供农技服务每年增收1万多元。

“从近期雨情和病虫害发生情况来看，当前要抢晴施药，做好辣椒猝倒病、立枯病和红蜘蛛防治。”市农科院驻红池坝镇渔沙村第一书记刘吉振对着镜头说道。

作为一名果蔬专家，他早与当地干部群众“打”成一片。他指导村里果蔬基地建设2年多来，录制上传了7期技术视频，主讲技术培训课10余期。

类似他这样的种植养殖技术专家在当地备受推崇，因为大家相信“科学种田才能高产高效”。

为帮助农户“一专多能”发展，当地还联系了县农广校、文峰职高、恒易职校、腾飞职业技术培训中心的教师，将农技课堂开设到了村落校舍、农家院坝、田间地头。

近三年来，全镇累计培训农民7500余人次，颁发“新型职业农民培训结业证书”276份。通过根植于本土的技术扶贫，发展壮大了产业振兴的生力军。

如何增值

“来了！来了！陈伟鸿和龙洋要推荐我们的茶叶了……”红池商贸公司的刘俊珲显得很激动。

为了这次央视财经携手度小满金融给红池坝镇农产品带货，他足足忙活了半个月，从农户家收购产品、筛选分级、包装送货，只为了帮大家将山货卖得更多、更好、更远。

2019年以来，该镇结合产品推介、外出参展、线上引流等方式，采取直播带货、以购代帮、以购代捐等措施，实现消费扶贫335万元。通过农业与电商“联姻”，为农特产品插上“互联网”翅膀，飞出大山、走向市场，让“土货”变成“潮货”。

为打消农户“产品没销路，丰产难丰收”的疑虑，红池坝镇党委政府持续在产业上“接二连三”下功夫，促进产加销一条龙、农旅贸一体化发展。

在龙台村5社，53户村民自发组织开展人居田园环境综合整治，通过“畜禽入圈、柴禾归位、瓜豆上架、蔬菜成行、卫生上榜”扮靓家园，并入股成立专业合作社，经营“金竹柳舍”乡村民宿。

自2019年8月专业合作社开业运营以来，10个月时间收入近100万元，带动25户贫困户户均增收1万余元。

如今，红池坝镇坚定不移走“小组团、微田园、生态化、有特色”农旅融合发展之路，7个农旅融合示范片即将全面建成，运营华侨城巴渝民宿、云中客栈、横担山庄等民宿酒店3家，发展乡村旅游接待户30户，共计床位360余张。成功创建“红池云乡”AAA级旅游景区，获评“重庆气候养生地”“网友最想去的十大气候宜居宜游乡镇”称号。“春品茶赏花、夏避暑摘果、秋收药采蜜、冬民俗戏雪”的四季农旅融合格局正在形成。

截至2019年底，红池坝镇9个贫困村全部出列，累计减贫1304户5064人，贫困发生率降至0.42%，建卡贫困户人均纯收入达到9809元，基本实现了“镇有主导、村有支柱、户有主业”的产业发展格局。

（巫溪县红池坝镇党委、政府供稿）

DANG TAIYANG ZHAOJIN SHENSHAN

树树皆春色，山山尽落晖。巫溪红池坝镇群山环抱，五彩斑斓，是美景，也曾是困境。在脱贫攻坚的路上，红池坝人大写、精做土地文章，把困境变美景，建设幸福新生活，打造醉美森林人家。

丰都三建乡 问候群山

丰都县三建乡是典型的“一方水土养不活一方人”的“三高一低三差三重”地区，2017年8月被评定为重庆深度贫困乡镇。

摸排发现，三建乡可耕地2.3万亩，其中1.2万亩无人耕种，长期闲置撂荒。土地闲置撂荒是农村产业发展的瓶颈之一。

脱贫攻坚战打响以来，三建乡以实施“三变”改革为突破口，通过发展高附加值种植养殖业，盘活闲置撂荒地，变沉睡资源为赚钱资产，让往日的“穷土地”日渐成为新时代的“金窝窝”。

土地为何闲散

土地利用条件差，导致“不能种”。三建乡境内80%的土地为山地陡

坡，坡度15度以下的平整耕地不足3600亩，不少地块石漠化现象突出，水土流失严重，洪涝灾害频发，用地条件十分恶劣。同时，前期基础设施投入少，人们居住分散、出行困难，乡内无骨干水源，土地灌溉条件差，工程性缺水、季节性缺水现象严重，有效灌溉面积仅占16%，导致人们种地风险大、成本高，大多数农户只在房前屋后耕种部分土地，以解决自食自用。

土地产出效益低，导致“不愿种”。人们主要以种植苞谷、水稻、红苕等传统农作物为生，没有像样的规模化种植养殖产业，土地的产出效率低。前几年曾相继发展了花椒、板栗等产业，但受土地分散和耕种条件差等因素影响，规模小而分散，主导作用不明显，群众发展产业的积极性不高，导致大量土地被闲置。

农村劳动力缺乏，导致“无人种”。全乡70%的劳动力外出务工，农村留守人员多为老弱人群，仅能耕种1万亩左右的土地以解决自身温饱问题。同时，农民受教育程度普遍较低，农业科技含量低，生产方式落后，生产效率低下，多数人身无长技，自主发展、自主创业的能力较差，没有发展现代农业的技能和素质，导致土地大量撂荒。

如何盘活闲散土地

过半可耕地长期闲置撂荒，严重制约了农村经济发展，是社会资源的巨大浪费。经反复研究，三建乡决定动员群众在撂荒土地上发展适合三建乡特色的山地高效农业，盘活撂荒土地资源，把有限的资源充分利用起来。

深入群众全面动员。解决撂荒土地，首先就要做通农民的思想工作，打消他们的顾虑。通过召开两委会、村组干部会、群众院坝会，并与在外务工群众通过电话、微信、QQ等即时通信工具，给群众宣讲各类政策，重点讲清楚党的扶贫政策，讲清楚如何在土地承包权长期不变的情况下，农村土地实行所有权、承包权、经营权“三权”分置的基本做法，讲清楚“三变”改革基本知识及其运行方式，以及农民群众如何通过“三权”分置发挥闲置撂荒地的作用，如何通过“三变”改革将各家各户的土地聚拢发展获得收益。“三变”改革试点动员阶段，全乡8个村（社区）召开各类群众会议达500余次，为后期实施撂荒土地全部入股专业合作社打下了思想基础。

筛选品种合理布局。在市人大常委会办公厅扶贫集团指导下，市县两级农业专家数次到乡进行实地调查，根据1.2万亩撂荒地的土壤、气候、水源等情况，经科学论证，决定发展笋竹、青脆李、油茶、花椒等附加值较高的经济作物。在确定产业品类时，注重地形地质条件因地选种，在低海拔土质较好地区种植雷竹，在高山土地瘠薄地区种植毛竹，在中山地带种植青脆李、蟠桃，在石漠化严重地区种植柠檬。原有发展基础较好的产业如猪腰枣、板栗、花椒等扩大规模、优化管护，河谷地带发展花卉产业，水质较好的双鹰河中段引进冷水鱼养殖。目前，全乡1.2万亩撂荒地已全部栽种各类经济作物，精心管护后成活率都在九成以上，且长势良好，有望在近几年陆续投产

三建乡锦绣农田

并发挥效益。

推行实施“三变”改革。栽下了经济作物，只是解决了“种下去”的问题。为了让这些土地发挥集合作用，成为脱贫致富的“聚宝盆”，三建乡探索对所有撂荒土地实施“三变”改革，把撂荒土地聚起来，让“资源变资产”。2018年下半年，全乡8个村（社区）启动撂荒土地“三变”改革。首先是对撂荒土地开展面积航测、清产核资，逐户逐地块开展确权登记，参加“三变”改革的撂荒土地，以实测面积为准，但不改变农户原有承包地的确权面积和属性。随后，8个村（社区）农户将1.2万亩撂荒土地按二轮土地承包期内240元/亩折算股金入股专业合作社，专业合作社再入股各村产业发展公司，合作社采取“保底收益+股份分红”方式，代表农民对土地资源进行运营监管，保障农户收益。群众以撂荒土地入股成为产业发展公司的股东，曾经撂荒的土地资源成了产业发展公司的资产。

成效初步显现

唤醒沉睡的资源，为全乡脱贫攻坚注入了强大的动力。通过两年来的集约发展，成效初步显现。

优化产业配套设施。推动实施高标准“水系到田”工程，解决撂荒土地长期存在的灌溉缺水问题，人工浇灌的，如石龙门青脆李种植片区，按用水节点方圆20米划定一个作业单元；自动灌溉的，如蔡森坝1000亩苗木基地，通过气象采集、土壤墒情检测、光伏智能控制、视频检测构成“水肥一体”

高效节水自动控制系统，进行精准施灌。实施高效节水灌溉工程后，曾经撂荒的1.2万亩土地焕发出新的生机活力。

优化产业结构，形成了10个规模化优势产业。2019年，花卉园、冷水鱼、柠檬等产业项目均实现了首次分红，企业经营效益日增，产业项目的盈利能力也得到了初步证实。如重庆市汉业特种水产养殖公司发展生态鱼项目，投产后年产值约500万元。

长期闲置撂荒地全部整理成“路、水、渠”三通的产业基地，为三建乡贫困群众长期稳定脱贫致富奠定了坚实基础，带动了群众增收，群众获得了土地保底红金、产业股金、务工薪金，户均增收近万元，日子一天一天好起来了。

（作者：杨乐修）

要让大山醒来，我们自己先得醒来。唤醒沉睡的资源，三建乡人在减贫路上豁然而醒，痛定思痛，盘活资源，力行“三变”，誓扫贫困，群众的日子一天比一天好。

DANGTAIYANG ZHAOJIN SHENSHAN

心动就是美

云阳泥溪镇

云阳县泥溪镇很独特，地处七曜山市级生态自然保护区，气候四季分明，生态资源丰富，山地特征显著；但同时，其“三高、一低、三差、三重”的深度贫困特征也很明显。2017年8月，泥溪镇被确定为市级深度贫困镇。

坐拥绿水青山，却未将之转化为“金山银山”，这对泥溪人来说乃是莫大的恨事。这里基础设施差、生存环境差、主导产业带动能力差，脱贫攻坚底子薄弱，泥溪镇党委、政府痛定思痛，立志要破解这道难题，让泥溪走上一条绿色发展的大道。

云阳泥溪镇全景

小木耳大产业

经过一夏的阳光孕育和当地特有的山水滋养，青冈段木上的黑木耳如黑色的小精灵，一茬茬地冒出来了。

“今年要不是我这腰不争气，就不会只种两百来段黑木耳了。”曹翠仙，这个外来媳妇，虽然嫁到云阳几十年了，说起话来仍然夹杂着家乡方言。她站在自家菌棒前，一边系紧腰上的护具，一边用让人听来颇为费劲的话表达着自己的遗憾。

曹翠仙当年从云南嫁到泥溪镇枞林村，看到夫家房破旧、路不通、家贫困，顿时如兜头泼了一盆冷水。但她欣赏丈夫的朴实、勤劳，最终还是留了下来。“只要肯干，我们就不会永远穷下去！”她对丈夫说。

首要问题是解决温饱。夫妻二人合计过后，曹翠仙将邻居的田地借过来，种上红苕、洋芋、苞谷和油菜，日子一天天有了起色。可脱贫又成了横在眼前的一座山。考虑又考虑，曹翠仙决定种植黑木耳、养猪、养蜂。

“头一年就该多种点。”第一次种，曹翠仙担心收成不佳，哪料长势好，后悔种少了。第二年，她种了一千多段黑木耳，当年仅黑木耳的收入就近2万元，加上养猪、养蜂和丈夫打零工挣的钱，这一年她家顺利脱了贫。

曹翠仙双手握拳，轻捶腰部——腰椎间盘突出。她说，种植业是她一家的希望。她家早已搬到了公路边，并开了一个副食店，一家衣食不用愁了。目前她最大的愿望是希望病早点好，再好好干一场，过上富裕日子。

种植黑木耳已成为泥溪镇脱贫致富的主打产业，已建成10个青冈黑木耳产业园区，覆盖全镇所有贫困户，从过去的几千段发展到80万段，实现产值1000多万元。

增绿＋增收

在山，善用山。

泥溪镇在海拔500米以下的中低山区，打造以6000亩晚熟柑橘、1400亩柚子、1000亩枣子、700亩脆桃为主的水果产业基地；在海拔500米以上的中高山区，打造以3000亩乌梅、3500亩核桃为主的中药材、干果产业基地，贫困群众覆盖率达100%，实现了增绿与增收的有机结合。

多年前，桐林社区贫困户杨春芳每每看到头顶掠过的飞机，便梦想有一天自己也能坐一回，而如今，坐飞机对他来说已不算多大个事了。他认为，现今的日子好幸福。2018年，他家6亩柑橘地入股到村集体开办的农业开发有限公司，他有分红。

一亩地约40株柑橘，一株结果百把斤，6亩地的分红不会少。令他高兴的是，柑橘苗、农药、肥料等，都不用入股的农户操心，全由公司出资购买。作为贫困户，他们还被优先安排到园区务工，施肥、除草、打药、清沟、疏果。他的工资按每天80元计，一年农忙时节几十天干下来，也能挣上六七千元。在他看来，这无异于“一本万利”。

杨春芳只是泥溪镇“三变”改革的一个受益者。据了解，泥溪镇围绕“改革创新先行镇”的目标定位，统筹山水林田湖草资源权制度改革，在黑木耳、香菇、柑橘、乌梅等山地特色高效农业发展中，因地制宜地探索农村“三变”，以村（社区）为单位，组建由村集体农业开发公司、农户、贫困户参与的产业联合体。财政资金投入作为村集体农业开发公司股金，农户以土地入股，全镇3.6万亩土地资源变成资产，4857户农户变成股东。产业投产前，由村民参与产业管护并按每天50～80元支付报酬。在股金分配上，村集体公司占股50%，农户以每亩土地入股占股50%。分红有三次：一是村集体公司与土地入股农户按1：1分红；二是村集体公司分红部分按照发展风险基金30%、村集体经济50%、贫困户20%进行再分配；三是村集体经济分红部分按

照公益事业50%、全体村民50%进行第三轮分配。

照此模式，泥溪镇10个村（社区）将全部消除集体经济“空壳村”。考虑到农户的短期收益，各园区还采取间种辣椒、菊花等矮秆经济作物。杨春芳在所处园区的柑橘地里间种了一部分药材。他说，先试种一些，如果情势不错，就增加种植面积。说这话时，幸福洋溢在他脸上。

向山要“钱”途

在山，靠山。先变山。

有山有景，农旅融合，发展旅游。

泥溪镇鱼鳞村日出时分

石缸村贫困户胡碧清到泥溪农耕故土园务工前，成天焦虑：丈夫颈椎有病，干不了重活，只偶尔在外接一点零活；小儿子还在念书；大儿子刚工作，还无法帮扶家里。

2020年5月，泥溪镇农耕故土园升级改造，胡碧清被村里安排到这里务工。丈夫是砖匠，耳濡目染，她也懂得一点泥水工的活儿，因此被叫去拌沙石，工资120元一天。从5月以来的这段时期，她平均每月能务工20天以上，算下来月薪近3000元。

胡碧清家的一部分土地租给农耕故土园，每年有近千元收入。而令她几乎不敢相信的是，她家作为贫困户，每年还会无偿获得1000余元的“村集体公司资产收益分红”。“现在不光不用交税款，还可得干股，哪能想到有这么好的事哟！”胡碧清对眼下境况甚为知足，一个劲儿夸国家政策好。

泥溪农耕故土园新近建设了一些手工作坊，2020年8月恢复开园后，将优先招聘贫困户，特别是已经在这里务工的。胡碧清担心故土园升级改造工程结束后，自己的下一份工作没着落。她说自己没技术，恐怕没机会去作坊上班。石缸村驻村干部李双俊鼓励她说："只要肯学，就会有机会。"

"嗯，别人能学会，我也能学会！"胡碧清转忧为喜，说自己一定要好好干，去争取这个岗位。

胡清碧的打工故事，是泥溪镇推进农旅融合、带动贫困群众创业就业的案例之一。近年来，泥溪镇围绕"养身、养心"乡村旅游发展定位，编制并实施全域旅游发展规划，全面推进人居环境整治、乡村振兴示范镇村、对外交通改造提升等项目建设，扮靓山水颜值，提升山水气质。

泥溪镇巧借自然山水，雕琢品质景区，全面挖掘农耕文化，打造集农产品加工、农业观光体验、品牌打造、文化展示、研学等于一体的3A级旅游景区农耕故土园和一、二、三产业融合园。同时，依托协合牡丹观光园，建设"十里牡丹长廊"和潭獐峡观景平台，打造国家2A级旅游景区；依托"天蓝、地绿、水净、气爽"的生态品质和丰富的文化遗产，大力发展以"山脉、水脉、文脉"为主线的乡村旅游，聚力打造潭獐峡、沿河土家吊脚楼、七层房子、武状元墓地、协合土法造纸等自然人文景点，不断丰富乡村旅游内涵。到目前，全镇已实现旅游产业带动创业就业300余人，其中20余户贫困群众在旅游产业链上增收脱贫。

时下，石缸村正修渠引水，借以营造泉水绕屋的美丽图景。驻村干部李双俊说："有了水才更有灵气，才完美。"近两年，这位来自云阳交通局的驻村干部，见证了石缸村的变化，见证了泥溪镇的变化，见证了这里广大群众的变化，这些变化令他由衷地感到欣慰。

（作者：李旭忠）

DANGTAIYANG ZHAOJIN SHENSHAN

在山，靠山，善用山，敢变山。这就是云阳泥溪镇的减贫之路——因地制宜，大力发展种植业和旅游业，走向了幸福。回首万里山，便是好风景。

酉阳车田乡

花香果甜在车田

2020年10月20日，酉阳县车田乡小寨村，漫山遍野的油茶花雪白如玉，微风过处，阵阵清香，仔细看，雪白的花朵旁边，一个个绯红的茶果也成熟了，一边是繁花绽放，一边是硕果累累。油茶树“花果并存”，堪称风景，而除了观赏性，茶果还可以榨油，产生实际的经济价值。对村民来说，“花果并存”还带来了“两全其美”，油茶产业的发展，让一些留守家中的村民既能照顾家庭，又获得了务工机会，增加了收入。

记者还获悉，在产业扶贫方面，车田乡确立以油茶和乡村旅游为主攻方向，充分利用地理、土壤等资源优势，大力推行循环经济、林下养殖、产业套种，全乡产业户均达13亩，油茶产业人均达3亩，有效带动贫困户626户增收。

车田乡天龙山

从前行路难，如今休闲好去处

车田乡是重庆市18个深度贫困乡镇之一，位于酉阳县东北部，距离酉阳县城75公里，虽然并不远，但以往都没人愿意去车田，车田乡的村民没事也不轻易出来，因为，翻山越岭不说，路还不好走。

如今，车田乡特色民宿已成为当地不少人的周末休闲好去处。既可以去清明村苗营、车田村桐麻台发发呆，也可以到小寨村猫头坝、黄坝村文家院子静静心。近年来，车田乡的一个个村子都变换了新容颜。

这背后，首先是交通的改善。

记者了解到，经过扩宽整修，去往车田乡的路变成了宽8.5米的沥青混凝土路面，不管是开车还是走路，都不用再发愁。

车田乡党委书记田相君介绍，2017年以来，为改善当地群众生产生活需求，着力补齐制约车田乡脱贫的短板弱项，在交通建设方面，建成了泔溪至车田二级道路27公里，完成车田乡集镇至湖北百福司镇道路扩宽工程14公里，全乡建成投用“四好农村路”27条100.5公里，同时，便民路通到家家户户，下雨天出门，村民再也不用担心道路泥泞难行了。

另外，在水利建设方面，建成安全饮水池37口，建成集中供水厂3座，铺设饮水管道60余公里，家家户户喝上了自来水。针对通信网络问题，实施农村通信覆盖工程，建成转播基站17座，基本实现4G信号乡域全覆盖，村民们再也不用担心打电话没信号了。

促产业发展，探发展新模式

车田乡有4个行政村，其中3个村都是贫困村。过去，这里的村民大多以种植红苕、苞谷等传统农作物为主，产业发展分散，没有规模，经济收益不高，加之大多数青壮劳力外出务工，留守在家的多是老人、妇女、儿童，田地逐渐变得荒芜。

如何在改善基础设施的同时，把田地有效利用起来，靠着产业的发展，带动村民增收，成为大家思考的问题。

在前期赴山东、浙江、江苏等地考察学习之后，通过政府主导、村民主体、企业带动，车田乡整合土地资源，因地制宜，引进市场主体，以“村集体经济+公司+农户”的模式，在全乡大力发展油茶产业，打造产业发展新格局。

在车田乡清明村，酉州生态农业发展有限公司流转了3500亩土地，进行油茶栽种。“我们采用‘公司+基地+农户’的合作模式，面向村集体经济组织展开合作，村民来基地劳作有报酬，除开劳作报酬之外，在油茶未正式投产前，向流转土地的村民每年支出保底分红，有产出之后，村民按土地入股份额再享受总利润分成。”酉州生态农业发展有限公司车田片区负责人吴克松说。

在车田乡小寨村重庆嘉倍农业开发公司的厂房里，两台设备正等着烘干的茶果，而成品展示区，陈列着销往全国各地的油茶样品。公司管理方负责人陈康介绍，公司在小寨村发展了1000亩油茶，吸纳了30多位村民长期在此就业，每位村民每月可获得3000元工资。另外，还有7位村民不定期帮工，也能获得报酬。

车田乡车田村桐麻台村寨

多渠道增收，留守家里也挣钱

发展产业，村民流转土地，不仅有了保底收入，还能在产业基地劳作获得报酬，实现多渠道增收。

10月20日，车田乡小寨村，49岁的村民杨秀成正在地里忙碌。深秋时节，漫山遍野的油茶树开出了雪白如玉的花朵，微风过处还能闻到阵阵清香，可杨秀成顾不上看风景，天下起了小雨，他要抓紧时间采集油茶树果子并送往加工厂，等待加工榨油。

油茶正开花，哪里有果？杨秀成指了指树上："仔细看，一朵朵花旁边，绿色带点绯红的果子不是一个接一个挂在枝头吗？"原来，油茶树是花果并存，繁花盛开的同时，累累硕果也成熟了。

一会儿，村民梁印秀背着满满一背篓茶果从油茶树丛里走了出来，接过背篓，杨秀成快速将果子倒进口袋里。这样的工作，他已经干了多年，每月有3000元的工资。“兄弟伙在村里成立了农业公司，我支持他的同时，也在他的农业公司工作，每个月获得工资收入。”杨秀成说。

像梁印秀这样，在油茶地里摘果、施肥、除草，一天能有80～100元的收入，一个月至少能在地里劳作10多天，每月下来，能有1000多元的收入。“家门口有一份事情干，可以照顾到家庭，还可以挣零花钱。”梁印秀笑呵呵地说，“这感觉，就像油茶树上的花果并存，一树两用，也算是两全其美了。”

田相君介绍，如今，车田乡已发展油茶25000亩、茶叶2000亩、枸杞300亩、吊瓜300亩、经果林1400亩、中药材4000亩、大豆2000亩，全乡产业户均达13亩，油茶产业人均达3亩，有效带动了626户贫困户增收。

（作者：朱　婷）

DANG TAIYANG ZHAOJIN SHENSHAN

花香果甜在车田。酉阳车田乡大力发展特色种植：油茶25000亩、茶叶2000亩、枸杞300亩、吊瓜300亩、经果林1400亩、大豆2000亩、中药材4000亩……各种经济作物铺满大地，繁花似锦，车田人不仅脱了贫，还打造出美丽新农村。

大山去远行

城口鸡鸣乡

“鸡鸣喈喈。”

城口县鸡鸣乡作为全市18个深度贫困乡镇之一，自脱贫攻坚战打响以来，勠力同心，砥砺前行，以市场主体培育为抓手，以志愿服务队为基础，按照“一村一品”总体思路，盘活资源，激发活力，构建起“山上种药、林下养鸡、坡上种茶、山间养蜂、平地种菌”的产业格局，探索出了一条贫困地区产业长效发展与贫困群众持续增收的减贫机制，实现了从“输血”式扶贫向“造血”式扶贫的转变。

志愿服务队来了

一大早，杨仕方骑着摩托车为黄远安送产业发展所需的化肥。茶坪村

鸡鸣乡场镇全貌

弯曲的道路，杨仕方自己都记不清楚跑了多少次，摩托车轮胎换了一个又一个，全村200余户农户哪家种了多少亩洋芋，种了多少亩苞谷，养了几头猪、几只鸡，家有几亩茶园，他都能给你娓娓道来。

“作为一名志愿者，我以服务群众为荣，以帮助群众为乐，虽然我出力又出油费，但看见物资送到时他们脸上的笑容，就特别满足，特别有成就感。”杨仕方自豪地说。

鸡鸣乡像杨仕方这样自愿为群众送生产生活物资、助力农户产业发展的志愿者有108人。他们有的是创业青年、致富带头人，有的是养殖大户，还有的是产业指导员，利用摩托车、农用车等交通工具，为辖区农户产业发展提供服务。据统计，仅2020年志愿服务队就为辖区800余户群众配送2500余件生活物资，为700余户群众配送1000余件化肥、洋芋种等春耕物资，指导

350户农户发展产业；致富带头人志愿者组织种植养殖技术培训8次，受益群众达600余人。

“以前发展产业主要依靠自己，现在志愿服务队为我们排忧解难，一下就把大家的积极性调动起来了，现在我们家家户户都有1～2个增收产业。”建卡贫困户张上民说。

电商进村

干洋芋粉、洋芋片、山地鸡、鸡蛋、腊肉、木耳……城口山货土货是一笔源源不断的财富。如何把财富变现？范天喜一直致力于打通鸡鸣乡群众手中农副产品出山的“最后一公里”。

范天喜既是城口县喜娃农业公司责任人，又是鸡鸣电商致富带头人，他充分发挥自己经商10余年积累下来的人脉资源优势，通过电商，以村为单位集中进行收购，让鸡鸣乡群众家中的山货土货成为城里人餐桌上的香饽饽。

范天喜说：“乡里发出志愿号召后，作为电商致富带头人，我立即申请加入了这支光荣的队伍，当时我就想通过自己的电商平台，让辖区群众种出来的农作物和饲养的家禽都能卖出去，销售价格高一些。”

范天喜联系成都的生意伙伴，免费为辖区632户群众发放辣椒苗7万株。同时，针对猪崽购买难、价格高这一实际困难，他为辖区30余户农户购买猪崽120余头，并承诺年底将高于市场价0.5元的价格进行回收。据统计，2020年上半年，范天喜已为陈德发、李世权等300余户农户销售农副产品207万元，为村集体经济带来14.14万元利润，通过京东、淘宝、微商城、益农信息社等线上平台及线下川仪学院、工贸学校、职业学院、中国移动公司重庆分公司4家单位的超市销售平台，为全乡农户销售农副产品600余万元，保守估算，辖区勤劳的农户户均增收3000元。

“以前洋芋、苞谷等农产品种出来只能喂猪，大家觉得种庄稼、发展产业没得出路，现在我们种出来的农产品和饲养出来的家禽，在家就能实现销售，并且还供不应求，现在才找到我们这些庄稼人的幸福感，只要自己勤劳肯干，在照顾好家庭的同时也能在家找钱，心一下子就收回来了。”茶坪村村民曹亮说。

致富有了带头人

脱贫攻坚以来，鸡鸣乡就把培育市场主体作为产业发展的重要抓手。经过几年努力，培育壮大了鸡鸣茶厂、鲲鹏食用菌种植股份合作社、煊鹏农业发展有限公司等一批市场主体，培养了张从平、唐频等18名致富带头人。

张从平是土生土长的农村人。小时候，因为家境贫寒，她没有读多少书。结婚后，她与丈夫一起凭着城口人不怕累、能吃苦的精神，奋斗10年，终于把全家老小安顿在县城，过上了有房有车、衣食无忧的生活。她从不相信“农村挣不到钱”这一说，而是日思夜想怎样才能在农村站稳脚跟，让贫穷的乡亲尽快富起来。通过在市内外一年多的全面考察，结合鸡鸣乡的地理环境，她决定在鸡鸣乡祝乐村种植食用菌（香菇）。2018年3月，张从平牵头成立了鸡鸣乡祝乐村股份合作社食用菌菌袋加工厂，组建了“巾帼扶贫车间”，将部分留守妇女集中到菌袋加工厂务工。建厂至今，食用菌生产基地面积从5亩增加到60亩，解决了47人的务工就业，其中有15人来自建卡贫困家庭，人均增收10000余元。

鸡鸣乡是重庆市重点产茶地之一，鸡鸣贡茶曾获“中国历史名茶”称号，以前由于销路不畅，产值不高，即使有“金字招牌”也无法带动更多农户脱贫致富。脱贫攻坚战打响后，鸡鸣茶厂引进现代生产设备，实现现代化经营，按照“企业+农户+基地+市场”的产业化经营道路，现年销售额达

鸡鸣乡贡茶产业园

1700万元，解决了42人的就业问题，其中贫困户15个，直接带动鸡鸣乡500余户农户户均增收1500元。“加上政府大力支持辖区群众发展茶产业，通过几年的培育，全乡766户2865人种植茶叶，种植面积达3980亩。”鸡鸣茶厂总经理唐频说。

脱贫攻坚以来，鸡鸣乡按照城口县七大农业产业行动计划，立足鸡鸣乡实际，将茶叶、中药材、食用菌、山地鸡作为扶贫主导产业，全力推进，全乡产业年产值达6000余万元，贫困户户均增收5000元，所有贫困户在产业的助推下于2020年走出贫困。

（城口县鸡鸣乡党委、政府供稿）

鸡鸣报晓。鸡鸣乡高远，土特产丰富，如何把这些“宝贝”卖出去，就是减贫脱贫的重中之重。鸡鸣乡组建了志愿服务队，从运输志愿者到电商志愿者，因为有了他们，老百姓需要的生产物资拉得回，土特产卖得出。这一来一去，群众的腰包鼓了，经济逐渐活了。

金色山水

巫山双龙镇

长江三峡腹心重庆巫山有一个美丽的峡谷小镇——双龙镇。这里风景绮丽，文化厚重，是国家5A景区小三峡核心景点所在地。然而，长期的封闭导致难以一时改变双龙的贫困。2017年，双龙镇被列入重庆市18个深度贫困乡镇，也是巫山县唯一一个市级深度贫困乡镇。脱贫攻坚进入夺营拔寨的决胜时期，市县成立脱贫攻坚驻镇指挥部，中共重庆市委宣传部、巫山各帮扶部门单位派驻驻镇、驻村工作队，与双龙镇党委、政府一道，全力开展脱贫攻坚工作，其间，发生了许许多多感人至深的故事。

板栗产业活了

板栗种植曾是双龙镇培育的重点产业。龙王村早在2002年第一轮退耕还

双龙场镇旁双龙湖

林时就种植板栗800余亩，但由于农户分散经营，管理水平不高，大部分板栗产量低、价格低，村民的积极性严重受挫，成片的板栗树失去了管护。2018年12月，重庆市帮扶集团积极谋划对接，帮助龙王村引进一家生态农业开发公司参与管理，成立了板栗专业合作社，农户以板栗树作为资产入股占总股本60%、公司以现金出资方式占总股本40%开发该项目。该村张兴六、朱帮照等197户村民加入了专业合作社，村民的积极性空前高涨。2019年，由于板栗产业管护到位，产量达7万余斤。为拓展销售渠道，帮扶集团通过网上村庄等对外联系，与县外一家农产品公司建立了合作关系，公司对板栗进行加工、包装，推出“五福板栗”品牌，2019年销售额达50多万元。

板栗种植只是双龙镇产业发展的一个缩影。

脱贫攻坚以来，双龙镇按照“三带”布局主导特色产业3.75万亩。其中，在海拔400米以下的低山带适宜地块发展以恋橙、脆李为主的生态产业1万亩；在海拔400～800米的中高山带适宜地块发展以脆李为主的生态产业1.5万亩；在海拔800米以上的高山带适宜地块发展以干果为主的生态特色产业1.25万亩，还在林下套种了蔬菜、中药材。与此同时，建设脆李、柑橘、干果、中药材示范园区或基地16个，培育引进农业企业5家、种植养殖大户51户、专业合作社23个，辐射带动全镇产业发展。

基础设施先行，产业发展同步。脱贫攻坚路上，双龙镇按下快进键，跑出加速度。

旅游饭香了

一江碧水，两岸峡谷。小三峡美景如画。

20世纪八九十年代，坐拥小三峡的双龙镇是旅游热门之地。那时候，当地人尝到了旅游的甜头：或开办餐厅，或售卖农产品，或叫卖纪念品，景区周边的村民轻轻松松吃上旅游饭。

后来，因三峡蓄水，新线路和新景点并没有青睐双龙镇，场镇人烟渐稀。搬迁后的双龙场镇露出一个"半岛"，三面临湖。

有山有水好风光，竟然养在深闺人未识！如何培育新景，让旅游火起来？

双龙镇在市县支持下，借乡村振兴、精准扶贫等政策利好，"吃定"旅游饭。

安静村地处小三峡风景区的核心区域，即便如此，多数游客首选船上观光，唯独一些摄影爱好者与登山爱好者自驾上山。当地红叶游的乐趣，多数时候停留在游人眼中和镜头里，恰如走马观花。

游客追捧红叶而来，能否让红叶成为旅游产品让游客带走？深入调研后，在市文联的支持下，安静村决定将红叶与剪纸相结合，开发叶雕文创旅游产品。

双龙镇安静村鱼头湾

在剪纸传承人、民间工艺大师的教授下，片片红叶经村民巧手创作成鸳鸯、猕猴、农耕等场景，十二生肖、福系列作品，巫山十二峰、鱼头湾景区风情。随后，镇里成立福文化公司，创作推销红叶叶雕产品。

“红叶成了村民的摇钱树”，安静村村支书赵长保介绍说，村里修好了红叶步道，游客既可近距离观赏红叶，还可体验红叶叶雕，高山村也吃上了旅游饭。

赵长保口中的旅游饭不仅是红叶，还有新开发的旅游景点，白坪村也成了网红打卡地。这里漫山遍野的石头被一家文化公司看中，在石窝上栽种桃、李、杜鹃、海棠和绣球花，使石林和应季花品交相辉映，将乱石岗装扮成一片花海，打造成“石上生花”景观，美不胜收，游客纷至沓来。

双龙镇旅游远不止于此。借巫大高速穿镇而过的交通便利，双龙镇在市县重视支持下，统筹规划整合境内乡村旅游资源，紧密融合全县全域旅游战略：打造钱家坝旅游综合接待中心，建设“宁河鱼镇”休闲区，打造环天鹅湖、大宁河沿岸亲水旅游项目，融入“巫山—梨子坪—双龙—大昌—巫山”旅游环线，改造农家民俗院落，以小水果采摘、休闲垂钓为体验打造县城“第一后花园”……

借交通改善之机，依托5A级景区小三峡，双龙镇致力吸引旅客进行“小三峡陆路深度游”。

吃上旅游饭，日子有奔头。这句话又被村民口口相传。

钱袋子鼓了

除草、绑枝、浇水……在白坪村的一块平地里，曾是贫困户的刘敬春正在打理自己的葡萄园。“现在的日子好过了，干活有劲头。”刘敬春指着葡萄园说，“如今这份美好生活既有政府的扶持，也有自己的努力打拼，不仅脱了贫，葡萄收入也越来越好。”

今年36岁的刘敬春是安静村村民，曾经外出打过工。2011年，正当生活有点起色时，刘敬春却因腰椎结核导致椎体骨质破坏，住院半年，欠债10多万元。2015年，刘敬春被村里评为贫困户，成为首批大病医疗救助对象。

医疗救助让刘敬春重拾信心，积极参加政府组织的技术培训，开办摩托车修理厂，一点点消化债务。2017年，一心想摆脱贫困的刘敬春在政府小额贷款的支持下，盘下一个100多亩的葡萄园。早出晚归、精耕细作，忙碌换来收获，葡萄有了收益。尽管仍债务缠身，但刘敬春认为自己的收入超过了脱贫标准，便主动申请退出贫困序列。

“我享受到了扶贫政策，达到脱贫标准就应该退出来。”刘敬春说，脱贫既需要政策扶持，更要自己攒劲使力。

与刘敬春不同，侯柱国长期在外打工，家里的老房子年久失修。得知村里搞危旧房改造，侯柱国才从浙江赶回村里。脱贫攻坚的巨大变化、乡村振兴的愿景规划，让侯柱国决定回村发展生猪养殖。资金短缺时，政府贴息小额贷款解了急难；技术改造时，政府给予专项补贴。2019年，侯柱国养殖10头母猪，销售仔猪150头，收入60多万元。为帮助更多乡邻致富，侯柱国与5

双龙镇花竹村乡村梯田

户农户成立了生猪养殖合作社。

其实，侯柱国还能享受畜牧方面的扶持政策，获得一笔专项资金。可他觉得自己的养殖场已初具规模，不需要这个项目资金，便没有申报。“政府的项目要扶持在刀刃上，自己不需要就不能多占多用，这是做人的基本原则。”侯柱国说，贫困户要脱贫，就要干，实实在在地干，不能等靠要。

王仁文是双龙镇笔架村七组村民，建卡贫困户，四级残疾，走路不便，也不能干重活，以前一家人全靠妻子在珠海打工支撑，生活十分困难。2018年，王仁文开始饲养土鸡，年收入近万元，成功摘下了贫困帽子。

安静村村民赵本家，妻子因车祸残疾，成为村里的贫困户。脱贫攻坚战打响，赵本家在政府的扶持下种植脆李，不仅脱贫，还有了稳定的收入。

上门收货、包装、发货、沟通售后，是洞桥村村主任罗辉每天的工作流程。他开办的土特产经营部成为村里原生态农产品的集中地，脆李、核桃、土蜂蜜、黄花菜、洋芋、红苕粉等山货通过罗辉的电商平台发往北京、上海、广东等地，年销售额50万元。村民也通过罗辉的经营部，以市场价卖出山货、土货，增加了收入。“自从有了电商平台，我们村的土特产像是插上了翅膀。没想到我家的洋芋和干黄花，还有自家做的豆豉都能卖钱了。”聂宗翠激动地说，电商平台自产的土货成了网上俏货，仅2019年就为她增加了上万元的收入。

一串串名字，一组组数据，一幕幕变化，印证了一句大实话：幸福不会从天降，好日子是干出来的。

造福路上步履铿锵，幸福画卷徐徐展开。

夜幕降临，路灯亮起，居民汇聚在广场上闻歌起舞，整个广场变成了一片欢乐的海洋……

（巫山县双龙镇党委、政府供稿）

绿水青山就是金山银山。巫山双龙镇咬住青山不放松，扼住绿水不服输，再造山资源，新用水资源，一山一水，迎来好光景。重庆，山水之城，山水可依，山水可用，巫山双龙镇选择了一条对的道路，成功减贫。

城口沿河乡 笋竹奇缘

沿河乡地处城口县西北一隅，身藏秦巴腹地，崇山深涧，峭壁如屏，可谓“上有六龙回日之高标，下有冲波逆折之回川”，呈现“九山半水半分田”的自然形态。世代蜗居于“鸡窝地巴掌田”的8000余百姓，坐拥峥嵘绮丽的山水之境，独享琳琅满目的山野珍馐，但沿河乡过去却是出了名的穷乡僻壤，是重庆18个深度贫困乡镇之一。

经过多年针对贫困的攻坚战，沿河乡人民的幸福感、获得感显著提升，这不仅和全乡人民的共同努力分不开，也同一场“精心密谋的计划”和偶遇的“不速之客”有关联。

事情还得从2018年的那个夏天说起。两辆越野车从重庆荣昌一路疾驰而来，穿过城万快速通道，驶入了城口县，在其他乡短暂停留后，车上的老板

进山采竹笋

皱起了眉头，对助理说道："小曾呀，我们顺道去沿河乡看一看吧，如果没有开发价值，就直接回重庆了。"

带着最后一丝希望，车子驶在了前往沿河乡的路上。车子刚驶过岔溪口大桥，车窗很快就降了下来，从里面探出一个头来，用重庆话喊道"刹一脚，刹一脚"。

重庆市帮竹农业开发有限公司沿河乡经理牟必加回忆："当时越野车在一户村民家门前停下来。大家走下车，望着山上指指点点，东比西画，还不时走到村民晾晒竹笋的地方东瞧瞧西看看。此时，屋里的主人正忙活着剥竹笋壳，面对到访客人，一边剥壳一边回答客人的问话。主人这些年见多了扶贫干部，不自觉联想到眼前这位肯定又是下乡了解情况的扶贫干部，所以，并未感到有何特殊，只是觉得他嗓门大了些而已，听着就像是个‘重庆汉子’，浑然不知自己的致富路已经悄然开启。”

话分两头，自重庆市直辖以来，沿河乡历届党委、政府为了解决当地百姓增收难问题，日日夜夜不知道召开了多少次会议，跑了多少个部门、市场，但是始终没有找到一条真正的出路，没能从根本上解决增收难问题。

乡党委书记吴雪飞说，前些年沿河乡北坡村、迎红村（城口县原中溪乡）不通公路，出行靠走、通信靠吼，交通落后严重制约了本地发展，造成原中溪乡的贫困。村民生活水平、文化水平低下，出行需要走栈道、过河流，通过险峻陡峭的扁桶峡，才能到达外面的世界。

都说靠山吃山，村民们却无法“吃山”。交通不便，农副产品、中药材运不出去，卖不了钱。守着金山银山，却只有受穷。道路不通，群众更是叫苦连连，年逾古稀的村民张前文提起以前的生活经历直摇头。在他小时候，村民要出山，只有走险象环生的小路。如果感冒了，就喝点咸菜水或者辣椒汤，然后蒙着被子发汗，把寒气逼出来。这个办法虽然土，但是管用。如果生大病，就只有“硬扛”。

这一切都成了历届乡党委、政府的心病。自1995年起，在当地政府的带领下，沿河乡人民开始了艰难探索之路，战天斗地，誓把天堑变通途。由于当时条件十分落后，村民们就只能通过在悬崖上荡单绳秋千，打炮眼、放炸药，那真是最悲壮的风景……功夫不负有心人，一条起于沿河乡场镇，止于双河乡硝水坝，全长19.2公里，采用四级公路技术标准建设，路基宽6.5米的柏油大道，于2019年7月正式通车。

梧桐树栽好了还得引金凤凰。2018年的一个夜晚，一次会议在一场夜雨后悄然拉开帷幕，会议室里端坐着沿河乡党委班子成员，大家你一言我一语地讨论着，场面十分热闹。党委书记吴雪飞望着外面的一片竹林，突发灵感，对大家说道："我们有这么好的竹资源，为什么不用呢？现在市场上的竹笋可是紧俏货，我们沿河乡有将近10万亩的竹林，如果用好了将是一笔不小的财富。"但是大家没有立即回应。大家心中还存在着疑虑，在沿河乡的历史中，还没有几个老板来投过资，更别说大产业了，这只金凤凰怕是不好引呀。

第二天一大早，吴书记去6个村调研，她始终相信，好东西不愁找不到出路，这些年辛苦地筑路，就是为了不让好东西烂在大山里。村民何天万一眼就认出了吴书记，大喊："吴书记，这么大的露水，快来家里歇歇吧。"吴书记此时也想问问老百姓的想法，就答应了何天万的邀请。一番热情交谈后，她更是坚定了自己的信念，一定要让老百姓的好东西变成钱，让老百姓的口袋富起来，让老百姓过上幸福生活。

中午时分，吴书记在扁桶峡稍事休息，没想到会偶遇"金凤凰"。恰在那时，两辆越野车停在了不远处，一群人下来后，就开始赞美扁桶峡。吴书记听到对方说"笋子呀""产品呀"这些，越听越有劲儿，就主动上前搭了话，表明了自己的身份。没承想，对方很是客气。就这样，两人像很久没见的老朋友一样畅谈起来。于是"密谋的计划"和"不速之客"就这样开始逐渐达成共识，最后一拍即合，在沿河乡投资建厂。

吴书记说："想想这还真是一种缘分。不过当时建厂我们确实遇到了不少困难，建厂需要地，在北坡村有一块地，但是老百姓的工作难做啊。老百姓不明白建厂会带来好处，所以多方为难。我就和驻村干部白天忙扶贫工作，晚上挨家挨户做思想工作，讲道理，如企业会解决养老保险、安排工作岗位等。最终引入投资1500万元，建成了现在的重庆帮竹农业有限公司笋竹加工厂。加工厂占地面积12亩，配有标准化厂房7500平方米，配备液氮冷生产线即冷链物流体系配套设施，可实现年处理10000吨鲜笋的能力。”

采笋归来

如今沿河乡的笋竹不但顺利走出大山，进入各大超市，而且该企业延伸出笋竹初加工产业链，解决了以沿河乡及周边的双河乡、周溪乡、庙坝镇、明通镇、巴山镇等为重点乡镇的全县鲜笋收购和精深加工与销售，拓宽了竹笋产业增收路径，带动全乡586户贫困户增收，惠及全乡8000余人。同时，加工厂每年稳定解决当地50余人的就近务工，月均增收3000元。目前，已实现收购鲜笋500吨，农户销售收入达200余万元，群众脸上的笑容多了。

（城口县沿河乡党委、政府供稿）

笋竹尖尖，笋竹猗猗。城口沿河乡抓笋竹，兴产业，促经济，富民生。沿河乡的减贫路也是很多区县走的路，一地一风土一资源，如何依据自身特色，唤醒资源，创造产业，沿河乡提供了一个可借鉴的实例。

武隆后坪乡

甜蜜『云上苗寨』

在武隆区后坪乡文凤村，有别于往日的割草喂猪、下田干活，47岁的姚廷润和丈夫起了个大早。他们打扫位于苗寨里的店面，烫洗碗筷，准备食材，迎接从重庆驱车前来吃烤全羊的客人。

过去的山旮旯早已大变样，姚家的烧烤店只是一个小小缩影。近年来，随着脱贫攻坚的深入，后坪乡贫困发生率从以前的21.9%降至零。脱贫减贫工作“多管齐下”，让后坪完成了独属于它的华丽蜕变。

致富“主动脉”

从武隆城区出发，打开导航输入“武隆区后坪乡”，地图显示，最近的路是沿包茂高速经省道313，耗时3小时，全程100公里。

后坪乡文凤村天池苗寨全貌

耗时的缘由在手机地图上便可找到。放大看，地图后半段的山路弯曲得如同拧着的麻绳、打结的羊肠。“你们千万别走错了!”后坪乡党委书记宗小华在电话中说，后坪有了新路，地图上暂时没更新，“你们先导航沧沟乡，再从沧沟乡出发，盘山，沿着水泥路就能到后坪乡。”

电话那头，还带着点藏不住的高兴：“现在从武隆到后坪，只要1个小时了!”

后坪乡，地处桐梓山脉，位于武隆、彭水、石柱三县交界处。2014年，当地识别建档立卡贫困户379户1512人，是重庆18个深度贫困乡镇之一。而乡辖6个行政村中，白石村、文凤村、高坪村、中岭村4个村均为市级贫困村。

后坪乡是武隆扶贫减贫工作中一块难啃的硬骨头。

修路致富是老生常谈，作为发展的瓶颈，交通便是后坪乡必须攻克的第一道关。

2019年8月，耗时两年筹资新建的江后路（江口—后坪）通车，67公里的新路让后坪乡不再是当地人口中“武隆最远，最不愿意去的乡镇”。与此同时，相继通车的桐后路（桐梓—后坪）让后坪搭建起了一纵一横的交通网络，也让这座原先“养在深闺人未识”，却拥有丰富旅游资源、自然资源的乡镇走进了更多人的视野。

“主动脉”已然形成，为打通后坪乡的“毛细血管”，武隆区投入7000多万元改善各村社的交通条件。中岭村驻村第一书记胡庶红忘不了自己被扎破的10副轮胎，换过的2副引擎油底壳。“原来但凡是下雨天，别说开车，单是入户走访就有你想象不到的艰难。”

如今，后坪乡所有自然村实现了100%通畅，10户以上的村民聚居点，公路100%通达。

云上苗寨

乡村旅游根植于乡村，后坪乡旅游资源绝佳。

这里有五大天坑组成的世界唯一冲蚀型天坑群，还有怪石嶙峋的溶洞、狭长幽深的地缝峡谷、高山湖泊、原始森林。后坪乡拥有人头山、后坪坝苏维埃政府遗址等17处串珠式景点，风景独特，是红色旅游、探险旅游和研学旅游的好去处。

路修通了，后坪人不甘心守着聚宝盆却受着穷。

近年来，在深度脱贫攻坚行动的帮扶下，乡村旅游成为后坪减贫脱贫的一张重要名片，越来越多的后坪人吃上了一口热乎乎的“旅游饭”。

天池苗寨是重庆市规模最大、保存最完好的少数民族传统民居建筑群之一，它位于后坪乡文凤村，于2019年9月开寨，如今成了武隆区乡村旅游示范点。

“现在我们站的位置是原来乱糟糟、臭烘烘的牛棚，看不出来吧？”苗寨内，47岁的村民姚廷润指着建筑给记者细数往昔变化：60年的老房子成了颇受游客喜爱的现代客房，自家烧烤店的大堂是原先居住的老屋改造的。颇具美感的墙面画、干净地砖、店里的吊灯都流露出一丝考究与古色古香。若未亲至，或许你很难想象，这样的烧烤店会开在过去高山上的贫困乡里。

2019年，后坪乡政府出钱，让姚大姐一家学了一门非遗的烧烤手艺。现今，哪怕旅游旺季已过，也不乏专程驱车来店吃烤全羊，顺便度个闲适周末的游客。

过够了在外漂泊打工日子的姚大姐两口子坦言满足：“这个钱虽然没有外出打工来得多，但小日子过得踏实滋润，交通方便了，生活过好了，钱包也能借着苗寨景点的东风，慢慢鼓起来。”

记者了解到，如今，天池苗寨正以“云上苗寨，幸福后坪”为主题，强化品牌，完善乡村旅游示范点建设。不仅要对天池苗寨进行提档升级，还将丰富戏水休闲、亲子体验，扩大民宿接待能力，完成苗寨至场镇特色步道等建设。

后坪乡中岭村箐口天坑

甜蜜日子

旅游的发展带来了良好的连锁反应。它意味着，那些鲜有人知，却品质过硬的当地土特产，又多了一个销售渠道。

“2019年9月苗寨开寨的时候，我们中岭的蜂蜜就被摆上了展销台。”因为一瓶蜂蜜，后坪乡中岭村村民赵朋的人生发生了翻天覆地的变化。

因经济窘迫，27岁的赵朋在10岁时离家前往柳州。家乡后坪在他的脑海里，只有一句简单直白的形容：我晕车，这里路太烂了，我回来一次坐吐一次，17年过去，我只回来过两次。

2019年，赵朋得知家乡开始养蜂，吃够了在外漂泊的苦，他决定回乡创业。

在当地政府的支持下，赵朋得到了2万元创业启动资金，他购入30箱蜜蜂和300只鸡崽。

接触一个陌生产业，辛苦自不待言。但凭借养殖蜜蜂和土鸡，2019年对他来说，是收获满满的一年。他靠着养蜂，纯收入达到6万元，这是他过去风里雨里跑外卖一年的收入，一家人也因此成功脱贫“摘帽”。

干净整洁的吊脚楼里，新添置了冰箱、冰柜、暖风机、微波炉。除夕夜，赵朋可爱的女儿赵宸懿出生了。

他和妻子翻遍了字典，给女儿取了个看似“文绉绉”的名字：“我们想更努力些，好让孩子多读点书。这么难的名字，她要是不多读书，怕是不会写哦？”

记者获悉，2020年，全乡413户建卡贫困户“两不愁三保障”全面实现，全面脱贫，贫困人口可支配收入增加到12900元。目前，后坪乡正在构建“三万五园”格局：“三万”是发展一万亩茶叶，一万亩中药材，一万群中蜂；“五园”是指乡村旅游示范园、生态渔业园、高山蔬菜示范园、传统畜禽养殖示范园、水果采摘示范园。

（作者：周　荞）

大山之巅，群峰之上，武隆后坪乡因地制宜，向山索发展，向山要幸福，通过“三万五园”建设，除“穷根”，摘“穷帽”，打造甜蜜“云上苗寨”。后坪乡走过减贫路，开始振兴路。

巫溪天元乡 石头缝里奔小康

入春后的巫溪天元乡，沉寂的大地苏醒，到处是农民耕种的身影。

地处大巴山区腹地的天元乡，是重庆市18个深度贫困乡镇之一。贫穷和落后，曾是当地的代名词。

2017年以来，天元乡以产业振兴为发力点，按照“种养结合，以短养长”的产业扶贫思路，将“温饱型”粮食作物调整为“小康型”经济作物。

产业结构调整后的天元乡，“拼盘”出了不一样的产业效益，贫困发生率降至零。

村村都有主导产业

又到了果树管护的时节了，这几天香源村村民彭代平正忙着除草管护。

天元乡新华村珍果园

要不是乡里领导多次登门走访，彭代平也不会种桃树。

2020年一开年，乡里领导干部就到他家，多次讲产业扶贫政策，“软磨硬泡”下，彭代平心动了，“穷了一辈子，是到改变的时候了！”

彭代平主动给乡里的干部说了他的需求，领了400多株树苗，准备拿出5亩地来种。

然而，发展产业，对彭代平而言，曾是遥不可及的梦想。

地处大巴山区腹地的天元乡，层峦叠嶂，沟壑纵横，“巴掌田”“鸡爪地”是它的“外貌”。

就是这仅有的“一分田”中，25度以上坡地占91%。由于区域闭塞，基础设施滞后，天元乡产业薄弱，以传统“三大坨”为主，粮经比高达8：2。

如何从根子上消除贫困？要靠产业“造血”。

在调整结构、振兴产业的道路上，天元乡一直在探索。

2017年9月，重庆市教委扶贫集团对口帮扶天元乡，天元乡脱贫攻坚三年规划随之出炉。

在市教委扶贫集团各成员单位专业、技术力量的支持下，天元乡优化了产业空间布局，按照“1145”产业发展规划，围绕“一带一路五园六谷”的思路，调整四大主导产业空间布局。

思路既定，成效初显。

新华村打造了新华珍果园，规模种植百香果、红心猕猴桃等2000亩；宝坪村建成“年产50万袋食用菌基地”，打造冬桃基地200亩；象坪村成立托管代养中心，重点解决全乡失能弱能群众及贫困户增收问题；新田村规模化发展中药材、中蜂等产业；香源村带领村民建起魔芋基地，还引导村民规模化种植白芨……

产业布局起来，在大山里守望了一辈子的村民看到了希望。

象坪村村民万其均2年来前后三批养了500余头猪，已收入100多万元；新田村村民周子微是养蜂能手，一年能收2000多斤蜂蜜，可卖几十万元；王道忠养了57只山羊，一家人越过了贫困线……

“我们的目标‘五个一万’全面实现，也就是发展万亩中药材、万群中蜂、万头草食牲畜、万亩特色经果，人均增收1万元。”对此，天元乡党委书记林永特别自豪。

原本“穷恶”的自然条件，如今成了天元乡脱贫攻坚最具发展潜力的优势资源。

群众找到心仪之路

产业布局是第一步，如何带动村民的能动性，最大限度发挥土地效益，是加快产业结构调整的关键。

当了一辈子农民，新华村村民龚道海从没想过种地还有奖励。

2019年国庆节假期刚过完，龚道海的手机收到了一笔资金到账的提示短信，这让他坐立不安。他去银行查询后才得知，原来是政府汇来的鼓励资金。

龚道海家共有三口人，他和妻子靠种中药材和打零工维持生计。以前田地荒起没人种，现在国家政策好了，发展产业还有补助，龚道海想着法子种收益高的经济作物。

“以前怎样刨都刨不出个啥，现在地里长‘黄金’，我们更有干劲了。”龚道海说，如果市场行情好，凭借中药材，收入上万元不成问题。等中药材卖完，他还准备重新装修房子，再扩大药材种植规模。

像龚道海一样得到政府补助的村民有很多。近年来，天元乡不断鼓励村民发展产业，凡是种植经济作物的农户，都可享受政策上的红利。

除了政策鼓励，天元乡还为村民们上了“双保障”。

一头牛崽要几千元，羊崽、猪崽也要几百元。大规模养殖，万一发生大

天元乡宝坪村冬桃基地

面积死亡，岂不是遭了殃？这是很多农户担心的问题。为此，天元乡给出了解决办法：保险。

“贫困户的牲畜保险由政府全部承担，非贫困户自己只出25%的保费。”天元乡相关负责人说，为牲畜购买收益保险，双重保障让百姓得到实实在在的效益。

政策一出，农户都鼓足了干劲，搞养殖的，种经济作物的，天元乡家家户户都选择了适合自家的发展路子。

新华村贫困户王道忠在乡政府的帮助下，以“借羊还羊”的方式养了57只山羊，并在当年卖出了15只，获得纯收入7500元，一家人越过了贫困线。

“新华村能在2015年实现整村脱贫，靠的是利用山区的畜草资源发展山羊产业。”上述负责人说，新华村33户建卡贫困户中，有26户像王道忠这样靠养殖山羊增收，越过贫困线。

从单打独斗到抱团发展

心往一处想，劲往一处使。特色产业成为天元乡助力乡村振兴的“香饽饽”。

产业蓬勃发展，如何提高农产品专业化，解决产业点多面广、农户单打独斗应对市场的问题？

在天元乡的重庆天谷元乡商贸有限公司仓库可以找到答案。重庆天谷元乡商贸有限公司于2019年6月成立，股东有天元乡宝坪村、天元村、吉龙村等9个行政村，专门负责统筹辖区内农产品的销售。

天元乡党委书记林永坦言，天元乡的农特产品销售依托“短期靠线下，长期靠市场”的两步走工作思路。

从短期来看，主要依靠市教委扶贫集团力量，以消费扶贫为主的方式解决现存农产品销售问题。市教委扶贫集团驻乡工作队负责联系对接产品需求，并反馈有关信息。重庆天谷元乡商贸有限公司负责统一组织农产品存储、运输、直供购买单位。目前，市教委扶贫集团各成员单位累计购买各类农特产品1000余万元。

从长期来看，坚持“线上线下”销售同步发展。一方面利用832、社会扶贫网等线上平台，开展线上销售。另一方面在市区、高校以及对口帮扶相关单位建立“天谷元乡”线下体验店、社区商超等，让天元优质农产品走出大山，进入市场。

2017年，香源村村民老刘的蜂蜜产了1000多斤。望着这些甜蜜罐子，老刘笑在脸上，急在心里：怎么卖得完？

时任驻村第一书记傅伟得知情况后，联系重庆渝教科贸集团，请专业人士对蜂蜜产品进行全新的包装设计，利用相关渠道将其蜂蜜推荐进超市，并利用“一亩田”等电商平台，多方发布其销售信息……

不到两个月，老刘的1000多斤蜂蜜就卖完了，收入八九万元。

老刘不是个例。据统计，2019年底，天元乡消费扶贫销售农产品金额达1045.18万元，带贫1452户，贫困户人均增收3700元以上，增幅61%。

石头缝里奔小康

贫困的本质在于人的贫困。

曾经的天元乡，物质贫困的同时，贫困人口也陷入了脱贫意愿和能力双双不足的困境。调整产业结构、振兴乡村，转变村民的思想观念不是件容易的事。

通过党建引领、真情帮扶、扎实规划等形式，天元乡不断引导群众转变观念，不少群众已由过去的“要我发展”向“我要发展”转变。

天元乡新田村平均海拔1600多米，村民刘金平、杜永香老两口在山上的老房子里一住就是30多年。

“土坯房，茅草顶，墙上裂缝大到家里孩子可以钻进钻出。”说到当年的窘况，69岁的刘金平感慨颇多。

2017年底，老两口搬到现在的新房子，79平方米，自家掏的钱不到2万元。闲不住的老两口，在新家边上开了30多亩荒地，全部种上云木香、独活和党参等中药材，还养了几箱蜜蜂。

“2018年，光中药材就卖了2万多元，再加上蜂蜜、猪和毛竹，有4万元左右的收入。”日子过得安稳了，老两口一合计，在2018年10月的村民大会上，主动申请退出建卡贫困户。

“党和政府把房子这个大事帮我们解决了，剩下的事情就得靠我们自己了。”说起申请退出的缘由，刘金平神情严肃，“最看不来没志气的人，帮你盖好了房子，难道被子也要给你铺好？”

“党的政策就是好，我要努力向前跑。”想方设法摘“穷帽”成了群众的一致认识。

在香源村村委会办公室，为贫困群众逐一量身定制了脱贫方案：引导刘才成用扶贫政策贷款买回10头黄牛，大约一年半后，每头黄牛可卖出1万余元；帮助彭代平种下近2亩白芨，鲜白芨每公斤价格可达150元，每亩可产约800斤，一年下来可收入上万元……

因户因人施策，实事求是，天元乡每一户贫困户都有自己专属的精准扶贫码。

如今，同一块地，经过产业结构调整，天元乡“拼盘”出了不一样的产业效益。

2019年，天元乡农村常住人口人均可支配收入达到11000元，增幅在15%以上，其中贫困户人均增收在3700元以上，增幅达到61%。全乡粮经比由2017年底的8：2调整为1：9。

下好了产业发展这盘“棋”，天元乡脱贫攻坚助力乡村振兴满盘皆活。

天元乡相关负责人坦言，下一步，天元乡还将深化农旅融合，抓实抓好乡村旅游发展；深入挖掘“刘氏庄园”“顶寨”等历史遗迹，结合乡村振兴精准打造万春桃花源、新田森林人家、宝坪山村印象等乡村旅游品牌；着力塑造“宁河元乡、康养小镇”特色旅游品牌，早日建成“旅游风情小镇”。

（作者：陈　星　陈美西　冉长军）

DANG TAIYANG ZHAOJIN SHENSHAN

偏远的巫溪天元乡层峦叠嶂、沟壑纵横，既无良田又无沃土，如何脱贫？天元人没有气馁，没有“等靠要”，而是从“要我发展”转向“我要发展”，从石头缝里硬生生抠出幸福新生活，有一种高歌唱与我“从头收拾旧山河”的精神气概。

高山上的逆行

开州大进镇

山这边，漫山遍野的绿树，山那边，整齐划一的村庄，一幅幅美丽乡村的画卷次第展开，这就是如今的开州区大进镇，山川披绿，群众增收。大进镇位于开州区北部山区，山势陡峭连绵，是重庆市18个深度贫困乡镇之一。

近年来，大进镇始终坚持以党建为引领，做深做实抓党建促脱贫攻坚工作，全镇基础设施迅速完善、主导产业迅猛发展、公共服务水平稳步提升，深度贫困面貌得到根本改善，贫困山乡焕发出新的生机。大进镇脱贫路上的每一个人，翻越高山，冲刺胜利的终点。

大进镇万亩茶山

夯实一个基础

曾经，大进镇天保寨村的干群关系比较紧张。不少村民埋怨："村干部不干事，内部不团结，不深入群众……"村干部也有借口："村民刁蛮任性，'等靠要'思想严重……"

守土必须尽责。

看到这种情况，时任天保寨村扶贫第一书记的大进镇党委委员喻世兵，走访、开院坝会时，都会将村支两委班子成员带上，通过示范引领，提升他们的能力素质。在组织生活会上，通过批评与自我批评，激发他们干事服务群众的动力。

"我会直接指出班子成员的不足，同时也接受大家的批评！"喻世兵说。

慢慢地，基层党组织的战斗堡垒作用和党员的先锋模范作用逐渐显现。

2017年8月，深度贫困乡镇定点包干行动启动，采取市领导定点包干的形式推进深度贫困乡镇工作，并派驻工作队常驻大进镇，全面协调推动大进镇脱贫攻坚工作。

为了打造一支能打硬仗的脱贫攻坚队伍，大进镇对村级班子进行了逐村回访研判，进一步选优配强村级班子。

2017年8月以来，大进镇调整了3名难以胜任脱贫攻坚工作的党支部书记，对19个村（社区）"两委"班子开展了"回访"，纳入后进基层党组织整顿支部4个。同时，大进镇还拓宽选人用人渠道，注重从大学生村官、农村致富带头人、本土人才等群体中发展培养村干部，确保每个村有3名以上后备干部。

一子落定，满盘皆活。

如今，在大进镇的各村各组，越来越多的党员干部投身到脱贫攻坚的热潮中来，农村党组织成为脱贫攻坚的战斗堡垒。

用活一个法宝

“我们以前种苞谷，去掉买种子、买化肥的钱，不算劳力成本，一亩地也就挣400多元。现在种新品辣椒，一亩地起码能挣2000多元……”2020年3月11日，77岁的老党员、长城村党支部原书记颜从万在村民覃诗礼家中，掰着手指给覃诗礼算账。

颜从万是无职党员中新设的“产业发展岗”的一员。

要摘掉扣在大进镇贫困群众头上的“穷帽子”，必须牢牢抓住党建促脱贫这一制胜法宝。而对无职党员进行设岗定责，激励党员发挥先锋模范作用是关键。

脱贫有方，振兴在望。

村“两委”依据发展现状，优化岗位设置，对所有有行动能力的无职党员进行设岗定责，并对每名无职党员坚持每季度量化评分和公示，极大地增强了支部战斗力。

以前，部分农村无职党员长期处于“无责、无事、无为”的状态。为此，大进镇在市委组织部扶贫集团驻镇工作队的指导下，不仅发出“干在先、走在前”倡议，还结合农村无职党员的年龄、学历、性别、特长等情

况，在19个村（社区）设定了政策法规宣传、社情民意收集、产业发展管护等16类岗位，促使无职党员“有岗有责、有位有为”，始终保持党员的先进性。

岗位设置后，大进镇无职党员踊跃认领。截至目前，大进镇19个村（社区）有407名农村无职党员认领了岗位，在脱贫攻坚第一线当先锋、做示范，带动了更多群众参与。

配强一支队伍

脱贫攻坚不是一个人在“战斗”，众人拾柴火焰高。

红旗村扶贫第一书记王栋，团市委干部，刚过而立之年，他与驻红旗村扶贫工作队队员坚持以党建为引领，以“三变”改革为抓手，在红旗村修路、建生态停车场、成立茶叶合作社和经济联合社，连片栽植茶树苗，让一个个脱贫产业落地生根。

在大进镇，像王栋这样的第一书记还有很多。

来自重庆市委党校的李甲成为年华村第一书记；来自市委直属机关工委的彭聪成为紫金村第一书记；来自重庆五一高级技工学校的杨朝彬成为天保寨村第一书记；来自当代党员杂志社的刘成国成为长城村第一书记……

组织强，产业兴。

大进镇巴渠河堤

在第一书记的示范带动下，各驻村工作队注重扶贫扶志，通过深入走访，寻原因、问需求、启思路、定措施。

他们深入田间地头，带着群众干，干给群众看，坚持吃在村、干在村、住在村，把村民的所思所盼当成自己的家事来办。

就这样，脱贫致富妙招频出：

天保寨村驻村工作队，扎实开展移风易俗专项治理，制定“五自觉五不准”村民公约，积极扭转农村大操大办、厚葬薄养等不文明风气。如今，天保寨村文明新风蔚然成风。

紫金村驻村工作队，通过在全村开展“脱贫光荣户”评选活动，邀请当地致富能人“现身说法”，激发广大群众发展产业脱贫致富的热情。

双龙桥村驻村工作队，精准定位产业项目，栽种油茶1300亩，邀请专业人土现场进行技术指导，确保产业能见实效。因地制宜，将无人问津的野生猕猴桃，通过电商卖出大山，为集体经济带来近5万元收益，受到当地群众称赞。

杉园村，以农户土地折价入股、现金入股的形式，成立中药材种植专业合作社，发展党参、厚朴、黄连等中药材2000余亩，2017年到2019年，当地贫困群众均实现分红3万余元。

长城村驻村工作队，进行“挂图作战”，形成了高山蔬果、冷水养殖、优质水稻三大特色产业，稳步推进乡村旅游发展的“3+1”产业布局，仅一年时间，就让“空壳村”盈利13万元。

近三年来，扶贫工作队全体人舍小家为大家，始终坚守在脱贫攻坚最前沿，成为大进镇脱贫攻坚战场上一道亮丽的风景线。

（开州大进镇脱贫攻坚工作指挥部驻镇工作队供稿）

崔嵬高山上，一群领路人。开州大进镇在减贫路上，扶贫干部、共产党员、志愿者拧成一股绳。他们是战胜贫困的“冲锋员”。众人拾柴火焰高，有了这样一支队伍，大进镇大步向前奔向乡村振兴之路。

万州龙驹镇

与岁月同惊喜

翻开深度贫困镇龙驹镇的扶贫答卷，我们惊喜地看到这样一串数字：全镇贫困发生率从2014年底的19.39%下降到2019年底的0.37%。

实现辖区医疗保障100%，辖区建卡贫困户住院医疗费用平均自付比例由13.6%降至9.8%；实施建卡贫困对象农村危旧房改造和易地扶贫，1399户贫困户住房安全实现全保障，全镇贫困群众安全住房保障100%；实现辖区教育政策落实100%，贫困家庭义务教育和医疗保障100%到位；农村居民集中供水率提高到92.39%、自来水普及率提高到83.06%，有效实现全镇贫困群众安全饮用水保障100%。

各级干部走访贫困村21个、贫困户1.5万户次，共梳理解决各类问题3785个。

2019年度，农民人均可支配收入达到15652元，同比增长12.0%，增速位

万州龙驹镇全貌

列全区第二。

……

古有愚公移太行，今有万众拔穷根。

五月天，龙驹大地生机盎然。

在灯台村的香菇种植大棚，菇农们在第一书记骆健和村干部的带领下，正忙着准备菌棒入棚，对今年的收成信心满满；2019年底，靠着这个蔬菜产

业，村民人均务工收入增收8000余元。长期固定在此务工的就多达40人，其中贫困户18人。

在梧桐村，布局在山间的芦花鸡基地里，鸡鸣声响成一片。贫困户张定美给鸡子喂食，望着成群即将出栏的芦花鸡，满脸堆笑……

靠着芦花鸡产业，梧桐村不仅让98名贫困户全部脱贫，还把产业带动效应发挥到岭上、花坪、老雄、信义等村（居），更辐射了后山、余家、柱山、甘宁、普子等其他乡镇，以及丰都、黔江、奉节、云阳、忠县和湖北蕲春、黄冈等区县，共带动1000余户困难群众脱贫增收。

在分水村，漫山的李子树上已经开始挂果，预示着又是一个硕果累累的丰收之年。

……

乡亲们分享着产业扶贫的喜悦，奔向全面小康的脚步却一刻也没停。

万州龙驹镇是市级18个深度贫困乡镇之一，攻克坚中之坚，纾解难中之难，任务艰巨。

镇党委书记张凤政介绍，脱贫攻坚以来，全镇坚持摸清底数，聚焦突出问题，明确时间表路线图，将“两不愁三保障”各项措施落实到村、户、人，为如期打赢脱贫攻坚战，书写了一份合格的答卷。

“我们采取成立作战指挥部、充实驻村工作队、定期调度落实等方式，健全作战组织体系，确保打赢脱贫攻坚战。”镇党委负责人告诉记者，镇里及时组建了定点攻坚队，完善工作机制，细化攻坚明细，全力推进全镇脱贫攻坚重点、难点任务。

市、区两级帮扶集团及时协调新增63名市、区、镇级驻村第一书记及工作队员，充实到21个村（社区）驻村工作队中。每周召开一次调度协调专题工作会，按板块按领域逐一打表推动落实项目建设、基础信息、成果巩固等工作，研判解决到户、到人难点、盲点措施，确保“一户不落、一个不掉”。

同时，制订“一套”作战重点清单，实行“一体”战时工作要求。严格落实321（即全镇干部职工一周3天进村入户，2天在镇办公，1天加班坚守）工作要求，合力推动脱贫攻坚。

火车跑得快，全靠车头带。脱贫攻坚战中，龙驹大地一批又一批好党员、好干部走在前，做表率。

梧桐村党支部书记郎定高和第一书记白新亮多方奔走，想方设法发展起了芦花鸡产业。如今发展得风生水起，芦花鸡产业已带动梧桐村90多户贫困户脱贫增收，已然成为当地村民的“致富鸡”。

向东村第一书记姚茂瑜和村干部一道，辗转四方考察，最终引进了百香果产业，让曾经“零”产业的向东村逐渐变了样。

此外，龙驹镇还结合脱贫攻坚，创新推出党员积分评星活动、志德超市。从2019年5月起开始试行，支部正式党员、预备党员、入党积极分子全部参与，实现全覆盖。支部专门建立了计分登记台账，并在村便民服务中心前的小广场上设立积分评星公示榜。按照计分规则逐一登记后，每月对总积分进行公示。积分评星结果作为年度评先评优的重要依据。

……

发展产业是实现脱贫的根本之策，更是实现“两不愁三保障”最有力最可靠的支撑。

龙驹镇还统筹推进二、三产业发展，巩固市级返乡扶贫创业示范园，去年新培育“四上”商贸企业3家、规上工业企业1家、限上建筑企业1家，扩建乐仁汽车配件加工、三峡绣手工等配套加工车间3个，新增本地就业200人以上，培育区级农业龙头企业3家、科技型农业企业3家、区级示范专业合作社5个。

龙驹镇赶场大桥

让老百姓看得上病、看得起病、看得好病，是打赢脱贫攻坚战需要攻克的另一个难题。

对此，龙驹镇依托三峡中心医院建立了贫困户专职医生制度，全面深入实施“医师入户助医”，实施“区级专家巡回指导、乡镇医生上门服务、村社医生全程管理”三级联动服务模式，开展“三查、四扶、三诊”举措落实健康扶贫；开展家庭医生服务，成立21个服务团队，与4351名建卡贫困户、782名残疾人完成签约，把医疗服务送到老百姓家中。前不久，又投入资金重装启用团结门诊部，把“三甲门诊”开进了大山深处。

龙驹镇现有辖区内就读学生6796名，其中建卡贫困学生1648人。在开展“教师入户助学”活动中，该镇对0—24岁阶段入学情况大排查，建立了1205名贫困家庭学生教师一对一帮扶台账，有效实现了教师入户常态帮扶对接100%。对9名因重大残疾等原因无法就读的贫困学生开展了送教上门。

贫有百种，困有千样。摆脱贫困，需要有“一把钥匙开一把锁”的智慧力量，在精准施策上出实招，在精准推进上下实功，在精准落地上见实效。

据统计，近年来，龙驹镇对建卡贫困户、分散供养特困户、低保户、边缘户实施农村危旧房改造；实施建卡贫困对象易地扶贫搬迁，保障了农村困难群众的住房安全。

此外，全力确保饮水安全。从2015年至今，全镇累计投资2426.12万元实施饮水项目，累计受益人口29193人，实现全镇贫困群众安全饮用水保障100%。

硬核数据彰显攻坚成效。如今在龙驹镇，辖区贫困家庭义务教育和医疗保障100%到位，全面建立了持续巩固机制；低保、五保、贫困户等对象在内的家庭3084户住房保障全到位；围绕“两不愁三保障”的突出问题全部得到有力的解决，贫困户们增收的薄弱环节也正在完善。

（作者：李进发）

一把钥匙开一把锁。万州龙驹镇采取精准施策，砥砺前行，一个个突破，一项项完善，交出了一份让人惊喜的减贫答卷。事在人为，事在力为，踏石留印，抓铁有痕，龙驹镇与岁月同惊喜。

DANGTAIYANG ZHAOJIN SHENSHAN

青山深处云卷舒

酉阳浪坪乡

2020年10月21日，天气晴，蓝天白云下的酉阳县浪坪乡，风光秀丽，一栋栋小楼房掩映在青山之间，宽阔的公路一直延伸到远方，给外来者绘就了一幅美丽的乡村新图景。“我见证了浪坪乡几十年的历史，这些年，浪坪乡得到空前发展，可以说是超乎想象的。”在这里生活了47年的王敏感慨地说道。

包括王敏在内的浪坪乡人看得到，也感受得到：以前，乡里是“寒居深山，坐落深崖”，基础设施薄弱；如今，不仅接打电话不用愁没有信号，硬化路也修到了家门口，小车可以开进自家院坝，家家户户还用上了自来水，基础设施得到改善的同时，乡里的产业也得到了发展，村民增收渠道越来越多。

浪坪乡场镇全貌

深山不寒居

浪坪乡是重庆18个深度贫困乡镇之一，距离酉阳县城100余公里，也是酉阳县最偏远的乡镇。当地植被覆盖率高，但是山地多，成片的土地较少。“以前，我们浪坪可以说是‘寒居深山，坐落深崖’。”2020年10月21日，接受记者采访时，浪坪乡宣传统战委员王敏说，所谓“寒居深山，坐落深崖”，指的就是交通不便，2017年以前，集镇上的街道长度仅300米，狭窄而凌乱，晴天到处灰，下雨一身泥。乡里情况更差，硬化公路不足40公里，去趟集镇上最远的得两个多小时，电信信号覆盖率低，接打电话常常没有信号，饮水也成问题。正因为基础设施差，当地的发展受到了限制。

浪坪乡官楠村冰糖李基地

脱贫攻坚，首先就是改善当地的基础设施。

几年过去，基础设施建设情况如何？去往浪坪乡浪水坝村的路上，记者找到了答案。

车子在浪水坝村的农村公路上行驶，两旁，一排排漂亮的小楼房闪过。“如今，路已经修到了我们家门口，娃儿上学不愁了，我们的生产生活也越来越方便。”浪水坝村村民谢从怀幸福地说。

村民代奉华家，新建的两层小楼房格外醒目，硬化公路直通到他家，楼房配备了单独的厨房、厕所，还有自来水管接到家里。“再也不用像以前一样走很远挑水了。”代奉华说。家门口就是他规模化种植的辣椒，2020年辣椒丰收，也让家里实现了增收。

浪坪乡党委副书记谢正阳介绍，三年多时间，浪坪乡建成5米宽的四级农村路104公里，入户的硬化路60公里。“现在，硬化路通到乡里的家家户户，下雨天走路再也不用担心鞋被打湿了，而且，自来水管接到了每户村民的家里，家家户户吃上了自来水，4G信号也达到了98%的覆盖率，再也不愁接打电话信号差了。”

撂荒地变致富田

“2017年以来，浪坪乡得到空前发展，可以说是超乎想象的。”王敏说。他所说的“超乎想象”，除了基础设施的改善外，还有产业的发展。

浪坪乡浪水坝村农业产业孵化园里，不仅种植了油桃，还打造了35亩鱼塘，一片欣欣向荣的景象。谁能想到，一年前，这里还是一片撂荒地。

按照规划，乡里引回了在外地承揽工程的村民谢从友，在充分尊重农户意愿的前提下，改造这片撂荒地，使其得以优化利用。同时，采取“公司+基地+农户”的经营模式，成立了康蕊农业发展有限公司，周边4个组80多户村民500余人以土地入股方式加入公司，除获取土地租金和收益分红外，还可以通过在这里务工来增加收入，实现家门口就业。

谢从友告诉记者，目前，公司吸纳了30多位村民长期在这里务工，工资每月为3000元，而一些打零工的村民劳作一天的收入也达到80元，还包吃住。

这是浪坪乡引入企业带动当地发展的一个缩影。谢正阳介绍，乡里立足实际，因地制宜，引入康蕊农业、敏兴农业、园博农业等企业，分散式打造种植业，以弥补当地山地多、整片土地少的不足，同时，不断壮大村级集体经济，通过利益联结带动广大贫困农户增收。截至2020年底，浪坪乡已建成冰糖李基地520亩、茶叶基地1250亩、油茶基地500亩、辣椒基地4000亩、青花椒基地1200亩、优质大米基地1200亩、糯苞谷基地400亩、毛白菜基地400亩等。

"李子、青花椒和茶叶都要几年后才能有收成，属于中长期种植作物，辣椒、大米、糯苞谷则是短期作物，短期内可实现收益，差异化发展，既保证了收益，也有助于产业的长远发展。"谢正阳说。

据介绍，通过产业扶持资金到户和落实利益联结机制，浪坪乡实现了546户贫困户户户增收。

养鹅致富

同样是浪水坝村，2020年10月21日，村民石玉仙正在自己的养鹅基地忙碌着。

记者了解到，2020年4月，石玉仙和丈夫开始养鹅，半年时间过去，养殖的鹅已经先后出栏上市了两批。问及利润，石玉仙回答得有些保守，但是满脸笑容："利润嘛，还是可以，有10多万元。"再等10多天，第三批养殖的鹅又要上市了，又能获得一笔收益。尝到甜头，现在，石玉仙还选好了第二个养殖基地，准备扩大规模。

规模化养殖，让石玉仙荷包鼓起来的同时，也让她成为致富带头人，为附近多位村民创造了增收条件。村民严平先就是其中之一，她在石玉仙的养鹅基地工作，主要负责喂鹅、打扫等，工作不累，每个月能获得2000元左右的固定收入。"我岁数大了，只能留在家里，还能干点活，就当锻炼身体了，这些活都轻巧，又能挣点零用钱，还是很不错的。"严平先告诉记者。

乡里，像石玉仙这样的养殖大户不少。

在官楠村，贫困户何云玉家，昔日因学、因病致贫，后来，在村支两委引导下，他学了养殖技术，养起了鹅。从最初的10只到现在的300余只，大干一场的同时，荷包也渐渐鼓了起来。

记者了解到，养殖户们之所以放心大胆地养鹅，是因为不愁销路。而普通农户或者贫困户要养殖鹅，还有更多的优惠政策。比如，乡里的产业孵化园会提供低于市场价的鹅苗，村民拿到鹅苗前，孵化园已经接种疫苗，村民省去了接种疫苗的成本和麻烦，等到上市，村集体经济组织还会按照市场价进行收购，让村民不愁销路。目前，浪坪乡全村养殖上市的鹅已实现利润240万元。

记者了解到，脱贫攻坚工作开展以来，浪坪乡在大力发展特色产业的同时，还通过各种优惠政策和活动，激发全体村民的内生动力。经过合力攻坚，乡村面貌越来越美的同时，村民们也大步走在增收致富的道路上。

（作者：朱　婷）

DANGTAIYANG ZHAOJIN SHENSHAN

昔日的浪坪乡“寒居深山，坐落深崖”，脱贫攻坚一改浪坪旧颜，村民富了，村貌美了，薄雾氤氲笼烟雨，青山深处云卷舒。

突破重重阻隔

彭水大垭乡

彭水县苗族土家族大垭乡位于彭水县城西南方向，是重庆18个深度贫困乡镇之一。大垭乡山高坡陡、沟壑纵横，25度以上坡地面积占总耕地面积的70%以上，海拔落差大，土地贫瘠。“偏远”“贫穷”曾是大垭乡的代名词。

作为两省四地交界处，大垭乡与武隆区浩口乡、贵州省武川县、道真县接壤，地理环境独特。

如何才能在偏僻中打破时空的阻隔，走出一条属于自己的路来？这条路能否走得顺？

答案在我们的采访中得以一见。当地的移民新村房屋错落有致，外观整洁，从山上到山下，当地村民说，改变的不只是居住环境，还有思想。“以前等靠要，现在我们都想方设法去挣钱。”

大垭乡木蜡村石窖田风貌

乘着脱贫攻坚的东风，如今基础设施更加完善，环境更加宜居，群众增收致富有路子，大垭乡有了实实在在的获得感。

一起养土鸡

两年前，大垭乡木蜡村1组贫困户王天忠开始“动作”了，他下决心要摘掉贫困的帽子，让生活好起来。

时年54岁的他，有两个儿子，大儿子初中毕业外出打工，碰了不少壁，吃了没文化的亏后，决心回重庆继续读书，小儿子正是读书的年龄，家里也需要花钱。

面对两个儿子一年的学费，王天忠举步维艰。

“但我希望他们去读书，读书才有出息。我也要改变。”王天忠决定去养鸡，没想到，这个决定，不但改变了他，也改变了周围许许多多的人。

2020年10月19日下午，记者来到王天忠的土鸡养殖场。

养殖场地处山谷，荒无人烟，成百上千的土鸡在山林里乱窜。“因为这里没有人居住，非常适合散养土鸡。”王天忠说。

记者注意到，王天忠养的鸡，黄灿灿的，活力十足，从一两米高的堡坎上飞下来，毫不费劲。“这些鸡炖的汤香，鸡肉紧实，买家买了一回还要买二回。”而两年前，土鸡销售还是一个大问题。

“在驻村工作队的帮助下，打开了土鸡的销路，土鸡经过加工包装后，定点销售给多家单位。”王天忠说，为了方便运输和储藏，把土鸡宰杀清洗干净，用真空包装机包装好后再送货，市住房城乡建委扶贫集团还为他捐赠了1台脱毛机和1台真空包装机。

看到自家养的土鸡收益还不错，王天忠决定成立专业合作社，带动木蜡村贫困户养土鸡。“去年，一个四川成都的客户需要400多只土鸡，接到订单我先去贫困户家收购，如果收不齐再卖我家的鸡。”王天忠说，那个订单他销售了260多只鸡，毛收入近3万元。

入股养冷水鱼

当地除了土鸡，冷水鱼也是一个特产。

10月底的彭水大垭乡，空气已经有一些冷了，站在大河坎山沟里，一排排鱼塘呈现在眼前。鱼塘里，成群的鱼儿在水里畅游，时不时地跃出水面。村民张秀琼站在木楼上，看着自己和丈夫辛苦打拼出来的产业，脸上挂满了笑容。

满池鱼儿满池希望，对张秀琼来说这来之不易。曾经，她与丈夫在彭水县城做过建材生意，在重庆主城开过饭馆，收入还不错。2017年初，他们的父亲过世，年迈的母亲一人在家需要照顾，于是，张秀琼夫妇又回到这个山沟，打算利用附近的水源优势养殖冷水鱼。

“这里的水源很好，我们专门送去北京检验过，这里的水很适应养冷水鱼。”张秀琼告诉记者，有水，就有了养鱼的基本条件。但除此优势之外，四周却是一片杂草丛生的荒地。“当初这里全是荒地，荒了几十年了，没人种庄稼，河沟的沙随时会冲进来，这一片都是河沙坝，全是长的荆棘。”

“去年大概卖了1.7万斤鱼，总共卖了40多万元。”张秀琼说，发展冷水鱼能走上正轨，一方面靠的是自己的打拼，另一方面靠的是政府的支持和贫困户的参与。当初困难时，7户贫困户分别把土地和5万元金融扶贫贷款投入到这里；政府投资修通了到冷水鱼基地的公路，让她渡过了重重难关。当效益显现，大家也都成了受益者。

为了帮助大家一起脱贫，她还发展贫困户参与养殖，有的土地入股，有的现金入股，按比例分红。张秀琼说：“这个鱼塘不光是我们夫妇俩的，也是贫困户脱贫的希望，所以现在我要全心全意经营，确保万无一失。”

大垭乡垦甲高山蔬菜基地

善用金山银水

养鸡和冷水鱼，只是大垭乡走出贫困的一个缩影，对拥有得天独厚地理优势资源的当地人来说，不等靠要，借用当地的地理条件来做文章，才是彻底走出贫困的重要道路。

大垭乡宣传委员陈小东告诉记者，为了鼓励贫困户脱贫，当地出台了产业扶持政策，发展种植养殖产业的，都有补助。养猪两头以上（一头无补

助），每头可以得到400元补贴；新养殖一头牛，可得到800元补助；种植两亩以上粮食的，一亩可以得到200元的补贴；一户最高可以拿到3000元的封顶补助，以鼓励大家靠劳动脱贫。

这些年，社会扶贫网、淘宝网建立了相对完善的销售渠道，扶贫集团等市里相关部门也建立了相对完善的销售渠道，为贫困户的脱贫减贫建立了良好的购销渠道，极大鼓励了贫困户的信心。

陈小东告诉记者，下一步，大家商议的是如何把农村产业做大做强，让生活有滋有味。

（作者：王渝凤）

高山不难越，彭水大垭乡出台扶持政策，大力发展种植养殖业，改变了贫穷的面貌，迎来一片好天地。

DANGTAIYANG ZHAOJIN SHENSHAN

秀山隘口镇

山银花香幸福来

秀山隘口镇坝芒村，这个时节，村民们正在田间地头忙碌着，2020年上半年，山银花卖出了好价钱，下半年，后续的管护也得跟上，这样，来年又能有一个好收成。

隘口镇新院村金丝皇菊产业基地，眼下，大大小小的花骨朵儿已挂满枝头，再等一个多星期，花朵完全盛开，金丝皇菊也将迎来丰收采摘季，届时，从山头到山脚，漫山遍野金色一片，美不胜收。对新院村617户家庭而言，这金色，铺就的不仅仅是风景，还有增收致富之路。

隘口镇是市级深度贫困乡镇，种植山银花、金丝皇菊，只是其产业发展规划的一部分。为了持续增加村民收入，隘口镇确定了发展中药材、茶叶、核桃以及其他特色产业的“3+X”产业发展规划，大力推进产业扶贫，同时积极发展农村电商，拓宽销路。

扩大种植规模

虽然有不少村民外出务工，但是，2020年10月19日，记者在隘口镇坝芒村采访时，几乎看不到撂荒地，不管是田间还是地头，都可以看到被管护得很好的一株株山银花。据介绍，在坝芒村，有400户村民种植了山银花，占了全村的绝大多数。

村民为啥对种山银花这么热情？

"以往，一块田种植水稻，产出只有200元，现在，种植山银花，产出有1600元。当然是选择种植山银花。"村民吴再文告诉记者。他从2017年开

隘口乡村扶贫产业园

始种植山银花，随着时间的推移，产量逐年增加，2020年，光是种植山银花的收入就达到2万多元，为此，他又扩大了规模，由原来的10亩发展到了25亩。

跟吴再文一样，村民杨正贵也尝到了种植山银花的甜头，在原有的基础之上，他将自家山银花的种植面积扩大到了70亩。他算了一笔账，在盛产期，一亩山银花的产量在1000斤左右，产值可达到8000～9000元。

大规模种植，产量出来了，销路怎么解决？

"销路完全不愁，政府牵线搭桥，两个加工厂等着我们的山银花呢，采摘后就可以送到加工厂去，所以，我们很安心。"杨正贵说，除了不愁销路，种植山银花，还有专业技术人员来向他们提供技术服务，同时种苗、肥料以及管护都有一定补贴。

坝芒村驻村第一书记向兴志介绍，2020年，坝芒村山银花产值突破1000万元，"当然，说1000万元其实都保守了，还没包括山银花苗的销售额"。

探索经营模式

以坝芒村为代表的农户自栽自管，是隘口镇在产业发展中探索的经营模式之一。立足各村实际，隘口镇还推出了农户入股土地经营权到合作社参与分红、股权化收益分红模式，多路径、多渠道，增加村民收入。

"金丝皇菊今年的花骨朵儿可以，还有一两个星期，就将进入盛花期，到时候花朵好看，村民感到顺心，笑脸肯定更灿烂。"2020年10月19日，秀

隘口水库

山隘口镇新院村金丝皇菊产业基地，看到种植的金丝皇菊露出的花骨朵儿含苞待放，隘口镇副镇长杨胜宿欣慰地说道。

新院村的产业经营模式，是农户入股土地经营权到专业合作社参与分红。

杨胜宿介绍，专业合作社由村集体创办，不仅可以让规模化种植的金丝皇菊得到统一管理和销售，还可以规范化运营，对抗产业风险。“涉及分红，首先对入股土地农户实行200元一亩分红，余下的再按3：3：4进行分红，即土地入股农户占30%、专业合作社占30%、村集体经济占40%。”他表示，2019年，种植的97亩金丝皇菊实现了80万元的产值，所有入股农户都已经分到了红利，对产业发展更加增添了信心。

除了参与分红，平时，新院村的村民还可以通过在金丝皇菊产业基地和茶叶基地劳作，增加收入。据介绍，在上述基地进行管护，一天能有80元收入。

记者还了解到，在原有基础之上，新院村茶业基地新发展茶叶985亩，项目投产后，亩产鲜茶叶将达到300斤，年产值可达到300余万元，受益覆盖农户将达到617户。

晒出满意成绩单

多样化的经营模式能够起作用，得益于坚实的产业发展基础。

记者从隘口镇获悉，被确定为重庆市深度贫困乡镇以来，为持续增加村民收入，隘口镇决心围绕“3+X”（“3”即中药材、核桃、茶叶三大主要产业，“X”是其他特色产业）三年产业规划，按照短期能增收（金丝皇菊等），中期不“断档”（黄精、天冬等），长期能致富（茶叶、山银花等）的发展思路，有序推进，先后建起以山银花、黄精为主的中药材基地15980亩，茶叶基地7551亩，核桃基地11544亩（其间，套种电商订单农业金丝皇菊、雪莲果、魔芋等），发展油茶、秧青米、太空莲等特色产业4330亩。

目前，中药材、茶叶、核桃3个万亩基地基本成形，全面实现“一村一品”的产业布局。

而4年来，产业发展的成效已经有了成绩单：全镇消除撂荒地2.4万亩，产业种植总规模达到了39405亩，2019年实现产值1800万元。其中，以山银花、黄精、白术等为主的中药材，实现产值1040万元；茶叶实现产值400万元；太空莲、黑斑蛙、金丝皇菊等其他特色产业实现产值360万元。农户发展产业面积户均达到5.3亩，户均增收2440元。

精心打造电商

实现产值的背后，还有精心打造的电商在发力。

记者看到，在隘口乡村扶贫产业园电商物流集配中心，这里的工作人员每天都很忙碌，不是接收订单，就是忙着将产品封存打包，搬上物流车，等待产品被送往全国各地。

要买到隘口镇地道的山银花、金丝皇菊、太空白莲等特色产品，不用专门来秀山了。

“每天，从集配中心发出的订单平均可达到800单，电商服务中心产品上线了多个电商平台，已实现电商销售金额3200余万元。”隘口镇组织委员严川负责镇里的电商发展，他介绍，在产业园，投用的电商服务中心，不仅解决了一部分年轻人的就业问题，还通过在线平台将隘口镇的特色产品销往外界，同时借助这个平台，农户也扩大了销路。

最近一段时间，46岁的村民代琼每天都会到产业园上课，学习电商相关课程知识，听课不到两个星期，她就学会了拼音打字、图片编辑和视频拍摄技巧，更了解到如何调查、分析市场。“现在留在家里，想着多学一样技术，而电商又是大趋势，我想通过电商，让家里的农产品卖个好价钱。”代琼说。

记者从隘口镇了解到，为培养电商人才，隘口镇还依托产业园办起了电商学院培训中心，学习期间，不仅提供免费食宿，考试合格，还将给予1000元的电商创业资金，引导村民从事电商产品销售，实现增收。

（作者：朱　婷）

这是一段带香气的减贫路。秀山电商闻名遐迩，同样有名的是中药材，特别是山银花。隘口镇做大做强特色，电商与中药材有机结合，让山银花香飘向全国，实现了山银花香幸福来。

黔江金溪镇

乡路带我回家

过去，在黔江，提到“筲箕滩”，稍微上点年纪的人都知道，土无三里平，人无三分银；如今，再到黔江，提到“金溪镇”，当地人无不称赞猕猴桃、蚕桑、土鸡、蔬菜品质好。当地人盖起了两层楼的楼房，公路通达到家门口，条件好了，金溪镇开始吸引外乡人来打工。

金溪镇就是村民口中的筲箕滩，从“筲箕滩”变成“金银滩”，对当地的村民来说，变化翻天覆地。黔江区金溪镇组织委员李宁告诉记者，以金溪镇清水村为例，除了着力解决村民在住房和饮用水方面的问题外，还花大力气夯实产业基础，在驻村工作队的帮扶下，全村发展蚕桑1100多亩、水果780亩、蔬菜250亩，还发展了“桑+鸡”等立体农业，真正实现了“两不愁三保障”。2019年清水村未脱贫4户11人，目前也已全部脱贫。

黔江金溪镇全景

“双诊法”治深度贫困

深秋的金溪镇，群山环抱，沟壑纵横，山路崎岖，村舍散布，这里，土地大多是“鸡窝地”“巴掌田”，有“九山半水半分田”之说，又因资源匮乏，地势形如筲箕被称为“筲箕滩”。

金溪镇土地面积84平方公里，由原平溪、金溪两个国家级贫困乡合并而成，属典型的老少边穷地区。村道坡陡弯急，路况极差，基本属于“晴通雨不通”。

2017年8月，重庆市出台《深度贫困乡镇定点包干脱贫攻坚行动方案》，将金溪镇确定为全市18个深度贫困乡镇之一。紧接着，市卫生健康委帮扶集团和黔江区级部门组成扶贫工作队进驻贫困村，并确立了“2020年把金溪镇建设成为黔江城区后花园、特色采摘园、休闲观光园、高质量脱贫的示范镇、市级卫生示范镇”的脱贫发展目标。

怎样才能实现这个目标？大家一致认为，是交通阻隔了当地的发展，所以“双诊法”第一疗法，就是修路。

“双诊法”第二疗法，是“找穷根”。

找穷根、想办法、谋出路，密集的调研全面展开。

通过密集调研，金溪镇脱贫攻坚工作指挥部坚持瞄准目标、精准发力、实事求是、量力而行、尽力而为、缺啥补啥的原则，坚持做出示范，高一格脱贫，快一步致富，坚持指导性和针对性、操作性相结合，统筹规划，分步实施，率先解决脱贫攻坚中的最短板，破解发展难题，编制出《黔江区金溪镇深化脱贫攻坚规划》。

从筒靴到皮鞋

金溪镇清水村村民谢家林感慨最深，眼见着家门口的青山突然被挖开，然后被修上了水泥路，“路修到家门口，根本不敢想啊。以前我们出门只能穿筒靴，现在还能穿皮鞋嘞。”

谢家林住在清水村名为“茶林盖”的高山上。前些年，他依靠外出打工谋生。2012年，考虑到父母年迈，他返乡搞起了茶树种植。

依托良好的生态环境，谢家林种出的茶叶品质尚可，但却鲜有商家愿意

金溪镇农民稻谷丰收

上门收购——狭窄崎岖的通村泥石公路，让多数茶商打了退堂鼓。谢家林不得不将茶叶压价出售。

硬化道路修到谢家门口后，前来收购茶叶的茶商明显增多，谢家林的茶叶销售价格也有了明显上涨。交通改善带给他致富信心，他又种了几十亩蚕桑，这些年，他的桑叶开始卖到广东等地。

“这些年电商也有了，我们在家里也能销售茶叶，确实方便了许多。”插上电商的翅膀，谢家林的生意也红红火火。现在，每到采茶的季节，周边到他茶场采茶打工的人不少，“赚点生活费，贴补家用”。谢家林觉得，自己能给乡亲带来赚钱的机会，是件好事。

从“山之困”到“山之能”

2015年，田建被当地政府新增为贫困户。2016年，田建从新疆回到家乡金溪镇清水村。

“我不想当贫困户，我也不想给国家添麻烦，我还年轻，要靠自己。”2017年，田建到隔壁的山坳村，发展蚕桑75亩，并采取“桑+椒”模式，大力发展山地立体农业。到2017年，他家实现了脱贫。

2018年，他的75亩蚕桑和30亩辣椒实现纯收入6万余元，带动当地20余人（贫困户）就近务工实现增收。

尝到甜头的田建，2019年决定回到清水村大规模发展“桑+鸡”立体农业。村里外出打工的人太多了，撂荒的地也多，通过村干部的帮忙和自己与村民的协商，他将撂荒的地捡起来，一点一点地开垦，最终，在清水村开垦出100亩的撂荒地。

李宁告诉记者，除了走出自身的特色，如今，金溪镇破解山之困，建设发展新引擎，再造山之能。在市卫生健康委扶贫集团的帮助下，以产业扶贫、就业扶贫、消费扶贫为重点，打响擦亮金溪护工、金溪被服、金溪农场

"三金品牌"："金溪护工"累计培训292人，实现稳定就业136人；"金溪被服"为贫困户优先提供就业岗位，招录工人120余名，2020年全年营业额2100万元；"金溪农场"依托龙头企业搭桥平台、帮扶单位共享平台、互联网公众平台，打通"山货出山"渠道，实现销售金额2000余万元。

（作者：王渝凤）

"千山乡路为谁归？"昔日的黔江金溪镇，迢迢乡路多蹇剥，如今好个还乡路。从"山之困"到"山之能"，金溪镇建设发展新引擎，探索出一条减贫脱贫新路。

DANG TAIYANG ZHAOJIN SHENSHAN

幸福生活搬出来

彭水三义乡

夏季莲莲，微风习习。

走进三义乡易地扶贫搬迁市级示范安置点，荫荫绿树间，掩映着一栋栋风格别致的两层小楼，宽敞的公路连接到家家户户。鸟儿在枝头上蹦下跳，烟囱冒出缕缕炊烟，勾勒出一幅令人心生向往的美丽山村画卷。

彭水三义乡是重庆18个深度贫困乡镇之一。易地扶贫搬迁，让搬迁群众住上好房子，过上好日子。文化广场、议事堂、食用菌加工厂……通过县、乡、村三级的共同努力，三义乡合理配置资源，加强扶贫搬迁后续扶持，让56户191名贫困人口安居乐业，实现了“搬得出、稳得住、能致富”。

生活有了保障

“我们的土地都在山上，搬下去后靠什么维持生活？”在驻村工作队最初动员高山农户搬迁时，这个问题一直是村民们的顾虑。

对此，三义乡早有谋划——结合安置点特点，坚持宜农则农、宜牧则牧、宜养则养、农旅一体、精准施策的原则，让搬迁群众有事可做、有业可就、有钱可赚。

三义乡莲花村易地扶贫搬迁安置点

三义乡莲花村驻村工作队第一书记金辉介绍："我们引入重庆沃邦农业股份有限公司，采取'村集体经济+公司+贫困户+基地+扶贫车间'发展模式，研究开发食用菌新产品、无土栽培有机蔬菜等现代农业，通过完善利益联结机制，企业、村集体和贫困户都可以参与利润分红，确保群众'搬得出、稳得住、有产业、能致富'。"

离安置点不远处，一排排规整的温室大棚映入眼帘，这是占地30亩的食用菌种植加工基地，基地下方还有一个集冻库、加工车间、货物中转站等于一体的配套厂区。

公司负责人侯春均正和技术员在实验室培育菌种。他介绍："这些培育设备都是新配置的，现在基地已经形成集培育、生产、加工、销售于一体的全产业链条，从目前羊肚菌销售情况来看，效果不错，产品质量很好，供不应求。"

"之前担心搬下来找不到饭吃，现在政府把房子、大棚都建好了，我们生活有了保障。"说起新生活，村民王胜权眉飞色舞。

扶贫搬迁要"输血"，更要"造血"。三义乡将易地扶贫搬迁与种植业、养殖业、旅游业结合起来，发展烤烟、中药材、特色养殖和高山蔬果四大脱贫产业。金辉介绍："安置点发展了20亩瓜蒌和10亩黄精，养殖了120群中蜂。接下来打算引导村民围绕庭院发展小果园、小瓜菜园，尤其是高山经果等特色产业，并逐步将其打造成乡村旅游点，让搬迁的农户真正能够搬进来，稳起来，富起来。"

致富有了渠道

“扶贫车间是我家，脱贫致富你我他”，这是三义乡莲花村食用菌扶贫车间的标语。

扶贫车间生产链条完整。

王胜权是莲花村1组村民，也是扶贫车间员工之一。今年已经60多岁的他从没有想过自己有一天还能在工厂上班，有一份稳定的工作和收入。

“我2019年6月从山上搬到了易地扶贫搬迁安置点，7月就与扶贫车间签订了劳务合同，每个月保底收入1700元，主要负责食用菌的加工。”谈到现在的工作，王胜权非常满意，“做了将近一年，工作比较简单，我这么大年纪了也得行。”除了王胜权，安置点还有10个像他一样的村民。

“村民担心搬到山下没工作，我们就给他们提供工作。”县委办派驻莲花村驻村工作队队员庹小容介绍，除了在基地上班，还有保洁员、护林员等公益性岗位，有意愿的村民也可以到中药材基地、中蜂养殖场、烤烟基地务工，每天80～100元，年收入基本可稳定在2万～3万元。

莲花村3组村民何中建在村里的中蜂养殖场当管理员，11月至次年4月每月保底1300元，5月至10月每月2000元。

莲花村3组徐顺权，一家五口全是劳动力，丈夫和三个孩子在外地赚钱，她就在村里的烤烟基地务工，一天近百元，每月务工收入可达2000～3000元。

为解决剩余劳动力就业，三义乡邀请县就业局在示范安置点举办就业扶

干净整洁的民居

贫专场招聘会，提供机械加工、电子装备、纺织服装、食品加工等2300余个就业岗位供村民选择。

庹小容介绍："我们驻村工作队根据每个家庭的实际情况帮助他们规划就业方向，年龄大一点的就在当地务工，年轻点的就进公司、进企业、进工厂，让搬下山的贫困群众致富有产业、就业有渠道。"

大家有了幸福

"消除贫困，改善民生，实现共同富裕。"

"幸福是奋斗出来的。"

……

在安置点的公路上散步，隔一段距离就能看到一面文化墙。蓝天白云下，文化墙和标语将房屋点缀得更加美丽多彩，广场上篮球场运动员的身影、门前扎堆聊天的居民，更是增添了生活的气息，安置点也逐渐"活"了起来。

徐兴林今年71岁，正坐在屋门口与邻居拉家常，一片欢声笑语。她告诉记者："刚搬下来的时候不习惯，生活环境完全不一样，与安置点的其他住户也不熟，只能待在屋里。”

“对搬迁群众来说，住进的是‘新房’，失去的是‘老家’，有‘房’不一定有‘家’，要让搬迁群众对新房有家的归属感，大家才有幸福感。”庹小容认为，易地扶贫搬迁不仅是单纯的空间位移，更是综合小型社会的重组，不能只重“搬”而轻“扶”，应加大后扶力度，真正让搬迁群众安居乐业。

为了丰富搬迁群众的文化生活，莲花村一方面加强人居环境建设，完善便民服务中心、文化广场等配套设施；另一方面积极开展文化活动，通过村民议事堂、妇女儿童之家、数字电影放映厅等，拉近群众之间的距离。

两三个月的时间，徐兴林老人也从不习惯到适应，生活逐渐走上正轨。“现在与周围的人都熟悉了，只要没事的时候就在安置点里面散散步、聊聊天，晚上大家还一起看电影，闹热得很。”

（作者：冉江陵）

幸福生活搬出来，三义乡的减贫路与众不同。搬迁是一次转移，是一次再建。为确保搬迁群众“搬得出、稳得住、能致富”，三义乡将易地扶贫搬迁与产业发展紧密结合起来，让群众有事可做，有业可就，有钱可赚，过上了安居乐业的生活。

当太阳照进深山

DANG TAIYANG ZHAOJIN SHENSHAN

如此深情的心

第二部分

扶贫故事

此心安处 便是吾乡

宋康

山岭斑驳，层林尽染。9月的城口县坪坝镇前进村被山林彩叶包裹着，宛若一幅匠心独运的彩色画卷。一夜风雨，独上山头，林深清幽，薄雾缭绕，云气扑来，拍打着心扉。

我是水利部派驻城口县坪坝镇前进村的第一书记宋康，从北京来到城口，我忘不了第一次踏进前进村的情景：唯一的一条山路，地势险峻，通向海拔1000多米的村庄，路只有一车宽，一面是山，一面是崖，没有护栏，稍不慎就会掉下万丈深渊。6公里山路，开了40分钟。这里是老弱病残偏远穷村，是全镇产业发展最薄弱的村，是全镇唯一尚未脱贫的行政村。

面对前进村的落后，我暗下决心："沉下心，扎下根，一定要让前进村变个样！"没料到第一关是语言问题，村里老人居多，他们听不懂普通话，每次聊天都要请人帮忙翻译。有村民传出质疑声，在我召集的第一次党员大会上，肖老支书直白地说："北京来的京官可不能只来镀金哦。"我当即向大家表态："我不是来镀金的，而是来炼金的，炼的不仅是我，更是我们前进村！"

我抓紧练方言，田间地头、农舍院落，有人的地方我就凑上去，连说带比画，试着将普通话用当地语调来表述，讲不清楚就反复讲。乡亲们讲的话，我都认真听，有时录在手机里，反复听反复练。

前进村位于大山深处，没通公交车，村民出行全靠摩托车和私营面包车。为了方便到镇上、县城找帮扶、拉项目，妻子把准备在北京租房的8万元钱拿出来给我买了辆车。每当我开车上下山，碰到进城的村民，总会主动捎上他们，有到医院看病的、去外地务工的、接送娃娃上下学的……我们边走边聊，次数多了，大家的医疗、住房、教育、务工等信息我也就了然于心。村民们戏称，这小车是村里的"免费公交车"。

必须修路。但修路会占用村民的农田，在这大山里，农田多金贵呀。其中占得最多的数谢支书家的石榴田。谢支书家庭困难，这片石榴田是他3年前承包下来的。3年里，他投入了家里的所有积蓄，眼看来年就要结果收获了，这可是他们全家人的希望啊。按照政策，村路占地是没有补偿的，说服谢支书砍树我也很为难。一天晚上，谢支书来到我的住处，进门便说："宋书记，你在为我的事犯难吧，修路占地的树我来砍，我是党员，是村支书，总不能因为我路就不修了吧？我也想让前进村的子子孙孙都走上好路！"我永远忘不掉他那泛红的眼睛和颤抖的声音。有了谢支书带头，其他村民的问题

宋康陪伴村幼儿园的孩子们读书

就迎刃而解了。

有一次聊天，乡亲们问我："宋书记，你从北方来这边，吃不习惯吧？你们老家都吃什么？"我说："馒头、包子、面条，什么都吃，我不挑食。"第二天下午，代大娘来到村委，拉着我就往她家里走，一进门，我就闻到了扑鼻而来的麦香味，是一锅热腾腾的大包子，大娘还递给我一棵大葱："听说你们山东娃吃包子要配着大葱才香哟。"我知道我手里捧着的不仅是包子，更是乡亲们淳朴的爱和真诚的心。

山路崎岖，坡高路陡，摔倒是常有的。有一次我扭伤了脚，一瘸一拐的。几天后，胥大嫂给我送来了一双精致的手工鞋垫。"宋书记，你垫上这个会舒服些。"手捧鞋垫，我哽咽得说不出话来。原来自己的一举一动都被乡亲们看在眼里，记到了心里。绵密针脚里的一针一线，绣出的是满满深情，我顿时明白，这就是我们共产党人为之奋斗的动力所在。

2019年底，前进村迎来"大考"。我连续7个月不能回家，入户核实、整理资料，一天比一天忙。儿子患有腺样体肥大，过敏体质，总是生病。有一次儿子发高烧，在手机里有气无力地哭着说：“爸爸，我难受，我想你了，你快回家吧！”我默默地低下了头，挂断后眼泪夺眶而出。

前进村顺利通过了年底的验收，我也实现了对大家的承诺。

现在村民们把我当成自家人，他们夸我“是一个进村狗不咬、找人不问路，村民的门槛踏得进、板凳坐得住、意见听得了、诉求记得住的‘土’书记”。

脚下沾有多少泥土，心中就有多少真情。蓦然回首，那些刻骨铭心的经历、感人肺腑的故事，伴着风雨，夹着汗水，早已融入了我的生命。此心安处，便是吾乡。

（作者：宋　康）

心沉下来，植于遥远的山村；身沉下去，到田间地头，问百姓衣食。“脚下沾有多少泥土，心中就有多少真情。”这就是宋康，从北京来到城口，此心安处，便是吾乡。

此情绵绵

秦亚美

那还是2019年5月，秦亚美牵挂着一个陌生的家庭——丰都县虎威镇同心村4社谢大奎一家。秦亚美是丰都县委组织部老干部服务中心副主任，她是谢大奎家的结对帮扶人。

当年5月6日，天空蔚蓝，伴随着乡村泥土的芬芳，秦亚美第一次来到谢大奎家的院坝。只见一位左脚残疾的老人坐在大门边，院坝里一名女子正疯疯癫癫地转着圈。老人是谢大奎的父亲，已经80多岁了，而那位转圈的女子患有精神疾病，是谢大奎的妻子，屋内还有一个2岁多的脑瘫儿子。

秦亚美提出想进屋去看看孩子，谢大奎却一口回绝说，“没什么好看的”。秦亚美一定要看。谢大奎只好进屋将儿子谢松晏抱了出来。只见小家伙全身脏兮兮的，面色苍白，眼眶发青，颈部右偏，身子无力，不会说话，脑袋耷拉着靠在父亲的怀里，一双大眼睛无神地望着院子里的陌生人。秦亚美一把将小孩抱了过来，赶紧让谢大奎打来热水，细心地将孩子的脸蛋洗干净。

仔细观察发现，孩子眼睛无神却不呆滞，脸部发白却不怪异，并不像谢大奎嘴里所说的“脑瘫儿”，于是她对小孩进行了眼耳手足测试，发现均有反应。

经详细询问才得知，原来孩子生下来后一家人根本不知道如何喂养，造成了孩子营养不良，而家人患病，谢大奎忙不过来，孩子一直得不到启蒙教育，加上家庭窘迫，就从没去问诊就医过，仅凭自身的认知就认定孩子患了脑瘫。于是他便把孩子关在光线昏暗的房间里，这使孩子发育越来越差，后来家人甚至产生了要将孩子丢弃的想法。

秦亚美的眼泪不住地流。看着靠在门口的残疾老人、在地坝转圈的精神病人和蹲在地坝边愁眉苦脸、无助的谢大奎，再看着怀里正怯生生望着自己的孩子，秦亚美心里既难受又心疼。

秦亚美默默地抱着孩子走进了那间昏暗的房间，将紧闭的窗户打开，随着温暖的阳光投进屋里，一个计划悄悄在她心里展开。

“让孩子坐学步车，一定把营养补上，让孩子多见见阳光，不能把他丢在地上……”离开时，秦亚美不断给谢大奎交代。

离开谢家，秦亚美一次又一次回头望向谢大奎家的院落，当看到病弱的孩子在谢大奎怀里还望着自己时，她的眼泪再次掉落下来。

一回到城里，秦亚美赶忙到超市购买儿童玩具、枕头、毛巾等生活用

秦亚美（左一）为谢松晏送上新鞋

品，装好满满一袋衣服，还将自己孩子吃的钙片等营养品都拿了出来。第二天一早，她托驻村工作队带到了谢大奎家中。

秦亚美多次向相关部门寻求贫困儿童医疗救助、政策资金帮助，把小孩接到县妇幼保健院做了全面检查。检查结果是孩子听力及语言能力正常，视力轻度异常，营养不良，严重缺钙。

这样的结果让秦亚美万分高兴，排除了脑瘫，孩子就有希望。秦亚美暗自下定决心要尽快帮助他们家摆脱贫困，为孩子创造一个美好的未来。

经过近半年的努力，孩子的精神状态逐渐好转，变形的后脑好了许多，背慢慢直了，头也不偏了，甚至在秦亚美亲切的呼唤下还能够摇摇晃晃地向她走来。看到这些变化，秦亚美发自内心地高兴。

接着，秦亚美将谢大奎的妻子送到精神病医院治疗，现在她的精神状态已经有所好转。压在谢大奎肩头的家庭负担也轻了不少，他重新拾起了对生活的信心。

2020年新冠肺炎疫情发生，谢大奎一家的经济收入成了秦亚美的一块心病。她主动参与“消费扶贫”，购买他家的农产品，也做起了“微商”，在朋友圈发动同事、亲戚、朋友购买。

2020年4月，当秦亚美带着一堆为孩子准备的物品再次来到谢大奎家时，她看到孩子已经能主动给爷爷喂饼干。谢大奎家的小小院落，安静幽美。秦亚美坚信下次再来，谢松晏可以叫她一声“阿姨”，可以自由奔跑。秦亚美坚信，这一天很近了。

（丰都县委宣传部供稿）

秦亚美没有豪言壮语，没有干什么了不起的大事，作为结对帮扶干部，她一次又一次走进贫困户家庭，温温细语，切切关怀，殷殷鼓励，温暖了谢大奎一家的心。秦亚美践行爱的帮扶，帮到贫困户的心底。

停不下来的第一书记

蒲炳成

他被叫作“疯子”，满脑袋全是脱贫攻坚，常常周末不回家，衣服破了自己缝，头发长了自己理，一头扎在村子里。

他的手机里，存储着几百个群众的电话，“有事你来办公室找我，没时间的话你就打个电话来，我到你家去”。

他的笔记上，记录着每一位村民的诉求和发展意愿，每隔一段时间他就会拿出这些资料信息来翻阅。

……

他，就是奋斗在脱贫攻坚一线的中共党员、奉节县大树镇兰靛村党支部第一书记兼驻村工作队队长——蒲炳成。

2018年9月18日，蒲炳成赶赴大树镇兰靛村。此前，他没有农村生活和工作经验，一开始完全不知道从什么地方下手，但既然担起职责，就要倍加努力。他给自己定下驻村三大纪律："一切行动听指挥，不拿群众一针一线，一切工作都要心系群众、情系群众。"

蒲炳成一边学习，一边走访群众。路好的地方就开车去，车去不了的地方就开摩托车，摩托车去不了的地方就走路。他将每家每户的信息情况都记在笔记本上，将兰靛村的山山水水、公路便道刻在脑里。

有一次，走访太晚了，实在太疲劳，蒲炳成将车停在周作清的院坝里，躺在车里睡了一觉。第二天早晨，周作清将蒲炳成从睡意中叫醒："这么冷的天，你怎么睡在车里？要是感冒了怎么办？"蒲炳成却笑着说："不碍事，想上车休息一下再走，结果没想到一下子睡到了天亮。"

这样，蒲炳成很快就掌握了所有农户的信息。

蒲炳成深知，只有发展稳定的产业，才能真正地摆脱贫困。

兰靛村3社的王茂堂，儿女在外务工，想接他出去住，他都拒绝了，蒲炳成经常到他家走访，和他谈心。蒲炳成说服王茂堂，确定由其女婿出资带头实施"生态山羊养殖计划"。但王茂堂的女婿因门市急需资金，打断了投资计划，王茂堂受到打击，说不想干了。眼看项目要"夭折"，蒲炳成了解到，农户发展就业可以贷款，便提出以他自己的个人名义提供贷款担保，还安慰说："不着急，我们可以先从小规模发展开始。"

有同事听说担保的事后，说："你怎么这么傻？如果他还不起贷款，你背债了，要从你的工资里面扣。"蒲炳成说："这有什么傻的！培养农村致富

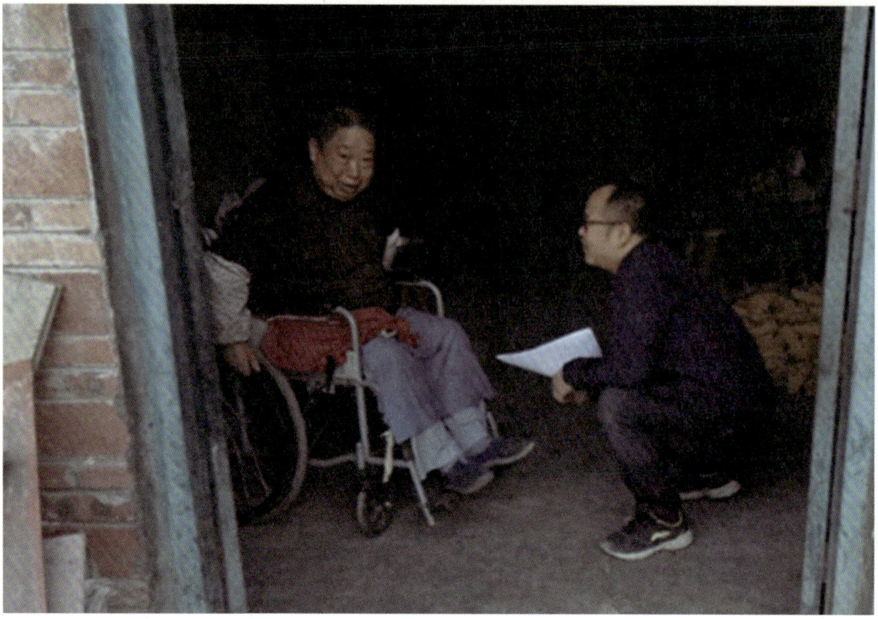

蒲炳成（右）走访群众

带头人，本来就是我的工作，只要科学规划养殖，不会亏损的。”

2019年国庆期间，蒲炳成和村干部龙华海辗转重庆、陕西、山东，考察农业发展方向。回到村上，在兰靛村党支部党员会议上确定了发展黄花产业。他们决定在五棚子进行种植，他带着党员干部卷起袖口、挽起裤腿“战斗”在荒废已久的田间。许多群众看见后，都提出想跟着一起干。蒲炳成就帮他们订购种苗，采用订单式种植的方式，和群众签订了黄花回购合同。

2019年底至2020年初，兰靛村新增了农民专业合作社4家，涉及肉牛、生猪养殖以及脆李、黄花种植等产业。

在走访农户途中，蒲炳成摔伤了腿，缝了数针，医生劝他卧床休息。不承想新冠疫情爆发，心系兰靛村的蒲炳成不顾伤痛、架着双拐，在大年初一晚上便赶回村里，亲力亲为安排疫情防护工作。

受疫情影响，很多农副产品滞销。“消费扶贫是拓宽农产品销售、助力贫困户脱贫增收的重要渠道。”说干就干，蒲炳成带队逐户遍访，将所有需要销售的产品进行分类统计，通过联系单位、同事、朋友和微信朋友圈、微信群等方式宣传。驻村工作队变成“推销队”“带货队”，帮助农户销出土鸡、黄花等农产品。

蒲炳成满怀信心地告诉农户：“直播带货的时代来临，只要我们的产品突出‘土产’‘精品’‘绿色’‘生态’特色，就不怕没销路。”

对已摘掉贫困帽子的兰靛村，蒲炳成说：“只要组织和群众需要，我就在村上一直干下去！”

（奉节县委宣传部供稿）

蒲炳成满脑子想的、成天做的都是脱贫攻坚的事。有人说他是“疯子”，他痴于扶贫，疯于扶贫，村民一天不脱贫，他就一天不罢休。正是有了千千万万蒲炳成这样的扶贫干部，脱贫攻坚才取得了全面胜利。

DANG'TAIYANG ZHAOJIN SHENSHAN

战贫『冲锋员』

田浪承

“我必须第一个冲上去！”

在2020年疫情防控阻击战的关键时期，田浪承刚晋升为“奶爸”。接到指令后，他不舍地放下正在怀中啼哭的小儿子，心怀歉意地对妻子说了一句“疫情就是命令”，转身就奔向他的战场。

虽有担心和不舍，但妻子知道丈夫回到一线的坚定决心，“你是家里的顶梁柱，但更是全村人的顶梁柱，我尊重你的选择。”

1985年出生的田浪承，是国家税务总局重庆市开州区税务局职工，开州区中和镇凤顶村扶贫第一书记、驻村工作队队长。

回到开州区凤顶村，田浪承迅速组织驻村工作队员、村支两委干部、志愿者等，结合村情制订新冠肺炎疫情防控措施，带领村民开始24小时值班，做好卫生消毒、体温监测、情绪安抚……他开启了不停歇的“万能模式”。

他是“急救员”，大年初三晚上，凤顶村迎来开春第一场雪，住在村里海拔最高、最偏远的9社杜联文大爷因病需要紧急送医，道路崎岖、气候恶劣，他亲自将杜大爷从山顶背到山下，又一路开车送到镇上医院。

他是“代购员”，为村民到镇上采购瓜果肉蛋和生活用品，千方百计筹集酒精、口罩等紧缺物资，确保村民生活不受影响。

田浪承（左二）帮助村民春耕

他是“宣传员”，充分利用短信、微信群、“村村响”广播等渠道，宣传疫情防控知识，劝导村民不聚会、少外出。

随着疫情逐步缓解，他又迅速调整工作重心，抓春耕、促脱贫。

晚上，他走进有经验的老农家请教农耕经验技巧，翻阅农耕、种植养殖书籍，恶补种植养殖技术知识；白天，他带着队员与村民一起在地里劳作，走进田地里查看苞谷、洋芋、水稻种植情况，帮助农户统计化肥、种子、农药用量，让农资供应商送货上门。

到2020年春末，凤顶村已购买化肥90余吨，种子10余吨，保证了农户在疫情期间的春耕备耕和农资供应，做到不误农时、不误帮扶。

“只有责任，没有理由！”这是田浪承工作后一直挂在嘴边的口头禅。

2018年9月，田浪承主动请缨到开州区中和镇凤顶村担任第一书记。来到凤顶村，他做的第一件事便是走访。对全村现状有了较为清晰的了解后，田浪承看在眼里，急在心里。

“群众不脱贫，我誓不罢休！”在产业发展上，田浪承带领一班人立足凤顶村“海拔优势，晚熟脆甜”的产品发展定位，打造“以村委会所在地为核心、以高山和洼地为两个产业带、建设晚熟清脆李基地”的“一心、两带、一基地”产业布局，成立了凤凰晚熟清脆李专业合作社。

2019年1月，田浪承又通过与部门单位协调，在凤顶村新建集中人饮点1处，整治人畜饮水渠6公里，整治山坪塘42口，农户的饮水问题得到了全面解决，硬化公路2.5公里，实现了凤顶村7组村民“户户通”目标。

一年多以来，为了凤顶村3000余名群众，田浪承始终保持一个“冲锋员”的劲头，硬是蹚出了一条精准扶贫之路。

凤顶村的集体经济收入也从2017年的零收入突破到2019年的4万余元。凤顶村连续两年荣获开州区中和镇“脱贫攻坚一等奖”“综合目标考核一等奖”。

田浪承以真心换来了群众的信任，用行动改变着贫困户的生活，用润物细无声的点点滴滴感动着每一个人。在2020年7月，田浪承入选“重庆好人榜”。

9月的凤顶村，水稻金黄喜人，洋芋蓄势成长，李树迎来丰收，水泥路延伸得越来越远，外地的客商来了，返乡创业的多了……

（开州区委宣传部供稿）

对田浪承来说，脱贫攻坚就是要冲上去，冲到第一线，真抓实干。在村民眼中，田浪承不仅是冲锋员、宣传员，还是大家的代购员、急救员。扶贫路上，最需要田浪承这种实干精神。

DANGTAIYANG ZHAOJIN SHENSHAN

扶贫『夫妻档』

赵广东　胡丹

2019年10月19日，深秋的山里空气特别清新，正在彭水县绍庆街道天台村检查工作的赵广东的手机响了。

电话那头，是贫困户郭兴翠奶奶，她想上街去看重孙。赵广东答应去接她。一对一的帮扶，让生命中原本没有任何交集的两个陌生人，因为扶贫而认识。

从此，赵广东没把郭奶奶当外人，“我是您的晚辈，有需要，您就打我的电话。”

有了这个对贫困户的承诺，赵广东的手机24小时从未关过机，哪怕凌晨打电话，他也会一一接听。

赵广东是彭水县委组织部派驻绍庆街道天台村的第一书记，他的妻子胡丹是彭水群团活动中心派驻保家镇东流村扶贫工作队队员。如今，这对夫妻变身扶贫“夫妻档”，在扶贫一线并肩奔跑。

2019年5月7日，在东流村驻村的胡丹接到丈夫赵广东的电话。“丹丹，组织已经同意选派我去天台村担任第一书记，我要下乡去扶贫了。”从那时起，妻子给了他足够的支持。

如今，两个人都驻村，对家庭是个不小的考验。为了鼓励丈夫放下心理包袱去驻村，胡丹还特意发了一条短信给丈夫：你放心去驻村，我们携手一起，做好这份工作，孩子的事情，别担心。而家里，全靠母亲一个人带孩子，艰辛自然不必言说。

绍庆街道天台村是彭水距离县城最近的一个贫困村，从天台村开车到位于县城的家，19公里，但从驻村的那一天开始，赵广东就把家安在了天台村。

位于村委会三楼的一个房间，就是赵广东在天台村的家，吃在这里、住在这里、干在这里的生活，让赵广东开始爱上这片土地。

贫困户苏其亮打来电话，告诉赵书记，自家的水管坏了，如果不修，就用不上水，地里也没办法浇灌。

天一亮，正好遇到隔壁弹子社区赶场，赵广东开着车，和另一位扶贫干部一起，给苏其亮买了400米长的水管。

接过赵广东送来的水管，苏其亮握着赵广东的手颤抖起来：“赵书记，没想到一个电话你们就给我把事情办了，谢谢你们。”

贫困户郭兴翠奶奶的爱人身体不好，女儿和女婿又在外地打工，她没有劳动力，这个家脱贫有点艰难。

赵广东（右一）与贫困户老人拉家常

第一次去郭兴翠奶奶家，赵广东拉了板凳就和两老坐了下来，一边嘘寒问暖，一边拉家常。郭兴翠奶奶的外孙已经结婚，重孙也有了，“我女儿女婿不在家，我想去多看看重孙，家里也没啥好东西，背点土特产去。”

从郭兴翠奶奶的家到坐车的地方，走路要一两个小时，为了减轻老人出门的负担，赵广东把自己的手机号码存在老人的手机里，“以后您要出门，任何时候，都给我打电话，我们开车来接送您。”

去村民的家里成为习惯，而就在19公里县城的那个家，赵广东却少有回去。

脱贫攻坚到了关键的时候，时间紧，任务重，一家人一个月最多只见得上两三次面。每次走的时候，儿子就哭个不停：“爸爸妈妈，不要去上班，陪我耍……”胡丹轻轻拍着儿子的肩膀告诉他，爸爸妈妈要去做很重要的工作，在家要听奶奶的话，在校要听老师的话。

“我们要对得起胸前的党徽。”赵广东拍了拍胸脯。

在赵广东的带领下，天台村坚持“党建村集体经济”发展模式，打造了1700亩优质油茶、400亩鹰嘴蜜桃、130亩中药材项目。天台村正在整治6口废弃的山坪塘，计划承包给贫困户，让贫困户在承包经营中有稳定收入。2019年创新思路成立建筑公司，为村里的发展修建硬件设施。2019年，天台村实现集体收入100万元，2020年这个数字还会变化，赵广东高兴地告诉记者，过几天村里就要举行股东大会，给村民分红。

而在胡丹的协助下，东流村按照“公司+大户+农户”的模式，巩固发展烤烟种植900亩，公司订单发展辣椒种植240亩、脆红李500亩、梨子600亩，惠及农户200余户，户均增收1万余元。

（作者：杨元忠　李亚军）

赵广东胡丹夫妇各自忙碌在不同的扶贫战场。这样的战贫“夫妻档”在重庆还有很多。他们舍小家为大家，演绎出一个个感人的扶贫故事。

乡村旅游推手

钟萍方

钟萍方，属虎，綦江区文化旅游委的一名科长。2018年8月，被綦江区委组织部选派为扶贫第一书记，进驻綦江区三角镇中坝村，带领干部群众打响了脱贫攻坚的“中坝之战”。

进村伊始，钟萍方立即走访调研。每到一家，犹如亲人归来，“婆婆爷爷”“叔叔孃孃”“哥哥姐姐”，她见老喊老见小喊小，嘴巴甜，仿佛回到了老家潼南乡下。

她吃住在村民家里，与计生专干张道琴爬坡二十多分钟到村委会上班，下班走一公里左右的石梯路回家，一起到门前菜园里扯青菜，一同蒸饭炒菜，如同亲姐妹。

蔬菜基地，地里的萝卜快空心了。驻村工作队和村支两委，兵分两路，参加抢收。钟萍方加入收萝卜的老人妇女队伍，拔萝卜。雪白的萝卜，绿色的茎叶，浅绿的菜花，她一身红色的毛衣在一群老人中间特别显眼。老农黄永福躬下身子背萝卜，黄永福的老伴和钟萍方双手使劲提起地上的背篓，谁看见都会觉得是女儿回家帮忙干农活。

全村没有持续长久增收致富的产业，必须引项目。村里土地撂荒严重，务必探索发展高山生态种植。吹尽黄沙始见金，通过收集相关产业信息，

钟萍方帮助农户采摘玉米

研究周边产业发展动态和实地考察，钟萍方发现种植雷竹培育鲜笋不失为有潜力的产业，四处寻觅，终于找到正在贵州相邻地区和区内种植雷竹的业主张长斌。业主希望获得部分退耕还林政策支持，部分干部群众担心业主投资实力，其他地方也在“虎视眈眈”。钟萍方顶住压力，摇身成为“招商大使”，通过8个月的追踪，终于引来业主投资中坝。整个产业规划种植1500亩，从第四年投产开始，亩产2000斤，价格按每斤2元计价保证村民收益，涉地村民每亩有1200元保底，加上务工收入，将大大超过一般种植的收益。这一产业的成功引进，夯实了6个社薄弱的产业基础，为脱贫攻坚筑牢了产业基础，为乡村振兴积蓄了发展潜力。

钟萍方从事旅游产业开发6年，对发展旅游“嗅觉灵敏”，且经验丰富。自来到中坝村，她就开始探寻当地农旅文旅的结合，完成《关于中坝村发展农旅文旅结合产业的调研报告》，作为全村旅游产业发展指南。

她带领村民加大对人居环境的保护性整治，突出当地乡村风貌，增强对外地游客观光休闲的吸引力；加强对百凤园等三户规模养殖大户，以及农耕文化博物馆、矿石科普展览馆和民宿项目的支持力度，修建两个观景平台和村情陈列馆，在传统种植养殖产业上附加休闲观光游购功能，利用新建投用的示范路把农旅文旅资源融合起来。同时，全力打造林中露营基地，有的放矢地动员有条件的村民腾出闲置房屋，开办民宿和农家乐。数措并举，多年努力，游客慢慢来了，村民有了新的收入，乡村振兴的希望更大了。

哪家有困难，钟萍方就往哪家跑，哪里有事情哪里就有她。贫困户陈裕昌感恩她的资助，决心把猪喂肥；何银全猪圈垮塌，她第一时间赶去帮忙卖猪；修路占地，她去说服村民舍小家为大家；村民萝卜滞销，她开着越野车像个业余的货拉拉……

一天到晚，鞋跟鞋帮粘着泥土；嘘寒问暖，亲切朴实，充满乡音土语；春去秋来，雷厉风行的身影忙碌在田间地头；初夏，倒影在绿油油的秧田里；春天和冬天，隐现在迷蒙蒙的雾岚中……

农家的女儿，出入在农家里；

大地的女儿，行走在大地上。

这就是钟萍方。

（作者：龙俊才）

发展乡村旅游是一条有效的扶贫之路。钟萍方通过整治人居环境、发展传统农耕文化，培育休闲观光旅游产业，打通了村民致富之路。

朴实的身影

廖雪红

个头不高，皮肤被晒得黝黑，总是风尘仆仆的样子，田间地头、乡间村舍，总能看见她的身影，她就是荣昌盘龙镇永陵村驻村工作队队长——廖雪红。

“小姑娘，你怎么没去上学？”一天，廖雪红与同事到永陵村7组走访时，发现一个十多岁的女孩坐在家门前发呆。女孩性格内向，见到有外人来，耳根通红，迅速躲进了卧室。

“家里情况特殊，她迫不得已弃学，在家待着。”女孩的奶奶田时琼向廖雪红讲述了家里的情况，女孩的父亲在贵州打零工，她与弟弟跟着田时琼在家生活。田时琼患有慢性病，家庭日常开销仅靠父亲一人，生活入不敷出，一家人成了建档立卡贫困户。

廖雪红（中）查看花椒长势

“姑娘这么小，不读书怎么行？我们建议你到区职教中心学习，学一门技能……”经过一番劝导，女孩及家人接受了建议，廖雪红与队友又忙着帮其张罗入学事宜。最终，女孩重返校园。

“是我赶上了好时代，享受到了好政策，才有机会重返校园。现在我的学费、住宿费、书本费得到减免，每年还有3000元的助学金，学校还为我提供了勤工俭学岗位。我一定好好读书，努力完成梦想。”女孩重返校园，性格变得开朗了，每次见到廖雪红都特别亲热。

工作中，廖雪红仔细摸排走访，详细了解每位建档立卡户的生活情况、家庭状况等，确保把脱贫政策传递给每一户建档立卡户，增强他们脱贫致富的信心和决心。2018年，如何发展村级集体经济带动村民增收，廖雪红与同事绞尽了脑汁。最终在当地政府的支持下，廖雪红与同事决定，引导村民发展花椒产业。

“2019年，我们投入50万元，与种植大户一同发展了100余亩花椒，今年已经挂果，目前长势很好。”廖雪红指着永陵村花椒基地，漫山遍野的花椒树上，青涩的花椒挂满树枝，一派丰收在望的景象。

“仅靠发展花椒，项目还是单一，我们又与大户合作种了70亩杂柑，预计明年就能挂果。”廖雪红介绍，下一步，她计划与企业合作，办一个生猪养殖基地，力争让集体经济获得更大收益。

“自从村里发展起了杂柑、花椒产业，我就在基地上班。去年，我和老婆在基地上班就挣了近1万元。” 脱贫户伍阳卉说，农忙时，他和妻子在家忙农活，农闲时就到村集体经济产业基地除草、剪枝、施肥、耕地，顾家、挣钱两不误。

以前，张仕军家条件不错，还在盘龙镇街道上买了商品房，可天有不测风云，妻子杨文玉患上鼻咽癌，为给妻子治病，张仕军卖掉了商品房，花光了积蓄，成为建档立卡贫困户。让人遗憾的是，杨文玉最终病逝。张仕军患有脑梗塞，不能干重活，他家里还有80余岁的母亲需要照顾，儿子才读小学，生活举步维艰。

“我们根据他家的情况，鼓励他养羊、土鸡、土鸭、小龙虾，为他争取产业帮扶资金及小额信贷，解决了他发展产业的后顾之忧。”廖雪红介绍，根据张仕军的实际情况，帮扶干部们先后帮助他解决了子女就学、医疗等问题。

如今的张仕军对未来信心满满，“以后我要努力奋斗，用双手改变贫穷，给孩子做个好榜样。”

“在接下来的工作中，我们将继续做好、做强集体经济，让群众特别是困难群众获得更多实惠。同时，要多到村社院落‘打卡’，倾听群众心声，切实把各项扶贫政策落实好，为夺取脱贫攻坚战的全面胜利交出满意答卷。”廖雪红说。

（作者：王新莲）

廖雪红，朴实而真实，她的身影也是众多扶贫干部的身影。她勤勤恳恳、兢兢业业，身体力行地书写着有温度的扶贫答卷。

乡愁使然

欧敏

“我们欧书记啊，人年轻，干劲足，做起农活来，那是一把好手哟！”

“欧书记，谢谢你哦，真没想到我这么大岁数了，还能住上新房子！”

……

如今，潼南区宝龙镇严寨村的村民一提到村支部书记欧敏，都对这位“90后”赞不绝口。

别人进城留城，她却义无反顾回乡奋斗。2018年，欧敏作出一个大胆的决定：辞掉城里的工作，回家乡宝龙镇严寨村去实现带领乡亲脱贫致富的梦想。

“一个女孩子好不容易脱离了这穷苦的农村，在城里有了稳定体面的工作和幸福美满的家庭，干吗要回到这穷坝坝来吃苦？”“穷了几辈子，你个女娃娃回来能改变个啥子嘛！”家人苦口婆心的劝说依然没能改变欧敏的想法。

回到严寨村，欧敏先是担任村支部书记助理，半年后被选为村支部书记。上任不到一个月，欧敏就跑遍村里所有的农户。但欧敏明白，只做群众的贴心人还远远不够，带着大伙儿脱贫致富才是自己真正想做的。

严寨村辖11个村民小组，1020户3210人，其中建卡贫困户有138户459人，是潼南区的深度贫困村。地理位置偏远，与外界联系少，想要发展产业，就只能“白手起家”。

经过一番勘察、研究和讨论，欧敏明确了“优质沃柑+加工型辣椒”的产业主打方向。想带领大家致富，就必须改变过去的传统农业种植，通过土地入股的新模式来增加农户的收入，可一听说要入股，大伙儿都不愿意了。

“种点柑橘、辣椒挣得到啥子钱？我还是种苞谷稳当点！”

“你个女娃娃年轻，不懂！”

……

这让欧敏心急如焚，随后，她开始挨家挨户宣传，耐心细致地做工作，在土地整治挖机进场的最后期限，最后一户入股的农民也签字同意了。

欧敏将村里的150亩地集中起来，以农户土地入股的形式成立了重庆市涅凤生态农业发展有限公司，让群众既能就近务工，又能参与集体经济盈利分红。2019年2月，村里的集体经济有了初步成果，集体种植的荠菜头被涪陵榨菜等企业全部收购，让村民实现了“一块土地三份收入”。

欧敏为人踏实憨厚，又心思精巧，总是能找到更稳妥更合适的工作方

欧敏指导的辣椒基地喜获丰收

法。慢慢地，老百姓参与的热情也高了。

目前，严寨村的集体经济发展已初具规模，120亩核心基地种植了沃柑、辣椒等，以保底回收的方式带动了260余户农民（贫困户76户）参与辣椒种植300亩。除去人力、化肥等成本后，辣椒每亩利润可实现6000元，村集体利润能达到48万元左右。加上部分农户自发栽种的辣椒，光是辣椒这一项全村净利润就有80多万元，完全能让贫困户达到脱贫标准。参与集体经济发展的农民将获得股份分红、务工收益和个人种植收益，直接带动参与户年增收

2600元以上，集体实现销售收入30余万元。

“你看我们家里的新电视，就是今年用集体经济分红的钱买的！”

“我们去年种植荠菜头算是干对了，大家的收入都增加了不少哦！”

……

一提到村上的集体经济，村民们纷纷围上来。欧敏觉得，之前所有的辛苦和付出都是值得的。

从严寨村党支部书记，到重庆好人、重庆创新创业好青年、重庆市巾帼建功标兵，欧敏用她的经历告诉我们，实施乡村振兴战略，年轻干部到基层去，大学生到农村去，干事创业，大有可为。

（作者：关 羽）

从城市回到农村，回到自己熟悉的家乡，这就是欧敏，无论走多远，无论在城市有多么体面的工作，总带着那份浓浓的乡愁，忘不了老家的农田与破屋。乡愁使然，欧敏的扶贫路多了一份情怀。

承诺重如山

黄旺

万州区天城镇陈家社区，有这样一个不幸的家庭：两位老人拖着身患重症的儿子和年幼的孙女，苦苦前行。谁来帮助老朱这一家？扶贫干部来了，温暖浸进老朱的心田。

那还是2015年，天城镇农服中心的黄旺成为陈家社区贫困户帮扶人。3月的一天，小雨淅淅沥沥，黄旺正赶往朱家。在那条蜿蜒小路上，黄旺正巧碰到背着儿子外出做血液透析的奶奶，汗水与雨水在老人布满岁月刻痕的脸上混在一起，而身后孙女小丫努力为爸爸和奶奶撑着雨伞，瘦小无助的身影在风雨中单薄又无力。

看着从远处一步步走近的他们，黄旺心中五味杂陈，他知道从这一刻开始，自己与这个家庭便有了无法割舍的联系，一种来自内心深处的责任感像

黄旺（左四）走访农户

这场春雨，落在了他的肩头。

“老朱家，我来帮扶！”回到社区，黄旺直接向驻村工作队和社区干部提出了这样的要求。在面对老朱一家人的时候，黄旺如同在党旗下宣誓般一字一句认认真真地向他们说道：“从今天起，我就是你们的帮扶人。”

黄旺很快了解到更多的情况，为了维系儿子越来越频繁的透析和保证孙女小丫的成长，年迈的奶奶除了每周背着儿子去做血液透析，还在附近的水泥厂兼做水泥搬运临工，而搬运一吨水泥只有10余元钱。本应颐养天年的老人和享受快乐童年的孩子，却因为老朱儿子的尿毒症，生活陷入了困顿。

黄旺和社区干部一次次讨论分析，想方设法将国家各项帮扶、资助政策落实到位，在低保托底的基础上，充分落实大病医疗救助等政策，协调各方解决老朱家的生存问题，从生活上给予他们更多的关心和帮助。

2018年夏天，一场突如其来的暴雨冲塌老朱家屋后的堡坎，2米多高的泥石直接抵在了房屋外墙上，雨水和泥沙还在冲刷。由于家中缺乏劳动力，加之对危险缺乏认识，老朱对险情听之任之。放心不下的黄旺赶来，问老朱为什么不赶紧排危，老朱沉默无语，眼神中充满无助。

黄旺赶紧联系人，出钱又出力排除了险情。忙完后，黄旺问老朱："我是你们家的帮扶干部，出了这种险情，为什么不及时告诉我？有困难我们可以一起想办法啊。"

老朱喏喏道："你和社区还有国家帮了我家这么多，我们实在不好意思再开口了。"

黄旺正色道："老朱，你这么说，说明还是把我当成外人，你这么想，我很难过。记住，从今天起，我就是你们的家里人！"

从此，黄旺来得更勤了，他与老朱一家人聊家常、讲政策，逢年过节送去米肉油，换季之时给小丫买衣买鞋，送去收集整理的各类学习资料和电脑，又为他们家安装上了卫星电视……

脚步多了，心就近了，久违的笑容渐渐在老朱一家人的脸上浮现，如今的老朱家已经和黄旺成了无话不谈的一家人。

最让人牵挂的还是小丫，"她还这么小，谁来照顾她？谁来供她读书？"老朱的儿子无助地望着黄旺。黄旺和妻子商量后，决定全力帮助小丫。"就当咱们从此多了个女儿。"黄旺告诉老朱的儿子："小丫以后上学的事由我们来管！只要她愿意，直到她大学毕业，我都负责到底。"

黄旺与老朱家签订了助学帮扶协议，郑重承诺，资助一直持续到小丫大学毕业。黄旺先后自掏腰包上万元，用于小丫学习，还发动社会爱心人士资助小丫。

沉疴痼疾，终难治愈，老朱的儿子不久之后撒手而去。为了让两位老人尽快摆脱失子之痛，让小丫尽早走出失去父爱的阴影，黄旺更是时时奔波于老朱家中。黄旺将小丫拉到身前沉声道："从今天起，我就是你的父亲！"

一句话，一个承诺，从此就是漫漫帮扶助学路。五年过去了，小丫从小学三年级到现在的初中二年级，从最初的高不及肩到现在的几近耳侧，从一个孩童成长为一名少年。为了这一句承诺，下一个五年，下一个十年还在黄旺的帮扶之路上延续着，但看到小丫那渐渐展露的笑脸和对未来的信心，一种浓浓的自豪和成就感充斥在了黄旺的心头。

（作者：孟怡然　黄　旺）

承诺重如山。扶贫干部说到做到，才能赢得群众的信任，才能真正落实具体的工作。黄旺为了一句承诺，一次次奔走，一次次付出，让贫困家庭看到希望。无论大承诺，还是小承诺，只有真正兑现承诺，才能完成扶贫大业。

带着奶娃去扶贫

任彩英

在巫溪县蒲莲镇双安村，有个小奶娃格外招人喜欢。这个小娃娃出生几个月就跟着妈妈下乡扶贫，村民们看到她，都会抱一抱，逗一逗，称她是“扶贫娃娃”。

妈妈任彩英是双安村驻村第一书记，一大早，为孩子哺过乳后，便带着母亲和娃儿出了门，到村里的贫困户廖书国家去。

廖书国老两口70多岁，年前，廖家房顶漏水无力维修，任彩英和驻村工作队队员帮他争取了县里的扶贫“补丁”政策，修好了房屋。前几天下了雨，任彩英想去看看老人家里还漏不漏雨。

一见到任彩英怀中的娃儿，廖书国的老伴便笑开了花，伸手要抱抱孩子，小孩也伸出双臂迎上去，显然跟廖家人十分熟络。“一开始，抱着娃儿去扶贫实属无奈，可慢慢地，我发现，这对我开展工作非常有利，我也顺带照顾了孩子。”任彩英说。

这一切，还要从她的家庭说起。

2018年9月，双安村的驻村第一书记患病住院，一时间找不到合适的人接替。有丰富经验的任彩英成为当时符合条件的少数人之一，考虑再三，她觉得自己应该挑起这个担子，但那时，她生完二女儿还在休产假。

任彩英（右一）带着女儿在田间走访

怎么办？一家人开了个家庭会议。

任巫溪县塘坊镇扶贫办主任的公公说：“脱贫一线需要有经验的人，彩英是党员，得顶上去。”在徐家镇枣树村任驻村第一书记的丈夫游发也说：“彩英还年轻，应该多点经历。我支持她去!”

家庭会议的结果是全家总动员——任彩英带着襁褓中的小女儿和母亲一起到双安村“住读”，大女儿则改由婆婆照顾。就这样，一家有了3个专职扶贫干部，且全部战斗在扶贫一线。

为了不让双安村第一书记的岗位长时间空缺，10月30日，任彩英主动提前半个月结束了产假，到村里报到。

双安村308户1046人中，有贫困户40户166人，主要产业是蜜柚，刚刚起步。任彩英驻村第一件事就是走访群众。

下一次村少则半天，多则一日，襁褓中的娃娃要哺乳，怎么办？这天，她把心一横，带着母亲和娃娃一起下村。

没想到这奶娃一到村里，反倒帮助了任彩英开展扶贫工作。

村民们有的固执、有的豁达，跟他们交上朋友需要很长时间。但性格各不相同的他们有个共同点，就是大多喜欢小孩。任彩英的娃娃乖巧，谁都忍不住抱一抱。这一抱，原本因生疏带来的隔阂便消除了许多。

任彩英说，农村娃就是要带得糙。孩子也争气，跟着妈妈和外婆东奔西跑，不但没生什么病，还长得壮壮的。孩子的外婆也来自农村，性格豁达，经常跟村民们聊天。一老一小，竟成了任彩英扶贫工作的“敲门砖”。

无意中的“奶娃外交”竟助任彩英赢得了大家的心，短短一个月，村里人都知道了这个抱娃扶贫的新任第一书记，不少人还经常串门来看望这祖孙三人，原本冷清清的村办公室渐渐热闹起来。大家也都乐意把自家的烦心事讲给这个新来的第一书记听。

也正是在聊天过程中，任彩英的母亲听廖书国的老伴提到屋顶漏水，便告诉了女儿，任彩英立即组织驻村工作队申请补助政策、找工人，帮老两口解决了房屋漏水的问题。

这些天，任彩英正忙着在村里成立专业合作社，抱团发展蜜柚产业。因为群众大多信任她，目前合作社的组建非常顺利。“产业搞起来，我们还要借机发展乡村旅游。”任彩英说。如今的双安村，蜜柚产业已初具规模，基础设施显著改善，人居环境明显提升，乡村旅游也悄然起步……

（作者：周　立　龙丹梅　冉春轩）

带着哺乳的孩子去扶贫，任彩英的故事让人感动。当看到一个个乡镇成功减贫，一户户贫困户告别贫困时，我们可以感知扶贫干部付出了多大的努力，作出了多大的牺牲。感谢任彩英，让我们记住你们——了不起的扶贫干部！

DANGTAIYANG ZHAOJIN SHENSHAN

深山里的倔强

胡庶红

重庆的10月，雨仿佛生了根。海拔上千米的武隆后坪乡云雾蒸腾，远山近草，皆是茫茫。

2017年9月7日，胡庶红来到后坪乡中岭村，任第一书记。转眼3年零50天过去，这儿变化大吗？胡庶红一时没回应。

但若透过细密的雨雾，你便可远眺到如绸带般环绕山间的公路，近观到码得整整齐齐的蜂箱，成山的茶园。再细究，是百姓越来越鼓的腰包，越过越有滋味的好日子。

那是中岭村的改变，胡庶红最有底气的回答。

然而，为寻求一个更妥帖的"官方回应"，好记性的胡庶红背着手，轻车熟路地开始算账。全村352户1276人，已实现全部"摘帽"脱贫；2019年，

胡庶红（左一）了解村民养蜂情况

全村蜂蜜产量达5000多斤，产值突破63万元。路过的村民听了直咧嘴，忍不住调侃他："胡书记，你唧个不好好算自己的账啊？"

胡庶红的账，说来就话长。3年来，他在中岭村扎了10个车胎，换了4副刹车片，2副引擎油底壳；村民养蜂，他白搭油费去隔壁的长坝、白果镇帮忙买中蜂15桶，垫了9700元；村里常年不务正业的"混子"、双耳失聪的余华超曾大咧咧地找胡庶红借钱，一开口就是2万元。胡庶红思虑后，点了2万元现金交到他的手上……

"天啊，胡书记，余华超连他老汉都敢打，自家房子都敢烧，你还敢借钱给他？"

背笔直，脸圆圆，常年一派和气的胡庶红此刻笑得有几分意味深长："你晓得胡书记的'老本行'是干什么的吗？"从北碚朝阳派出所"片儿警"到市公安局政治部老干处民警，37岁的胡庶红是个警察。观察细致是本事，擅长和群众打交道是优势，落实到扶贫，信奉的是"喊破嗓子不如干出样子"。

遍布天坑群、高山河谷共生共荣的后坪乡，区位优势资源明显。养蜂是个好路子，但让大家愿意养是难题。

2018年，顶着“到时候别收了蜂糖只有拌饭吃”的风凉话，胡庶红大力鼓励村民们养蜂。他承诺，只要产业做起来了，补贴一定兑现。经过不懈努力，他从市公安局争取到扶贫资金，13户贫困户，每桶补贴380元，每户补贴4120元到2万元不等。

为提高村民们的养蜂技术，胡庶红多方寻找养蜂专家。为保证蜂蜜质量，胡庶红自创了蜂箱上的6位数“神奇编码”的小妙招：前三位是村民们的户籍号，后三位具体到谁家的哪个蜂箱。胡庶红想得长远，追本溯源，才能保证中岭蜂蜜的质量。打响这块牌子，村民才会有不只限于眼前的持续收入。

养蜂难，卖出去更不简单。2019年，5000多斤蜂蜜经胡庶红之手卖出4163斤，远销北上广深的国企。130元一斤的价格让村民们初尝产业减贫的甜头。第一年，村民赵鹏就割糖400斤，纯收入近6万元。

“刚开始，让他们养蜂还要我苦口婆心地做工作，如今，大家争相发展养蜂产业。”2020年，养蜂产业再扩大，1100群蜂发展到3200群，专业的养蜂培训课堂也跟着走进了中岭村。养了卖不卖得出去？这个问题似乎不在大家的考虑范围之内，“只要胡书记在，我们就无条件相信”。

在村民们眼中，胡庶红是万能的。他曾步行至深山帮助村里找水源遇到了野猪群；他白天黑夜加紧入户排查摸清家底，“各家三亲六戚摸得门儿清，才方便工作开展。看嘛，我们村里同名同姓叫赵本权的，都有三个”。

甚至是随意经过的路边烤鱼摊，胡庶红都可以随口说出这家人的姓名和家庭关系。

这些随手可拾的片段，说明了何谓真扶贫、扶真贫。三个词，胡庶红总结出他认为的扶贫工作：用心、用情、用力。他坦言，不存在回报不回报，“老百姓的笑，就是对我工作的最大认可”。

在苗族土家族儿女的聚居地，扶贫干部和村民磨出了犟脾气——绝不向贫穷低头。从聚居地到“聚宝盆”，没有不可撼动的困难，但凡蜂箱多一个，茶园多一亩，只要向前，都是冲刺。

开荒拓土中，一颗颗朝气蓬勃的心始终跳动着。当然，属于胡庶红的那颗，始终铿锵有力，掷地有声。

（作者：周　荞）

没有一股倔强劲儿，没有咬住青山不放松的精神，在贫瘠之地如何创造富裕，怎么带给群众幸福？胡庶红就是凭着深山里那种绝不向贫穷低头的犟脾气，带领武隆后坪乡村民不断向前冲，不断去开拓。

DANG TAIYANG ZHAOQIN SHENSHAN

三次爽约

杨璇

杨璇是渝北区茨竹镇华蓥村书记助理，甘肃定西人，“90后”，大学本科学历，从事扶贫工作5年多。

2018年5月，杨璇经同事介绍，认识了家在渝北两路的一个李姓小伙。两人见面后，彼此认同，打算相处一段时间，进一步加深了解，再确定恋爱关系。于是，双方约定，周六到两路一起吃饭看电影。不料周五下午，镇上布置工作，要求利用周末两天时间，全镇开展“两不愁三保障”大排查。

工作，还是约会？杨璇冷静一下，爽约了。

又一个周末的中午，小李驾车来到茨竹镇，准备陪杨璇加班，体验杨璇的基层生活，加深两人的感情。

“中午到了，我们先吃午饭，再陪你参观场镇。”杨璇对小李说。他们刚走到饭馆门口，杨璇接到帮扶对象文兴元的电话。文兴元说他在中河社区租了一间房子，这会儿要签合同，希望杨璇能去，帮他签下合同。

文兴元62岁，患有心脏疾病，2014年成为建卡贫困户。从2016年开始，他成为杨璇帮扶的对象。几年来，杨璇坚持每周两次入户，与文兴元交流，帮助他申请院外五保、购买精准脱贫保和合作医疗，帮他申请特殊病和办理扶贫就医卡。文兴元把杨璇当作自己的女儿，无论大事小事，都要杨璇参与。

杨璇知道，她不去，文兴元是不会签合同的。于是，她抱歉地对小李说，现在，她必须去帮贫困户文兴元签合同。

“去文兴元家多远？” 小李问。

“10多公里路程。”杨璇一边说，一边向车站走。 “好吧，你去吧，工作要紧。”小李很无奈。

两次爽约，他们告吹了。“我不后悔。但心里感到有点对不起小李。”

2019年6月底的一天下午，杨璇接到父亲电话，说杨璇二姑父病情突然加重，天天念叨她。

“二姑父对杨璇从小疼爱有加。”视为亲生女儿。自从杨璇来重庆工作后，再没有见过二姑父。

二姑父病重，我一定要回去看他，杨璇告诉父亲，她马上请假回家，后天上午到家。

第二天上班，杨璇拿着请假条，找领导批假。她刚到办公室门口，听到领导在接电话：“这户贫困户情况比较特殊，我马上安排杨璇去对接处理，争取今天就解决。”

领导打完电话，看到站在门口的杨璇，高兴地说：“你来得正好，大面坡村贫困户周友江，儿子在外务工，家里就他一人。昨晚，周友江被摩托车撞了，现在医院住院。你马上和村里的扶贫专干赶到医院去，解决他的实际困难。”

“好的，我这就去落实。”杨璇一边回答领导，一边默默地把假条收

杨璇查看果树病虫害防治情况

起。杨璇去医院的途中，给父亲打电话，说自己可能晚几天回家。她又一次爽约。

杨璇从医院回到镇上，已经晚上7点多了。她接到父亲的电话："二姑父已于今天18点28分安详离世。我帮你买了花圈，多烧了些纸钱。"听着父亲哽咽的声音，杨璇瞬间懵了，不知何时已泪流满面……

（作者：杜春成　刘　燕）

扶贫干部也是普通人，他们有委屈、无奈，也有辛酸的泪水。人们往往只看到他们指挥工作、布置任务的一面，好像挺神气的样子。其实，有多少人知道他们背后的伤心事呢。这篇故事通过杨璇的三次无奈，生动呈现出扶贫干部一心为工作、一心为群众的形象。

欧应群『代理家长』

欧应群，2017年8月任忠县新立镇党委书记，上任当天，他不是走进办公室，而是直奔青台、精华、官坪三个贫困村，实地走访察看，与贫困户拉家常，掌握脱贫攻坚第一手资料。

三年来，他跑遍全镇19个村（社区）、169个村（居）民小组，遍访完全镇910户贫困户。“脚下沾有多少泥土，心中就有多少真情。”他随身总带着一个“民情记录本”，随时随地把看到的、听到的群众困难和意见建议记录在本子上。

“脱贫攻坚是一场没有硝烟的战斗，必须真刀真枪，来不得半点儿折扣。”欧应群对全镇干部说。

如何脱贫，欧应群点子多，他将每周一定为“走村入户帮扶日”，即

欧应群（左一）到代理贫困户家关心秧苗生长情况

每周一上午全镇90多名干部职工分别到自己联系的村社走访，重点走访贫困户、低保户、五保户等特殊困难人群。

2019年9月，欧应群实施“代理家长”制——全镇通过筛查共发现37户特别困难的建卡贫困户，镇党委安排了以机关党员干部为主的37名“代理家长”，与这37名贫困户结对子，引导他们改变生活陋习，帮助他们理清发展思路、实现增收，参与决策他们家庭的重要事项。“我们将继续把此项工作推进下去，集中资源重点帮助急需帮助的这些困难群体。”欧应群说。

白马村李宗培是欧应群代理的贫困户。李宗培，一名退伍老兵，年迈体弱。他的二儿子患有精神病，经常对他大打出手；大儿子在浙江打工，因交通事故双腿截肢，半身瘫痪。这突如其来的事故，让李宗培活下去的唯一支柱也坍塌了。他整天精神恍惚，间歇性精神失常。了解到这一情况，欧应群主动提出帮扶他家。

“欧书记，快进来坐。”看到欧应群又来了，李宗培连忙出来迎接。

“近来可好？有什么困难？”欧应群说。

“没有什么困难了，你帮助我们已经很多了，你把我的小儿子送到忠县民康医院医治；给我们送种子、化肥、农膜等农用物资；免费给我们送鸡苗、鸭苗；还给我们打扫卫生；为我们增添新的家具家电；生病了第一时间赶来看望我、慰问我，我这个老兵从未感受过这么多温暖，我比过去幸福多了。”最后，当李宗培接过欧应群送去的慰问金和慰问物品时，激动得说不出话来，长满老茧的双手紧握着他的手久久不肯松开。

自精准扶贫以来，欧应群提出“三个转变”：从过去只关注贫困户向所有农户转变，从依靠帮扶责任人向依靠国家政策转变，从被动帮扶到激发群众内生动力转变。“帮钱帮物不如帮技术，帮你脱贫不如我要脱贫，产业扶贫是最根本、最有效、最牢固的扶贫措施，只有把产业做扎实了，才能做到扶真贫，真扶贫。”镇党委研究制订了大规模发展特色产业、产业到户到人落地落实等措施，大力推广“三变”改革。近几年来，新立镇先后引进三甲农业、苏坡果业、晨帆农业等十几家农业企业，做大做强柑橘、蜜柚、猕猴桃、花椒、金银花、梨子、水稻等产业。

欧应群发现许多农村老人生活困难，部分原因是子女不尽赡养义务。他提出在全镇开展“不孝老、不敬老”评查，群众评，村社查，以正面教育为主，重点评查子女住楼房、父母住危房，老人生病不过问，四季衣裳不给添，逢年过节不回家等不孝行为，采取村支两委提醒、政府教育、司法调解等方式，督促子女履行赡养义务。

“结穷亲、心连心”，欧应群常说要让最困难的群众感受到党和政府的温暖。2019年12月的一天，他到长岭村走访贫困户，了解到该村贫困学生王洁、王栎城两姐弟父亲残疾母亲改嫁的情况后，立即赶到他们家中。数九寒天，他们还穿着薄薄的单衣。欧应群看到这一幕，当即决定资助姐弟俩。在空闲时，他经常关心两人的学习情况，鼓励他们好好学习，对生活要抱有信心。

经过精心“代理”，37户贫困户全部脱贫。

（作者：谢春蕾）

扶贫除了实干，还要创新。创办产业，创设项目，创新帮扶方式，欧应群推行的“代理家长”制就是这方面的探索创新。全镇通过筛查发现37户特别困难的建卡贫困户，镇党委安排了“代理家长”一对一帮扶，全方位帮助贫困户脱贫。

DANG TAIYANG ZHAOJIN SHENSHAN

杨骅 小爱聚成大爱

杨骅去世两个多月了，但父亲杨志刚依然坚持给儿子的手机充电、保持网络在线状态……

2018年10月17日，市委书记陈敏尔在会见扶贫开发工作先进代表时指出，杨骅同志是我市脱贫攻坚战线的时代楷模，杨志刚同志一家传承着中华民族的传统美德，体现出共产党人的忠诚担当。

“儿子，你的工作得到了党和人民的肯定。”杨骅的父亲、忠县原副县长杨志刚，当天代表儿子参加2018年全市脱贫攻坚表彰大会后，又在微信里给儿子留言，“你将永远活在人民的心中！”他还将重庆市扶贫开发工作2018年度先进个人的荣誉证书照片，继续用微信发给杨骅——虽然他知道，儿子永远也不可能收到微信了。

杨骅是忠县安监局原办公室副主任。2017年3月，他被派往金鸡镇蜂水村担任驻村扶贫工作队队员，因为工作表现突出，2018年7月9日被调整担任金鸡镇傅坝村第一书记。一个多月后，8月21日早上8点多，杨骅突发疾病倒在了工作岗位上。

把群众当亲人、以脱贫为己任，9月中旬，忠县县委追授杨骅同志“优秀共产党员”称号，并在全县深入开展向杨骅同志学习的活动。

在扶贫路上，杨骅同志用生命践行着自己的承诺。

第一部分

姐妹哭杨骅：那个像父亲的人走了

全世界找不出第二个以“忠”为名的县。2018年8月21日，当夏日的朝阳即将洒满忠县西北边那片千亩柑橘园时，死亡的阴影突然降临，8时20分，它轻率地带走了杨骅的生命。

成片柑橘开始由绿变黄，好似葱绿大地上的点点繁星，忠县迎来一年最美的时节。

但这一天不同。

十几分钟前，柑橘园旁的一间办公室，杨骅和几位村干部正在商议贫困户危房改造，他突然脸色发白，大汗淋漓，紧接着心脏骤停、呼吸停止，生命永远定格在48岁。

对杨骅的亲人和杨骅帮助过的那些贫困户来说，8月21日的灿烂阳光怎么也驱不散深重的阴霾，炎热的天气怎么也赶不走心底的悲凉。

已走进大学校园的张荣梅想起杨骅的好，就忍不住潸然泪下。

同年10月18日，我们来到忠县，探访杨骅的足迹。同事、村民和所有他帮助过的人，一提起杨骅就泣不成声。泪水是对杨骅最沉甸的记忆，也是对这位傅坝村第一书记、扶贫驻村工作队队长最庄严的告别。

杨骅善良朴实，乐于平凡，没有轰轰烈烈，没有明明赫赫，为何有如此多的人如此长久地为他流泪?

杨骅出事之际，张启斌家欢声笑语。两个女儿剥着花生，预备中午做油酥花生米，因为杨骅叔叔要来吃饭。

张启斌常年在外打工，他的运气就那样不好：前年脚摔伤，去年手摔残，打工挣的一点儿钱都花在手脚医治上了。今年，大女儿小梅（张荣梅）考上大学，小女儿小琼（张琼）上初中，家里无经济来源，一下成为贫困户。

临近中午，妹妹拿姐姐的手机给杨骅发信息，“杨骅叔叔，你中午来吃饭吗?”发了十几遍，都没有回。“杨骅叔叔是不是不理我了呀?”她问妈妈。

下午3点，噩耗传来，如晴天霹雳，小梅一下子哭了，边哭边问小琼，“妹，杨骅叔叔走了，你相信不?”小琼狠狠地摇了摇头，跟着姐姐大哭。张启斌和妻子郑京淑则在一旁默默流泪。

小梅一生难忘那一刻：“我们不敢接受这个事实，杨骅叔叔好像还坐在饭桌边吃饭，他还在我们对面，还在给我们说那些话，还在村委会的楼上工作。”

杨骅（右二）走访贫困户

柑橘园边立着一栋小楼房，外观漂亮，迥异于四周，是傅坝村委会所在地。杨骅的寝室在二楼，他吃住于此，房间不大，一张简易床和办公桌占去大部分空间。躺在床上可以望见对面山坡上翠绿的柑橘树，可以看见楼前那面飘扬的五星红旗。红旗近在眼前，在大片大片葱绿的映衬下，显得更为鲜艳。这景致对杨骅来说是温暖的。

办公桌上一顶旧草帽，夏天杨骅出门戴着它。草帽上有三个字“好运来”。有村民说，杨骅的意思是期望傅坝村有好运，贫困村民有好运。

小梅无论如何想不通，杨骅给他们送来“好运”，自己却遭遇了“厄运”。

她记得，8月10日，杨骅戴着那顶草帽，第一次到她家，看到家徒四壁的惨淡光景，杨骅说不出更多的话。“他很谦和，没架子，说话和颜悦色。他说，今后有啥困难就告诉他。”

困难当晚就来，扶贫系统录错了小梅的名字，无法申请助学金，刚刚接到大学录取通知书的喜悦瞬间被冲散。小梅绝望了，寒窗苦读十几年难道就这样付之流水？她告诉了杨骅。杨骅说：“你不急，我马上找人解决。”几天后，名字改好，小梅感动得说不出话。

小梅的家在柑橘园坡下的沟底，像是被遮蔽的遗弃之地。由于房屋两边和后面的树木竹林过于茂密，感觉这里要黑得早一些。一排破旧房子，他们住里端，砖房，其余皆老式木瓦房，由于常年无人居住，屋顶有一个巨大的洞。三家人早已搬走，留下几间空屋。屋前宽敞的地坝，长满杂草，张启斌一直想硬化了，可以晒晒谷子、花生，但没钱，或许常年在外，他对此已淡漠。

杨骅很在意。

15日，杨骅第二次到张启斌家。他带来三个好消息：安排郑京淑到柑橘园上班，一月可挣一千多元；他筹钱硬化地坝；买些小鸡来喂（后来杨骅买了15只，被黄鼠狼偷走3只，现在剩下的每只近一斤重）。那晚，他们聊得很欢畅，静寂的山沟传出笑声。杨骅讲他先后在忠县粮食局、忠县交委路政大队、忠县农机局、忠县安监局工作，干了这么多份工作，只有扶贫让他“最有感觉”……但他说得最多的还是希望小梅、小琼好好学习，不要因为家庭困难而放弃。“虽然我能力并没有那么大，但我会尽全力。”

整个夜晚，小梅、小琼一直欣喜地望着杨骅。她们知道杨骅心里装着她们一家，他是依靠，是希望，“他来了，好运也来了。”

临走前，杨骅说，“我们拍个照嘛。”小梅用杨骅的手机拍下了那张珍贵的照片，四人其乐融融，小琼笑得特别灿烂。这是他们第一次与杨骅合影，没想到也是最后一次。

8月20日傍晚，杨骅第三次到张启斌家。小梅炒了几个菜。他说头晕，不想沾油，只吃了炒南瓜片。他给张启斌带来膏药，还说要为小梅筹1000元学费。他对张启斌说，你要打起精神来，要像个男子汉一样，现在两个孩子长大了，又这么乖。

快开学了，“你一个人到学校怕不怕，你要我送你去学校吗？”杨骅问小梅。

“不怕。”

“记得把学校地址发给我，我到重庆来看你。”杨骅叮嘱，“好好学习，不要跟坏人裹在一起。”

当天21时42分，杨骅回到宿舍，无人能预卜，这是他人生的最后一夜。他告诉小梅：“今天忘了拍照”，又说，他头疼，在喝冲剂，“你到大学要好好读书，用优异的成绩报答父母的养育之恩，要回报社会。”一会儿，他再发微信：“要认真学习，别去歌城、舞厅、洗脚城，千万别去，会毁掉你的一生。”最后突然来一句：“不知道你今后还记得我不。”他当时在想什么？无人能知。22时59分，聊天永远停在这一刻。

张荣梅清楚地记得杨骅牺牲前夜鼓励她好好学习的话语。

短短10天交往结下一生一世情谊，带给张家不尽的思念。

姐妹同哭：那个像父亲的人走了

8月23日，忠县举行杨骅追悼会，小梅、小琼从头至尾泪水不断。

杨骅的父亲杨志刚说，当天，她俩哭得死去活来。

小琼提起那天还是哭："我和姐姐在现场眼泪都流了一盆呀，看着杨叔叔在棺材里躺着的时候，我的心都碎完了，我的心像刀割一样。"

为何哭得如此伤心？对她们来说，像父亲一样的人走了。

她们视杨骅为亲人，杨骅也如此待她们一家。杨骅告诉两姐妹：你们就把我当作你们的朋友或爸爸。

关怀最暖人。杨骅常问小梅需要啥；小梅牙痛，杨骅反反复复问，严重不，哪里的医生看的，医术怎么样，怎么去的；杨骅几次提出要来帮她们收割谷子；周末回县城，杨骅会问，你们要什么菜，我给你们买回来……

小琼说，杨骅叔叔比"亲人还亲"，"他给我说，以后带我们出去耍。因为家庭经济不好，我很少出去耍。我去看一次爸爸的话，往返路费都要花掉他用肩膀挣一个月的钱。所以，我一直不出去，我不想出去，也不忍出去。"

8月19日，杨骅告诉爸妈，小梅、小琼是很好的孩子，我一定要让她们过上好日子。

同事说杨骅生活很简单，经常是一碗面就打发一顿。

郑京淑了解到杨骅是个工作狂，没时间煮饭，常常吃方便面，就说：

“杨骅，你啷个吃方便面，你把我两个女儿看作女儿，我们也把你看成家人。你愿意的话，就来我们家吃饭。”

小梅慢慢打听到，杨骅非常节俭，一碗牛肉面都舍不得吃，长期一碗素面或一碗白米饭，菜呢，时常是两根辣椒或半碗泡菜；有时他也会煮碗汤——醋汤，白开水里面倒点儿醋，他说过，“一菜一汤，生活充满阳光”。整个夏天，杨骅就是两件一模一样的深蓝色短袖衬衫轮换着穿，“杨骅叔叔，你不换衣服吗？”她曾好奇地问。

杨骅生活很简朴，使用的枕头套子已经破了。

杨骅用省下来的钱干了什么？小梅事后得知，他不但对他们家好，也对贫困户唐安禄好（给他买猪崽），对贫困户刘兴国好（帮他改造危房），对贫困户蒋道华好（帮他卖洋芋），对村民陈迁学好（8月18日，杨骅到忠县人民医院看望住院的他，当场捐200元）……“他的心太好了”，他很少空手到贫困户家，或带点药，或提桶油，或拿点牛奶……

让郑京淑特别意外的是，杨骅是副县长的儿子：“他一直笑呵呵的，哪儿像嘛，他也从没说过这些。只是说，放假了，带我两个闺女到他家去耍。”

其实，村干部也不知道。蜂水村支书彭涛与杨骅共事一年多，她说，杨骅出事后，才知道他是杨县长的儿子。杨骅不善修饰，不刻意而为，不清谈高论，不论碰到哪个村民，他都可以坐下来摆摆龙门阵。

妹妹长哭：一场撕心裂肺的痛

去张启斌家。

当地人说，要认识杨骅，一定得去。

10月19日的忠县，秋雨绵绵，傅坝村笼罩在薄薄雨雾中。

张启斌打工去了，小梅在校，小琼和妈妈在门口招呼。妈妈瘦弱，头发有点蓬乱，热情和善。小琼，乖巧，刘海齐眉，嘴唇紧闭，眼神里有一丝焦虑。

一提到杨骅，小琼神情凝重，突然接过妈妈的话："杨骅叔叔，好，真的是说不出的好，他跟我爸爸一样，真的是跟我爸爸一样，可是我爸爸不是常在家，我感受到的父爱真的很少很少，自从杨骅叔叔来了，我那段时间都是笑脸。杨骅叔叔说，如果你不介意的话，我可以把你当成我女儿一样。我蛮感动呀……杨骅叔叔来的时候，我坐在那儿不敢出来。他说，你不要把我当坏人，你莫怕，真的莫怕。"

说到这里，小琼开始哭。

"（8月15日那晚）杨叔叔说，他想筹钱给我们修地坝。我们都把他望着。我特别感动，突然觉得，世界上怎么有这么好的人哟，说的好人长命百岁，现在，我都好难相信这点，每天早上一起来，都感觉杨叔叔就在旁边一样。我或许真的会感受到那种感觉，一个亲人真的离开你们的那一天，是一种撕心裂肺的痛。"

撕心裂肺地哭，小琼的伤心难以言状。哭声攥住我们，撕扯我们，所有人强忍着不哭出声来，紧紧望着她。她一味地哭，旁若无人，接着哭姐姐、妈妈、爸爸和她所受的苦以及一家的穷，这是她心中最深的痛，一种被自卑和爱的渴望不断碾压的痛。

“我三年级的时候，偷偷想爸爸，我问我妈，妈总说快了快了，一年又一年，爸爸都没有回来。因为小，不懂事，我就等。我扳起手指算，这么久了，爸爸还没有回来。当时我妈都哭了。她说，你爸爸回来的车费就是他几个月赚的钱。然后，我心痛呀。杨骅叔叔说，你爸爸妈妈都不容易的……”

“我很少跟陌生人说话，因为家庭条件不好，我不敢跟陌生人说话，不敢和他们交往，怕他们歧视我。你们或许从来没有体验过这种感受……我还经常跟我妈抱怨，别人家都是富人的崽崽，我呢？杨骅叔叔说，妹，你不要这么想，有杨叔叔在，杨叔叔会帮你们的。杨叔叔说，你如果是我的崽崽或许也不一定幸福。我问为什么呢？他说富人有富人的不好呀。他就给我讲这些道理。其实，我现在比过去爱说话多了，就是因为与杨叔叔那段时间的交往。我和杨骅叔叔相处10天，终于知道什么是父爱……”

足足40分钟，小琼不是说出来的，而是哭出来的，爆发出来的，像火红的岩浆从大地突然喷发而起。这是爱的喷发。因为爱，更因为爱的丧失。

小琼在屋里哭，同行的几位站在院坝边悄悄哭泣。夜幕降临，山沟一片寂静，我仿佛听到泪水掉落在院坝草尖上的声音。

姐姐悲哭：他一直陪伴在我的身边

返回县城的途中，小琼的哭声让我难以平静。我突然有一个想法，因为第二天是星期六，带她和妈妈去重庆见一见姐姐。

10月20日清晨，她们已站在屋后的公路边等待。小琼很兴奋，一身新衣，郑京淑比前一天精神，她其实不清楚女儿在重庆哪个地方上学，只晓得在重庆。

她们不是一般的晕车，我们准备的两种晕车药都于事无补，才走两三公里，就说不舒服了。但她们非常坚强，13时38分，我们顺利到达重庆工程学院东门。小梅已等在路边。她穿件粉色的套头衫，长发及腰，刘海遮住了眉毛，方框眼镜，大一新生的青涩模样。

母女三人围成一团。长途奔波，妈妈的头发有点乱，小梅忙给她理了理。母亲一会儿拉拉她的手，一会儿摸摸她的头发，一会儿拍拍她的衣服，妹妹惊喜地望着姐姐……

小琼想吃火锅。红汤锅，还是鸳鸯锅？小梅毫不迟疑地说："鸳鸯锅，我妈晕车，吃不得辣的。"微辣，还是中辣？"微辣，我妹妹不敢吃太辣。"小梅吃得不多，不断站起来给妈妈、妹妹夹菜。

饭后，小梅带妈妈和妹妹去看学校和寝室。约20分钟后，她们返回，小琼蹦蹦跳跳，高兴得很，因为她穿了一件更漂亮的新衣服。姐姐买的。

一说起杨骅，快乐瞬间消散，气氛顿时凝重。小梅说，杨骅叔叔很亲切，很有心，很有情，"真的是一个十足的好人。他每次都走进我们，融入我们，感染我们，我们像一家人。"

说到这里，她哭得很伤心。

她的哭声很轻，不是喊出来的哭，而是低着头，一味地哭，好像全身都在哭，久久说不出话来。

她说，爸爸不会打电话，只会挂电话，而"杨骅叔叔对我们无微不至的照顾，让我感觉到父爱。我觉得在我的人生中，他是最好的一个人"。

母女仨翻看手机上有关杨骅的报道。

入学前，小梅去见杨骅的妻子，可惜她不在家。国庆长假，她独自到忠县三汇镇中寨村杨骅的墓前，献花，祭拜。

她说，杨骅过去帮了她，现在还在帮她。“他告诉我，在大学要大胆一点，广交朋友。我现在就按照他的话在做。”

下午4点半，准备返回。母亲紧紧抱住女儿，说不出话来，妹妹望着姐姐，泪眼婆娑。

返回途中，小梅发来一段长长的微信，她说：“每当别人欺负我的时候，每当夜深人静的时候，每当我筋疲力尽的时候，我总会在睡觉的时候偷偷哭泣，脑海不自觉浮现出杨叔叔的身影，脑海里不停地回荡着杨叔叔的谆谆教诲……不管未来的路多么艰难，我都会带着最初的梦想走下去，带着杨叔叔的期望走下去，他一直陪伴在我的身边，我从未忘记他！”

小琼倒在妈妈怀里。和来时一样，一路车窗大开，她们裹着厚厚的衣服，戴着帽子，沉沉睡了。进入忠县马灌镇，离家只有十几分钟，她们醒来，高兴极了。我问小琼：“你今天怎么不说话？”她说：“姐姐在说，我不说。”

终于到家了，她们慢慢向坡下走去，突然从下面传来一声“谢谢您”。这是小琼清脆的声音，它顿时刺破了这夜晚山村的沉寂，向前方的柑橘园飘去，飘向很远的地方。

来去400多公里，这是距离，是距离的消弭。像小琼这个年龄的孩子，很多可能早已到过北京上海香港，甚至漂洋过海到美国英国。而对她来说，忠县县城也是很远很远的地方。

我相信她今后会到很多地方，会走过十个400公里、百个400公里、千个400公里……但我相信这是她人生最难忘的400公里，最长情的400公里，最珍贵的400公里。因为，这是她对杨骅的一次深深的回忆，一次沉沉的道别。她本该是有爱的孩子，然而贫困带给她羞愧，慢慢内化为自卑，她把自己裹藏在一个狭小的世界中。因为杨骅，她看到了这个世界的光亮，走出了自己那狭小的世界。

我突然明白，杨骅带给贫困家庭的不是锦衣玉食，而是最饥饿时的那块热乎乎的馍；他说的不是豪言壮语，而是亲人般的唠叨；他做的不是轰动一方的大事，而是温暖心扉的小事。小爱聚成大爱，大爱铸成永恒，而杨骅悄然地来，悄然地去。

杨骅留下了多本笔记，从这些笔记中可以看出他对工作认真负责。

调转车头，我们再次路过傅坝村委会，只见那栋漂亮的小楼影影绰绰，唯有那面红旗依旧飘扬，它和杨骅朝夕相处40天，或许它更清楚杨骅的精神秘密。

第二部分

杨骅亲人速写：一个人的平凡是另一个人的非凡

善良朴实，乐于平凡，甘于奉献，杨骅是怎样做到的？父母、妻儿、妹妹眼中的杨骅，又是怎样的？我们三进杨家，寻找答案。

杨骅的父母杨志刚和秦淑英住在12楼，没电梯，69岁的老人，每天爬上爬下，不容易。秦淑英每天将楼梯上上下下打扫干净，栏杆抹一遍，更不容易。

这是普通之家，有些拥挤，但特别温馨。一张圆桌摆在进门右侧，旁边一个柜子上放有十几个大大小小的瓶瓶罐罐，那罐杨骅没来得及吃的藠头还是满当当的，藠头呢，泡得亮晶晶的。穿过客厅，有一露台，站在露台上可以看见对面不远处杨骅的家。很多个深夜，杨志刚看见儿子屋内的灯亮着，他又在忙白天没做完的工作。

现在杨志刚每晚仍习惯性地站在露台上望——灯熄了。

杨骅的奶奶坐在客厅窗前的沙发上，凝视窗外远方。我三次走进杨家，每次她都拉着我的手，轻声说："坐。"她看着我，善良澄明的眼神足以让人忘却一切烦忧。她头发未全白，自己还能走动。她说自己很幸福，儿媳孝敬她，孙儿媳也孝敬她，曾孙们个个孝顺。她又说："我家那位走的时候我46岁，每个人都不让我送他，他是工作上死了的，很光荣，我要送他。"

那是1971年的冬天，杨骅的爷爷杨天齐因积劳成疾倒在水库工地，年仅44岁。当地为他隆重举行追悼会。世事渺茫谁料得，47年后，老奶奶再身历追悼会——8月23日，忠县沉痛悼念杨骅。她坚决要去看看大孙子。奶奶送别孙子，人间大悲莫过于此。她当场晕倒，两小时后才缓过来，她拉着孙媳的手说："你要坚强，大孙子是为公家走的，光荣！"

杨骅就成长于这样一个家庭。

一家人

杨志刚一儿两女，杨骅是老大，杨玲、杨琴是双胞胎姐妹。他们的儿女有的在工作，有的在读书。

圆桌不大，七八个人吃饭刚好，杨家四代坐在一起，有些挤。这里是他们生活的中心，每个周末，大家都回来，一起吃饭。好多年来都这样，倒上一小杯酒，杨骅和两个妹妹先敬奶奶、爸妈身体健康，杨志刚和老伴再祝儿女工作顺利，接下来是小字辈敬祖祖、爷爷、奶奶。一家人干杯。随后，儿女开始向杨志刚“汇报”一周的工作，给秦淑英讲家长里短的琐事，杨志刚和秦淑英再一一“点评”。一家四代热热闹闹，絮絮叨叨。人生最美的幸福不过如此。

也有遗憾，杨骅总是来得晚。他不到，大家不会动筷子。一家人必须坐在一起。干杯的时候更不能少了他。菜已上桌，杨骅还在办公室，打一次电话，他说马上出门；打二次电话，出门了；打三次电话，在路上……晚上8点过，菜热了又热，杨骅还没到。开始几次，杨志刚问：“杨骅，大家每次都等你，你到底怎么回事？”杨骅笑呵呵地说：“有啥办法，单位事多，工作没做完。”

“今天做不完，明天再做呀。”

“那怎么行，今天的事情必须今天做完，明天又有明天的事情。”

杨志刚后来不问了，他痛并快乐着，痛的是儿子的身体，快乐的是儿子工作起来像他一样，天不顾地不顾。杨琴说：“我老公想来吃饭又怕，怕的是每回久等杨骅。”

父亲与父亲的父亲

儿子去世两月，杨志刚头发白了许多，仿佛脸上所有的线条都印上了悲伤的痕迹。他随身带两部手机：杨骅的和他自己的。他每天坚持给儿子的手机充满电，10月中旬还充了50元话费，一有什么事就给他发微信。“我们觉得他还没有走。”杨志刚说。

10月21日，杨骅两月的忌日，杨志刚开始整理杨骅的遗物。他才发现杨骅也有记日记的习惯，从工作的第一天记到了他去世的前一天“2018年8月20日”。

“他简直是我的影子。”杨志刚说。

杨骅也曾表达过：“向爸爸学习。他怎么做，我就怎么做。”

杨志刚拿出十几本发黄的“劳动手册”和一本厚厚的硬皮笔记本——他珍藏了40年的日记。句句褪色的文字记录着杨志刚不褪色的岁月，他从一个农家孩子一步一步拼命干出来。最早一篇记于1977年12月15日，这天他被任命为忠县任家公社社教工作队副队长。他这样写道：“我决不辜负党和人民的希望，努力学习，积极工作，做一个党和人民忠实的儿子。”25天后，他当选任家公社党委书记，这位“忠县当时最年轻的乡党委书记”不断前行，1998年任忠县副县长，2009年退休。

杨志刚说：“一生深受父亲影响，我是他的影子。”

影子永远忠诚于他的那个实体，至死追随。

杨志刚谈起在那个艰难时代的父亲自豪又悲伤：“他真的是玩命地工作，在水库工地上大口大口吐血，捧点泥水漱了漱口，继续干。他生活艰苦朴素，为人朴实、正派、公正。”时至今日，忠县三汇镇年老的村民依旧非常怀念他。

10月21日下午，杨志刚带着老伴回到昔日的任家公社。他说，昨晚梦到自己还在任家公社当党委书记。

40年前的战友、伙伴、邻居、村民们，一个一个围拢来握手、问候，有人端出热茶，有人搬来凳子，有人拿出瓜果，还有人拿来刊载杨骅事迹的报纸……他们的眼神充满期盼、欣喜，像昔日的时光又回来了，他们像过去一样称呼他：

“杨书记，您回来了啊！”

“杨书记，您好啊！”

“杨书记，好久不见，您身体还好吧！”

“杨书记，您培养了一个好儿子，杨骅真是个好人啊！我们都知道。”

……

郭光英抱着孙女来了。她抢着说话：“杨书记，感谢您！要不是您，我们哪儿来现在的好生活，我家任华中早就饿死了。”她的丈夫任华中曾是一个孤儿，无穿的，无吃的，无盖的，杨志刚当书记后，解决了他吃穿住，帮他结了婚。如今，任华中的儿子在上海读博士，一家人幸福得很。郭光英说着说着，自个儿哭了。“我今天是高兴才哭，见到杨书记太高兴了。”她说。

杨志刚要走了，大家纷纷挽留，“杨书记，吃了饭再走”。郭光英送了一程又一程。人们说人走茶凉，杨志刚离开了40年，茶还是热的。他感慨：只要你的血液里融入了百姓，百姓的心中会永远装着你。

“我学我父亲，杨骅学我。”杨志刚说。

一代学一代，一代传一代，这就是传承。

母亲

秦淑英能干、有善心，她比杨志刚小一个月，“他八月初四生，我九月初四生，他说我是追他，”她笑着说，“我这辈子就是要追着他。”

他俩青梅竹马。杨志刚在多篇日记中记下了他们深深的爱。其中一篇这样写道：“爱人送我，一里、二里走过了，可她仍然不转；三里、四里走过了，我再三劝她回去，她总是说，我再送你一程；五里、六里走过了，最后她说，你走吧，我站在这里看你走，看不见了就转去。我不断回头看她，她不断擦眼泪。”

1970年结婚后，杨志刚一直在外读书、工作，秦淑英一个人在家带孩子，一个人修房子，用杨志刚的话说“过着半边锅儿的生活”。《爱的力量》是杨志刚写给妻子的一篇长文，其中有这样一段话：“她爱得那样真诚，爱得那样执着，爱得那样无怨无悔，我们用爱的力量走到今天。”

半个多世纪过去，两老的感情依旧浓郁。10月22日上午，杨志刚接受采访，他对秦淑英说：“你做后勤，我做前勤，一个前勤一个后勤。你的工作也是重要的一部分。”一会儿，他又说：“她对我们这个家庭是有功之人，不是我早就把她……”秦淑英接过话说：“踢了。”两人相视而笑。类似的轻玩笑让家充满笑声，让他们的爱富有色彩，不那么沉重。

或许是家庭的和谐、父母的温情种下了杨骅心底澄明的爱与善。三访秦淑英，她说得最多的一句话是“我儿从小就乖”，泛着泪光的眼里有悲切有骄傲。

儿子

杨骅两个儿子。大儿子在忠县打工，不大爱说话，杨骅走后，他却整夜给杨骅说话。

二儿子杨涛宁今年考入重庆房地产职业学院。杨志刚说，杨骅走后，这孩子突然长大了，以前成天要游戏，现在学习认真，还写入党申请书。他说："爷爷和爸爸对我的最大影响是塑造了我的人品，让我不走歪门邪道，毕业后，我要学习爸爸，回到农村，帮村民设计房子。"

妻子

自杨骅去世后，妻子李正琼一身黑衣，以泪洗面。

杨骅家中，两个儿子安慰妈妈说："爸爸走了，还有我们照顾您。"

杨骅的遗像放在电视柜边，李正琼不知挂在哪个地方好，屋内好像没一处合她心意。每天回家，她盯着捧着遗像流泪——除了哭杨骅，还是哭杨骅。爱的人去了，爱的情回了。

屋子干净，杨骅的东西没动，其实他也没多少东西：衣服十几件，鞋子几双，包一个，一堆电脑硬盘，钥匙17把……她和杨骅一样忠孝、善良、勤劳、朴实。两人恩爱，杨骅称她"我们家的李书记"。多年前，她下了岗，帮别人卖过电器，如今在汽车站检票。她说一句哭一句：杨骅这辈子没吃过好的，没穿过好的，没好好耍过。

她极为平凡。或许一个人的平凡是另一个人的非凡。

两个妹妹

忠县很多人都知道“这对双儿（双胞胎）”，而晓得杨骅的就不多了。

姐妹俩在政府部门工作，喜欢跑步。媒体对姐姐杨玲有不少报道，据说她做过很多好事，帮助了许多人。杨骅和两个妹妹亲密无间。秦淑英的干女儿乐小英说：“他们的兄妹之情让人羡慕。”

杨骅的妹妹至今不相信哥哥已离开了。

杨琴喜欢讲他们小时候的事，她说，如果要用一个字来概括哥哥，那就是“忠”，忠县的忠。

“忠，一其心也。”

从杨天奇到杨志刚再到杨骅三兄妹，他们热爱忠县这片大地。这里有它自己的文化历史，一个个有关忠义的故事千百年来不息流传。当杨志刚讲起巴蔓子秦良玉的故事，他与其他地方的人讲得大不一样，好像这些传奇人物还生活在离他很近的地方，与他们非常熟悉。

（作者：刘　涛）

杨骅带给贫困家庭的不是锦衣玉食，而是最饥饿时的那块热乎乎的馍；他说的不是豪言壮语，而是亲人般的唠叨；他做的不是轰动一方的大事，而是温暖心扉的小事。小爱聚成大爱，大爱铸成永恒。

心种山村

秦宗平

老百姓常说：村民富不富，关键看支部；支部强不强，就看“领头羊”。在石柱三星乡下塘村，有一位全心全意带领村民脱贫致富的年轻村干部，在精准扶贫工作中，他毅然辞去在县城的工作返回老家，扎根基层，配合村支委和驻村工作队，切实解决老百姓的“两不愁三保障”问题，发展特色产业，带领乡亲们脱贫致富，得到老百姓交口称赞。他就是共产党员、下塘村村委会主任秦宗平。

一个个整洁的农家院落，一条条干净的村道公路，一张张幸福的笑脸……这是日前记者走进下塘村看到的人居环境良好、老百姓精气神十足的真实面貌。

然而，在精准扶贫开展前，距县城40公里的下塘村大多数青壮年外出务工，大量土地荒芜，村子里一片荒凉和萧条，环境卫生被贴上了“脏乱差”的标签。

从小在下塘村长大的秦宗平目睹了村里的贫困，在他心里，把村子整治好，把产业发展起来，是他最大的愿望。

没想到2007年从部队退役回家后，家人便在县城一家单位为其找了一份工作。“到县城去上班吧，老家离城远，条件又不好。”时至今日，秦宗平对父亲当初的安排记忆犹新。

2016年1月，精准扶贫工作在紧锣密鼓推进时，下塘村村委会差一位本土人才，秦宗平在综合考核合格后，果断辞去在县城的工作，回到了村里工作。

2016年10月，秦宗平被选举为村委会主任。从就任村委会主任那一刻起，他义无反顾地挑起了工作重担，积极走访党员群众，求良策、谋发展，和驻村工作队、村组干部经常商议工作到深夜，下塘村也因此翻开了新的一页。

整治“脏乱差”环境、规范堆放柴禾、增设入户便道栅栏、村落大院设置路灯、公路沿线种植花草、建花台美化环境、开展“最美农户”评选……下塘村紧锣密鼓展开环境卫生整治专项行动，环境面貌焕然一新，于2019年12月荣获重庆市“百村引领示范村”荣誉称号。

切实解决“两不愁三保障”突出问题，既是脱贫标准，承载着厚重的民生期待；也是一块“试金石”，检验着脱贫攻坚的质量、成色。

海拔1000米左右的下塘村地处偏僻、山高坡陡，该村的上寨、新院两个村民小组一直存在季节性缺水的问题。“缺水的时候，每当看到上寨组年近八旬的独居老人杨少堂到附近的水井提水，我心里就隐隐作痛。”秦宗平决心解决好村里的安全饮水问题。经过几个月的奋战，2018年8月，源源不断的清泉引入贮水池，当村民们家中的水龙头流出一股股清澈的自来水时，上

秦宗平（左）与村民交谈

寨和新院两个村民小组的170多户村民笑开了颜。

走进下塘村上寨组，田间地头白茫茫一片，一行行白色地膜穿行在大地之中，形成美丽的图案，犹如书写出的大地诗行。

秦宗平走进地里，和正在覆盖地膜的辣椒种植大户、上寨组组长刘相群聊了起来。

“刘组长，今年规划的30亩辣椒种植面积没问题吧？”“肯定没问题，育的辣椒苗子长势也很好。”

“村里在上寨组打造的60亩辣椒示范片有把握完成吗？”“绝对有把握，家家户户都动起来了。再过两三天，完成地膜覆盖任务后，就等着移栽辣椒苗了。”

年过五旬的刘相群以前是下塘村的贫困户，近几年来，在秦宗平等干部的帮助下，每年种植辣椒30亩、有机水稻10亩、高山苞谷10亩，成为村里的产业发展大户。在顺利脱贫后，他被任命为村民组组长。

下塘村有405户1300多人，外出务工者居多，在家有劳动能力的村民仅100余人，自深度调整产业结构以来，在驻村工作队和村支委干部带动下，在家的村民们种植起木本药材皱皮木瓜150亩、辛夷花200亩，每年还要在木本药材基地套种辣椒，另外还要耕种有机水稻165亩，劳动量非常大。

"产业扶贫是稳定脱贫的根本之策、致富之源。我们一直咬紧产业发展不放松。"秦宗平说。

欲问秋果何所累，自有春风雨潇潇。秦宗平任下塘村委会主任近四年来，与驻村干部和村干部一道，抓村组公路和人行便道建设，解决了村民出行难的问题；抓易地扶贫搬迁工作，让村民从"忧居"到"优居"。他在带领村民脱贫致富奔小康的道路上，时刻用自己的实际行动践行着一个共产党员的为民情怀。

（作者：隆太良）

DANGTAIYANG ZHAOJIN SHENSHAN

秦宗平没有花招，没有虚语，他把扶贫工作做在实处，做在看得见、摸得着的地方，注重实际的变化和村民的感受。心种乡村，民奔富裕，这便是秦宗平感人的地方。

对贫下药

豆虎

从医学博士到扶贫书记，从“找病因”到“找贫因”，他用实际行动开好“除穷方子”，拔掉“穷根子”，带领贫困户走出一条“新路子”，他就是重庆医科大学附属儿童医院派驻垫江砚台镇太安村的扶贫第一书记豆虎。

通往太安村的这条路，豆虎已不知道往返多少遍。这一次，他心急火燎，心心念念血友病患者朱紫赛、“黑户人口”周丽……虽然他知道，村里的路灯亮了，花椒产业也壮大了，贫困户都有了稳定收入来源，但他就是放心不下。

“老吴，厕所垮了不是啥大事儿，咱们后面再修就行。只要人安全，房子没受影响就好！”回到村办公室放下背包，豆虎第一件事就是前往贫困户吴映全家里，查看他家前一天晚上被大雨冲垮了的厕所。

从头天晚上接到吴映全的电话，他就担心着。看到老吴一家没人受伤，总算松了一口气。

2019年3月，豆虎来到太安村。从刚开始的一筹莫展到现在成效渐显，豆虎觉得只要甘于付出，就定会有收获，“如果收获不多，那就说明付出不够！”太安村曾是市级贫困村，回想初来时，全村未脱贫户13户38人，其中肢体残疾者占15.4%，精神异常患者占46.2%，重病患者占30.8%。因坡高地陡、地势偏僻，村民常年靠天吃水，出行不便，产业结构单一。

医生治病，找准病因对症下药便能药到病除。脱贫攻坚，摸清致贫原因因户施策，是破解难题的关键。

春播夏忙秋收冬平地，农民一年四季都在忙，白天许多农户都不在家。豆虎便趁着农户收工回家后的空当，开始了夜访。

半月时间，豆虎一把手电筒、一个笔记本、一支笔，访遍7个村民小组，每一户的情况，他都记录在册，对贫困户的基本情况了然于心。

“致贫的主要原因在于：一个是因病因学，一个是缺乏产业。”豆虎知道，精准把脉找出致贫原因，只是第一步。帮助贫困户脱贫，还有很多路要走，还有很多事要做。

经考察研究，豆虎发现种植花椒是一个不错的产业。闵学理7亩地的花椒卖了2万多元，一下摘了贫困帽。现在全村已经有30户贫困户参与花椒种植，面积达63亩。

新冠肺炎疫情发生以来，贫困户反映缺少防疫物资，豆虎通过社会捐赠争取到500个医用外科口罩，免费发放到贫困户手中，解决了他们的燃眉之急。他还积极帮助贫困户外出务工，截至2020年4月，太安村外出务工贫困户达到77人，往年贫困户外出务工人员100%就业。豆虎带领驻村工作队继续在党建和基础建设方面深抓实干。村便民服务中心提档升级即将完工，儿童医院支持建设的村扶贫广场施工也接近尾声。

医治疾病有助于扶贫。

“朱紫赛已经出现了严重的血友病病症，必须立即就医。”2019年7月中旬，豆虎的派出单位重庆儿童医院到太安村开展专家义诊活动，筛查出贫困

豆虎（左一）与村干部了解扶贫产业发展情况

户朱一均的孙子朱紫赛亟待治疗。

豆虎立即咨询重庆儿童医院血液科专家，并为其开通绿色通道，让朱紫赛暂时得到了及时治疗。接下来的几天时间，豆虎带领工作队查阅文件、电话咨询、请示汇报、联系资源等，最终在重庆市民政局下属的社会救助机构众筹到了慈善资金数万元，还办理了特病，按照相关政策大大减少了医疗费用，并经多方协调，让朱紫赛进入垫江县人民医院治疗。“现在朱紫赛每次治疗费用已由数千元降至400元，而且在县内就可以治疗，大幅度地减轻了他们的负担。”豆虎如释重负。

“医生治病，一剂药方还人以身体康健。基层扶贫，一腔赤诚授人以致富良方。”在豆虎看来，“开药方”和“挖穷根”的道理在一定程度上确实是相通的。

（作者：何　媛）

从医学博士到扶贫书记，豆虎的故事较为典型，看知识分子如何战贫斗穷。他的体会是：“开药方”治病救人与“挖穷根”带人致富，在一定程度上是相通的。

我心为你心

梁正勇

“轰轰轰……”巴南区东温泉镇黄金林村，远远听到摩托车的轰鸣声，村民们就知道，扶贫干部来了。

梁正勇，巴南区东温泉镇的扶贫专干，2015年5月开始负责扶贫工作。一个人的精力是有限的，2019年9月，他主动辞去镇农服中心负责人职务，专门从事扶贫工作。干了四年扶贫工作，梁正勇有一个切身体会：“作为一名扶贫干部，就要把贫困户当亲人。”

梁正勇要负责全镇扶贫工作，又要重点联系市级贫困村——黄金林村。黄金林村离镇上有近17公里，客车不便，双休日单位不派车，贫困户又分散。为了摸清底数，梁正勇就骑摩托车下乡入户。

山路不好骑，刚开始又心慌，有一次，梁正勇摔在地上，手、脚都摔伤了，但他不怕，慢慢地也就适应了。

梁正勇的母亲给他算了一笔账：2019年4月到年底，节假日应休79天，他只休了7天。母亲很心痛，怕他累倒了。他却说："妈，我们扶贫干部都是这样的，不要担心，我身体好，放心嘛。"

有人可能要问：他不休假，一天到晚忙些什么？刚开始，梁正勇忙的是宣传动员、贫困户精准识别。

首先，识别要精准。该纳入没纳入，不该纳入又纳入了，群众有意见咋办？他想了个办法：在村民代表大会表决前，先由合作社社员会讨论评议，知根知底，不会评错。他还叫申请人做出书面承诺，对真实性负责。

后来，他忙着推进农业项目产业扶贫。

村里办起农业开发公司，农户以现金或土地入股，以股权进行保底分红，有劳动力的可以在公司打工。刚开始群众不干，最终通过示范带动，看到确实能挣钱，积极性就来了。他们在黄金林村实施十里花果长廊项目和柑橘基地项目，种植特色水果、菊花1500亩，已投入资金近800万元，相当于建了个"扶贫车间"。

群众有了票子，纷纷脱贫致富。全村48户贫困户就有45户脱贫。除了忙这些，梁正勇还忙着帮扶贫困户，具体帮扶6户。他根据困难户的具体情况制定帮扶措施，入户走访，建立了深厚感情，像亲人一样。

贫困户要卖鸡卖鸭卖蛋，好多价钱才卖得，要问梁正勇；有人生病了，娃儿开学了，也要告诉他……梁正勇把他们当亲人，不嫌弃，不厌烦，伸出援助之手。

贫困户韦宗福得了癌症，又有精神病，一家人的生活咋办？梁正勇介绍他的儿子到建筑工地打工，一个月有几千元钱。韦宗福的孙女在读书，梁正勇除了帮她解决学校的费用外，还在镇里面给她申请困难补助。后来，韦宗福一有问题就找梁正勇：鸡喂大了，找他想法卖；生病了给他打电话……每次离开他家，韦宗福73岁的爱人都要出门送梁正勇，送到很远，像亲人一样。2020年大年初二，韦宗福去世了，但梁正勇没有停止帮扶。人走了，亲情不能断。

梁正勇办公

精准扶贫，“输血”不如“造血”。贫困户脱贫，关键要靠产业。王弟福，69岁，爱人得了高血压、糖尿病、风湿等，没有劳动能力。梁正勇发现，他有养蜜蜂的手艺，就鼓励他多养，还安排他参加培训。如今，王弟福养了15箱蜂，年收入上万元。贫困户的帽子摘了，一家人的生活就这样好了起来。

扶贫工作要做的事情太多了，梁正勇说看到贫困户，就像看到他的亲人。

在脱贫攻坚路上，不能歇脚松口气。他相信有一天，村里会发展好，家家会富起来，黄金林到处挂满黄金果。

（巴南区委宣传部供稿）

“把贫困户当亲人”，为梁正勇这句话点赞。扶贫干部扶贫，要想方设法解决好贫困群众的实际困难。只有这样，才能让贫困户看到希望，积极行动起来，变被动为主动，努力脱贫。

耿庆林

『造血』扶贫

“你们觉得耿书记怎么样？”

“能吃苦、耐得烦、闲不住”，乡亲们、同事们对北碚区三圣镇春柳村第一书记、驻村工作队队长耿庆林一致这样评价。

一开始，对担任工作队队长驻村扶贫，耿庆林是有些抗拒的，“与妻子两地分居，上幼儿园的孩子没人接送，其实我更希望能留在城里，好照顾家，但作为一名党员，组织的需要始终是第一位的。”

就这样，耿庆林下乡了。

走访春柳村贫困户周华芳家庭时，耿庆林了解到，周华芳为给丈夫治病欠下不少外债，丈夫去世后，她和两个女儿陷入贫困，孩子上学的杂费都成问题，这让耿庆林看得心里不是滋味。“和她相比，我那点儿困难算什么？得

耿庆林上网查阅资料

帮她们！”耿庆林再也没有丝毫不情愿，全心全意投入到脱贫攻坚工作中。

春柳村地势高低不平，农户居住分散，曾是市级贫困村，全村503户居民中有33户建卡贫困户。到了村里，耿庆林一住就是一个半月，带领驻村工作队队员一起“5+2”“白+黑”地干。掌握一手材料后，耿庆林开始思考，扶贫靠吃大锅饭可不行，必须针对每一户的具体情况，精准制订脱贫计划。

考虑到周华芳家里的情况，耿庆林为她量身定制了易上手、收入可观的养殖脱贫方案，帮她向镇里申请了3000元的扶贫补贴，养土鸡、土鸭等，并介绍她空闲时到村里的蔬菜基地打工。如今，周华芳养了十几头猪、十几只羊、一百多只鸡鸭鹅，年收入翻了一番，一举摘掉了贫困户的“帽子”。

“脱贫不仅要‘输血’，还要‘造血’。‘造血’就是直接精准对接贫困户，为其提供资金、技术等，扶持其发展产业。”对于有劳动力的贫困家庭，耿庆林会重点宣讲产业扶持和就业帮扶等扶贫政策，对他们进行技术培训，激发他们主动脱贫的内生动力。

贫困户潘先全原本在企业打零工，后来因骑摩托车摔伤了腿，不仅无法工作，治伤还需要一笔不小的支出。耿庆林知道他家有7亩林地闲置，积极协调区农业农村委，送去柑橘、葡萄等经济作物种苗，派技术员手把手教他种植。2018年，潘先全光卖水果就实现增收2万余元。在腿伤好转后，耿庆林介绍他到附近的三圣建材厂打工，日子过得比他受伤前还要红火。潘先全主动申请退出了贫困户。

对于因病、因残等没有劳动力的贫困家庭，耿庆林认为要“止血”。他会着重讲解低保、民政救助等保障性政策，消除他们的后顾之忧。

对群众的困难，耿庆林是出了名的不怕麻烦，有3名因病住院的贫困户由于不熟悉政策，没有享受到“一站式”报销结算政策，耿庆林知道后，就骑着摩托车帮他们办手续。

村里要发展，不能只是一时脱贫，而是要长久致富。“还是得有龙头企业带动”，村民们都是各种自家田，零星有一两个企业也是小打小闹，耿庆林看在眼里、急在心上。

在耿庆林的奔走下，村里成功引进了重庆傲欣农业有限公司，集约化发展大棚蔬菜基地100余亩，年销售额达200余万元，解决了大部分贫困户的就业问题；引进了重庆展泉生态农业开发有限公司和云翼旅游开发有限公司，发展旅农观光产业园1000余亩，种植红枫、樱花等观赏苗木300亩，带动150余户农户实现增收。

如今，春柳村再也不是过去那个穷得叮当响的贫困村了。

从没有一条硬化道路到公路通组、便道通户，从吃水靠挑到管道入户，春柳村发生的一连串变化，让村民收获了满满的幸福感。

（作者：李嘉会）

变“输血”扶贫为“造血”扶贫，巩固扶贫成果，彻底告别贫困，这是扶贫的根本之策。耿庆林积极发展产业，要的不只是一时脱贫，而是长久致富。

拼命三娘

唐勤熔

大宁河畔，古镇龙溪边，巍巍青山下，三湾村，在蜕变。

巫山县龙溪镇三湾村，4.8平方公里，辖5个社，户籍人口706户2193人，贫困人口94户313人。

2020年初，三湾村还有8.96公里道路未硬化，还有部分老百姓未喝上集中供水，还有80多户土坯房需要排危提升，还没有村级文化广场……

2020年3月，三湾村被确定为市级定点攻坚村。唐勤熔，46岁，县妇幼保健院副院长，负责三湾村的定点攻坚工作。

谁都知道三湾村基础差，底子薄。要想在短短的几个月时间里改变三湾村，简直就是一个不可能完成的任务。唐勤熔在心里暗暗掂量了一番，她担心完成不了任务，损了龙溪镇党委政府的面子。“你不是一个人在战斗，镇党委、政府就是你坚强的后盾。”龙溪镇党委书记李开雄为唐勤熔打气。

唐勤熔深感责任重大，当天就前往三湾村，召开村级党员干部会，及时传达镇脱贫攻坚指挥部的会议精神，部署三湾村定点攻坚工作。

“思想是行动的先导，我们要凝神聚力，拿出‘敢教日月换新天’的勇气、‘不破楼兰终不还’的决心、‘功成不必在我，功成必定有我’的情怀。”唐勤熔满怀豪情地动员大家。全村党员干部面面相觑，三个月内能干出誓言中的美好愿景?

进村第一天，村里就抛给她第一个难题。为丰富群众精神文化生活，建成文化广场是三湾人民的夙愿，但土地协商难、项目选址难、占地农户配合难等问题，使得该项目始终无法落地，这成了几届村两委班子挥之不去的阴霾。唐勤熔深入各社，挨家挨户走访调研。真诚和努力打动了村民，项目很快落地，唐勤熔首战告捷。

在定点攻坚工作的其他项目推进过程中，问题和困难却接二连三。

安全饮水是脱贫攻坚工作的一条红线。唐勤熔和村两委干部跋山涉水，终于从邻村找到了好的水源，并制订好引水方案。但因邻村部分村民反对，该方案无法实施。万般无奈，只得重新寻找新水源、规划新方案。几经周折，该项目最终得以实施，当甘甜的山泉水流进老百姓水缸，老百姓的笑容温暖了唐勤熔的心。

唐勤熔常说：“老百姓的诉求，就是我们的行动方向和工作目标。”

她奔走在施工队与老百姓之间，协调处理用地矛盾。她驻守在施工现场，监督质量安全。她带领村干部，家家到，户户落，开展地毯式走访：贫困户陆忠富因学致贫，核实教育帮扶落实了没有；贫困户俞流彩因病致贫，查验医疗救助到位了没有；贫困户梁玉军因发展动力不足，询问技术培训参加了没有……

突如其来的新冠肺炎疫情，增添了攻坚难度。种子、农药等农资成了开展春耕生产的重要难题。她指导群众在电视、手机、网络上学习适合自身的农用技术。她帮助贫困户联系车辆，完成种子、农药、化肥等农资进村，并分发到户。

老百姓出不了门，务不了工，她组织各社开展摸排走访，统计因疫情影响不能外出务工的农户，向他们宣讲抗疫知识和扶贫政策，联系相关部门为他们提供合适岗位，鼓励他们做好春耕生产，积极发展产业。她慢慢地被村民们所熟悉，渐渐地被认可。

为激发老百姓自身动力，挖掘内在潜能，唐勤熔组织县人民医院到三湾村开展大义诊，联系县疾控中心开展疫情防控、“爱国卫生月”等宣传活动，带领工作队深入田间院落开展先进大宣讲，引导本村群众开展乡风文明建设大比评。

一时间，全村掀起了文明户、清洁户、好邻居、好婆媳评比热潮，院落更整洁了，婆媳更和睦了，邻里更融洽了。

她冒着大雨，陪同工人安装进村入户的供水管。

她顶着烈日，在道路硬化现场监督施工。

她奔走各社，指导施工队开展危旧房整治。

村里，她的身影随处可见，她的声音随处可闻。

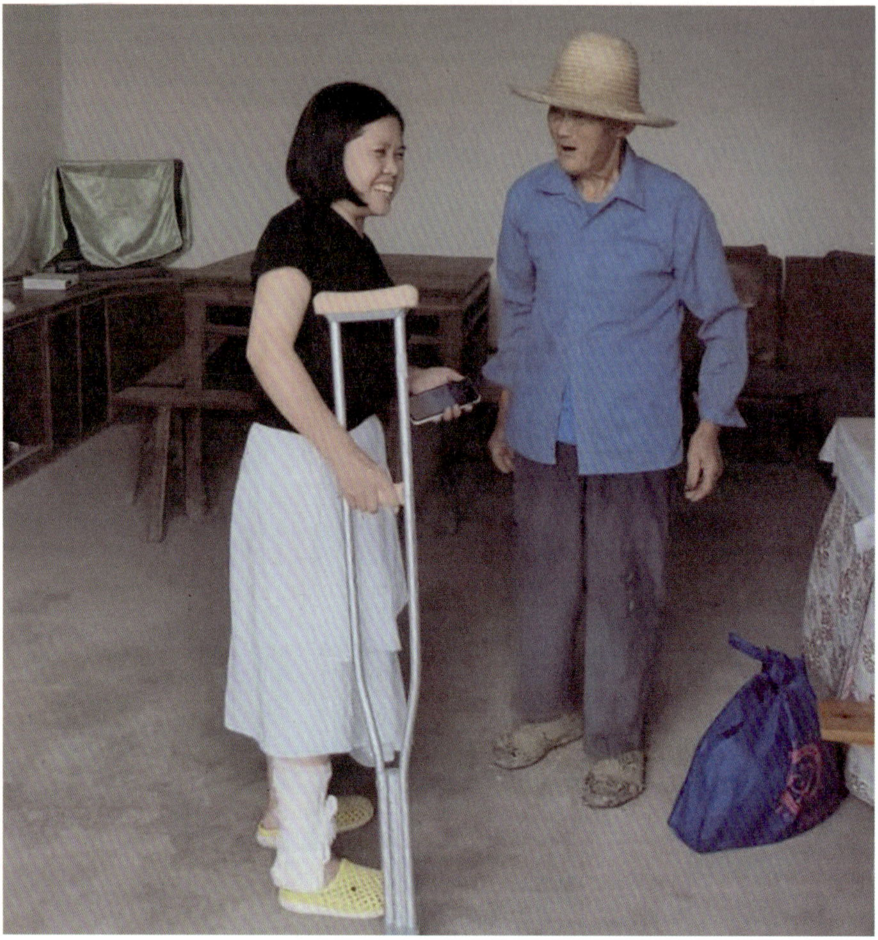
唐勤熔（左）带伤走访农户

端午节前夕，唐勤熔带领全村干部开展入户走访，在走访完贫困户袁堂春家下楼梯时，一脚踩空，不慎跌倒，伤着右腿。她曲着腿，弓着腰，脸色变得惨白，痛得一颗颗泪珠往下掉。医生诊断：右跟骨撕裂，韧带损伤，需休息6周以上。

唐勤熔说："三湾村，验收在即，那怎么得行？"她要老公赶紧为她买一副拐杖。端午节假期一结束，她打着石膏，拄着拐杖，赶往三湾村。一户户，审阅户档资料、扶贫手册，查漏补缺……受伤前的唐勤熔又回来了！

三个月的攻坚战，完成了9公里主供水管和3000米入户管道铺设，完成了5个村的道路硬化、82户危旧房整治提升和150盏路灯安装……

督导组一行对三湾村的脱贫攻坚工作给予好评。“脚下沾有多少泥土，心中就有多少真情。”每一个动人的故事，都不是偶然的。

“人民对美好生活的向往，就是我们奋斗的目标！”唐勤熔牢记着习近平总书记的殷殷教导，她把心种在三湾村，把爱洒在百姓心中，三湾村在她的带领下，正迈开大步奔向小康！

（作者：袁堂栋）

唐勤熔，临危受命的典型。在短时间内必须完成任务。这是命令，是希望，也是责任，更是使命。唐勤熔只有拼了。她体现了扶贫干部拼的精神。

山里有个美娃子

严克美

党的十九大报告指出，实施乡村振兴战略，培养造就一支懂农业、爱农村、爱农民的“三农”工作队伍。

严克美，就是这样一位懂农业、爱农村、爱农民，立志奉献乡村振兴的年轻干部，她是第一书记的典型代表。

严克美是村里第一个大学生，老人们都亲切地称她“美娃子”。她从小梦想着走出大山，然而，大学毕业后，她却放弃大都市的工作，回到大山深处，带领村民修路、引水、发展产业，让贫穷落后的红槽村走上了脱贫致富的道路。

从大学毕业生到红槽村党支部书记、玉灵村第一书记，再到全国劳模，连续当选党的十八大、十九大代表，严克美用她的经历告诉我们：实施乡村振兴战略，年轻干部到基层去、大学生到农村去，干事创业，大有可为。

第一部分

严克美：山里有个美娃子

巫山县当阳乡，掩映在重庆最东边的莽莽群山中，毗邻湖北省九湖。这里的群山壮美幽深，逶迤磅礴，气势恢宏，在小小三峡的源头高高耸立。它们太高了，越过云端直插天穹；它们也太强势了，峭壁岩岩，不给大地留一块完好的平整土地，好像要把所有人从这里驱赶出去。树叶原本已将山体染红，一夜之间，皑皑白雪覆盖山顶，越积越厚，从上向下碾过簇簇红叶，扑向谷底。要不了几天，这里将被冰雪主宰，彩色的山脉幻化为茫茫白色世界。

进入2017年12月，当阳乡迎来一年中的寒冷期，一天比一天冷，寒风像刀子一样，泥土冻得如铁一般，裸露在外的水管结了冰。最让严克美牵挂的是那些困难户的生活，他们的衣食是否备好，能否安然过冬，她要一家一家去走，去看。

经过海拔1000米的崖垭子，34岁的严克美驻足查看四周。她看起来那样柔弱无依 矮小的个子，走在悬崖边，脚下是深不见底的峡谷，云雾滃然而兴，团团相衔，向她涌来，漫过她的头顶，再飘向对面远处星星点点的房屋，然后继续向山顶滑去。那里海拔1400米，是当阳乡红槽村，重庆少有的高寒地带，是严克美出生长大的地方，也是这位年轻的全国劳模、党的十八大和十九大代表挥洒热血青春的地方。

大山深处的红槽村，在严克美的带领下，正逐渐摆脱贫困。

一个也不丢弃

在北京开完党的十九大，严克美匆忙回到巫山，抽空上街买了几件衣服和一瓶护肤霜，不是给自己孩子的，而是给丁龙的。

丁龙5岁，刚刚过去的2017年，于他太残酷——1月，爸爸因病离世；不久，来自外乡的妈妈消失得无影无踪。丁龙不得不跟着穷苦的爷爷奶奶生活。9月24日，患有青光眼的爷爷不幸摔死在山坡上；4天后，奶奶也一头栽进屋前的沟里。丁龙哭着去找邻居，边跑边哭喊："我奶奶摔沟里了，奶奶眼睛睁不开了，奶奶不说话了。"邻居赶来时，奶奶已闭上双眼。

短短几个月，丁龙从父母心中的宝贝变成寒风中飘荡的孤儿。丁龙，成了严克美心中的痛。由于母亲失踪不到一年，又联系不上，丁龙现在只得暂居其伯伯家。

要让丁龙像其他孩子一样健康成长，作为当阳乡玉灵村第一书记，严克美一有空就来看丁龙，讲故事鼓励他，开导他。她捐钱，并联系企业捐款。她还决定资助丁龙到大学毕业，即使她已有两个孩子，生活也不算多宽裕。

在严克美的关怀下，丁龙的生活得到了很大的改观。

我们跟随严克美来看望丁龙时，他正在院坝里独自玩一张小木凳：一会儿骑在木凳上，一会儿把木凳翻转过来，一会儿又推着木凳走，这张小木凳成了他的玩具。他埋着头，不敢看陌生人，也不说话。问他老师叫什么名字，幼儿园班上有多少同学，他的头埋得更低，差不多碰到木凳了，还不停用手摸脚上的毛线鞋，那是严克美给他买的。

严克美双手捂住丁龙冰冷的小手："吃饭没有？""今天上学乖吗？""冷不冷？"不断地问，丁龙不断地点头。

严克美再三叮嘱丁龙的伯伯："天冷了，给他多穿点，晚上多盖点。"

眼看严克美要离开去其他困难户家探访了，丁龙突然跑过来，怯怯地拉住严克美的衣角，泪水在眼眶打转，低声说："我想叫你妈妈，严妈妈。"严克美蹲下身，紧紧抱住他。

离开丁龙，严克美又匆匆来到困难户何文林家。何文林的房子一楼一底，院坝不小，硬化了，能摆几张饭桌。这些是严克美任玉灵村第一书记后帮建的。

快11点了，何文林家还没吃早饭。他的爱人在阴暗潮湿、散发出一股怪味的厨房里，站在一口巨大的铁锅前，翻炒洋芋。两大盘热洋芋，就是他们的早餐。

严克美是来跟何文林商量他的儿子小源涛上学的事。小源涛7岁了，脑瘫，个子和两三岁的孩子差不多，很瘦，一张小脸冻出条条皱纹，咧嘴笑起来，像清瘦老太的脸。他走路摇摇晃晃，不能自己吃饭，说话咿咿呀呀。看见我们相机上的红色带子，他突然兴奋起来，玩命跑来抓，几次差点儿摔倒。何文林抱住他，像抱住一个出生不久的婴儿。

好歹也得学门手艺，长大了可以谋生。严克美多方联系特教学校，争取尽快把小源涛送进学校。之前她找到当阳小学，学校每周派一名老师为小源涛上课，教认字、唱歌。墙壁上挂有认字的图片，每个词下面配一张图。何文林说，现在指着图，小源涛可以说出字，打开音乐，还会跳几步。

何文林戴着眼镜，胡子拉碴，这位壮劳力因为几年前被雷管炸残了眼睛，很多农活干不了，贫穷就此落下。严克美正想方设法帮何文林开办农家乐，希望能彻底改善何家的生活。

何文林的家处在一条峡谷的高处，海拔600多米，一条窄窄的溪流在谷底蜿蜒爬行，这是比小三峡更美、更幽峻的当阳大峡谷。一进谷口，世界的大门仿佛一下关闭。四周峭拔险峻的大山包裹着这里，似乎要用尽力气营造出一个封闭的世界，把一切紧紧锁住。何家的对面，岩壁峭削，高百余米，光光的，像一面巨大的石镜，时刻注视着对面的一举一动；何家的背后，是苍苍大山，犹如一个巨大的舞台，让团团云雾尽情演绎，与高山、岩石、灌木以及这里的人们嬉戏。对何文林来说，这是恶劣的生存环境；对游客来说，这或是壮美的景观。

“这是一片水的源头、云的故乡、植物的王国、动物的天堂，我们要把它们亮出来。”严克美经常说这句话。她正着手在这里建设新的旅游产品，这是玉灵村乡村振兴的重点项目，可以带动更多村民脱贫致富。

严克美还时常给何文林等村民打气，“只要肯干，就有好日子。不要担心，我帮你们干，带着你们干。”

吃三大坨抽叶子烟

贫困，不断延伸，从大地向房屋延伸，向喝的水、走的路延伸，向人的衣衫和脸色延伸……严克美深知其中的滋味。

贫困，是群山向这里投下的长长的冷影，是这片壮美景色的背面，是经过泪水与苦痛浸透的沉沉背面。

贫困，更是痛，严克美内心最大的痛，是她梦寐以求要帮助村民们摆脱的。因为，她有过贫困的切肤之痛。

即使贫困比山还沉重，也要让这里所有的人尽快摆脱，“这就是我的使命”，严克美时时这样自省。从红槽村支部书记到玉灵村第一书记，日日夜夜，念兹在兹。

“一上上云天，一下下河边，吃的三大坨，抽的叶子烟。”这就是昔日的红槽村，有名的贫困村的写照。

久居城市的人难以想象，这里除了大山、绝壁、灌木、云雨和寒冷，其他都缺——缺水、缺电、缺路、缺田……

几百户农家像挂在海拔1200米至1600米的高山上，其土荡然。人们不得不在陡坡上挖出歪歪斜斜的石地，种“洋芋、红苕和苞谷”三大坨，作为多年来每日的主食。

一入寒冬，这里到处是柔软的雪和坚硬的冰，没有蔬菜，人必须在火边，整天待在火边。

严克美的家在海拔1450米处，屋两边有几棵核桃树、苹果树，树叶早落了，剩下光秃秃的枝丫。往上爬，还有几户人家，继续再上爬几里路，便是五里坪林场。

严克美上初中，只能翻过五里坪林场，再下山，这是离学校最近的路。山路盘盘困困，得走四个多小时。星期六一大早赶回家，星期天一大早再背上一周的伙食往学校赶。一周有六天顿顿三大坨，偶尔母亲会悄悄抓上一把米，这是难得的；一周的菜是咸菜，在家炒好，用一个小盆或瓶子装好。星期天还得早点到校，晚了，食堂没人煮红苕，就只能吃生的了。

冬天，严克美穿过满是枯枝败叶的山路到学校，裤腿上已布满冰棱子，一坐下来，冰慢慢融化，脚下就是一滩水。

有一些外出务工的，漂漂亮亮回来了，挣了不少钱。读书这么苦，1999年春节后，严克美突然给父母说不读书了，想去打工挣钱。

“你瘦瘦小小的，哪个工厂会要你？”

“反正我不读书。”

父亲拗不过她，便要她先帮家里“打工”。同伴们纷纷上学去了，严克美天不亮就起床，像大人一样扛起锄头，挑起粪桶上山，一直忙到天黑，在陡峭的山地里跑来跑去，种洋芋、栽红苕，挑粪、担水……

大山里的苦似乎要将她片片撕裂，等到夜深的时候躺在床上，她再将自己一点点拼接起来。

严克美这时还不明白父母的良苦用心，当她半年后提出想重新回到学校时，父亲严世文舒心地笑了，这位高大的农民心里清楚，吃了半年苦，这回女儿一定会用功读书。严克美确实是这么做的，她下定决心，这辈子一定要走出这大山，摆脱这贫苦，比山还沉重的贫苦。

山里的孩子，就是能跑会跳。进入高中，身高不到1.55米的严克美，100米、200米、5公里跑和跳远都是年级第一名。她的耐力是惊人的，少有人能比。她选择了艺体，这帮助她2004年考上宜宾师范学院，成为红槽村走出去的第一位大学生。

父母挨家挨户借来学费。“我还记得，临行前，我就下定决心：当我学业有成时，一定要回到家乡，带领父老乡亲摆脱贫困。大学四年，我一刻也没忘记这个梦想。”有梦想就有追求，2006年4月，严克美成为一名共产党员。

大山生活的苦，如影随形，深入骨髓；大山生活的苦，沉淀了严克美的朴实无华，吃苦耐劳；大山生活的苦，造就了她坚忍、执着和不服输的性格；大山里的苦，又催生了她立志让家乡人摆脱贫困的梦想。

“不干出个名堂，我就不叫严克美”

2008年6月，带着对苦涩生活的记忆，严克美回到巫山。好像她梦想的时光正等待着她，一个新的自己就在眼前，她要用自己的知识把这里的苦变甜。

她报名参加巫山教师招聘考试，结果以3分之差落榜。一直照亮着自己梦想的光突然熄灭，人生霎时灰暗，一切难道就此结束？她不知道。她哭了。几天后，她失落离家。这一年，全球金融危机，严克美幸运地在上海一家电子厂找到一份文秘工作。薪水还不错，每月四五千元。

严克美老惦记着红槽村，她觉得自已是绕不过红槽村的。

一次和父亲通电话，她获知红槽村支部书记辞职了，现在正缺人。“我回去当书记怎么样？”不经意的想法激起心中的波澜，灿灿的理想灯火又猛地燃起，好像一下照出一个新世界。严克美想平静下来，但坐不住了，她反反复复思量，即使当村支书收入不到500元，几天后她还是递交了辞职申请。她真的很勇敢。

那年10月下旬，寒冷开始降临大山，厚重的云雾让空气沉重起来。严克美悄悄从上海回到红槽村。这和四年前高考飞出去时的心情有点相似，同样兴奋、同样忐忑，不过这次多了些沉重，未来会怎样？

深秋的上午，贺伟忘不了。他刚到办公室不多会儿，一个陌生的姑娘突然推开他办公室的门。“贺书记好，我叫严克美，在红槽村出生长大，大学刚毕业，我现在在上海打工，想回来当红槽村的村支书。”声音清脆，语速较快。不但毛遂自荐，而且还是要官。这位当时的当阳乡党委书记一时惊诧得说不出话来。贺伟细细打量着眼前这位大学生，瘦瘦的，矮矮的，衣着素朴，一根小辫子扎在脑后，一脸的坚定，志在必得的样子。

“你有这个能力？”

“我生长在这个地方，如果您给我这个职务，我就能干好，用我的知识和决心改变这里。”

“失败了怎么办？”

“没得失败！”语气坚定、自信，有担当。

她是红槽村走出的第一个大学生，如若失败，将让她的家人很丢面子。

多年后，贺伟常常向人们讲起这一幕，他当时被严克美那股闯劲儿、冲劲儿和满腔热血感动了，“有登山的勇气”。他想让严克美先试两个月。

红槽村那些贫穷而又迫切想改变生活的村民，需要这样一位有知识有理想、敢于吃苦、意志坚定的年轻人来带领。因为她有热情有干劲儿，她是值得依靠的。贺伟召开了一个紧急会议，他回忆，当时班子中有人强烈反对，认为严克美太年轻了，没有经验，干不好，“最后我毅然决定用她。我认为要大胆用人，当阳乡需要年轻干部。”

那时，得到消息的严克美差不多是飞奔下楼，父亲严世文在乡政府院坝焦急地等着她。父女俩骑上摩托车回家，一路讲明天讲今后。未来就在眼前，严克美很兴奋，苍山耸立在她身旁，她穿行其间；悬崖在她脚下，她在上面奔跑。站在崖垭子，眺望云雾飘过的红槽村，严克美突然想哭出来，这是她的心爱之地，她一直恋着的，恋着那颗冒着热气的洋芋，恋着那美得足以迷人双眼的烤红苕，恋着盖过所有风景的红叶和随手可触的云雾。她恋着这里的每一个人。她真的想哭出来，好像要用她的哭声和泪水，让这片沉睡多年的大山苏醒过来。

红槽村沸腾了，接着是冷嘲热讽。严克美还记得，她这个“要来”的村支书不太为村民接受，有村民对她说，“你有知识，有文化，做其他事我们信你，但当村支书你可能还不如我哟”；也有村干部认为她这个黄毛丫头不配当支书。不少人随时盯着她，他们可以抛下手中的活，把她盯住，“看你有多大能耐”。

年轻人外出打工，大一点儿的孩子也进了学校。整个村子只剩严克美一个年轻人，没有一丝青春的气息，非常沉闷。天气逐渐转冷，人们把时间越来越多地用来蜷缩在火堆旁，打着瞌睡。莫名的孤独袭来，严克美感到自己是一个人面对这苍莽冷山，好像被抛入了荒无人烟的冰雪世界。

夜晚降临，严克美站在屋前的核桃树下，四周万籁俱寂，远山黑乎乎一团，夜空漆黑一片，泪水如掉线的珠子。她不敢哭出声来，不能让父母、邻居看到她的泪水。

那段时间，不断有同学和朋友邀严克美出去打工。“我想到过放弃，一走了之，可又想起这个穷山村的父母和乡亲，想起乡领导对我的信任。我暗下决心：一定要用行动赢得村民的尊重，不干出个名堂，我就不叫严克美。”

严克美向村民了解生活近况。

红槽村方圆11平方公里，步行走完全村要好几天时间，步行也不利于今后工作。严克美借来6000元买了一辆150型男士摩托车。她矮小的个头，连踩摩托车踏板都困难，勉强学会便上路，连续几天下雨，坡陡路滑，她连人带摩托冲下五六米高的山坡，全身多处受伤，四肢失去知觉。闻讯赶来的父母和村民把她从烂泥中扶起来，她全身上下分不清哪儿是血哪儿是泥。摩托车已面目全非。伤痛、失落和委屈一下涌出，严克美禁不住失声痛哭起来。

“你疯了啊，我都不敢骑的路，你还骑，摔死了怎么办？”在医院，当时还是男朋友的李正军劝她。

“没得我干不好的事，我都快学会了，为什么半途而废。摩托车凭什么只能男人骑，女人不能骑吗？”严克美反驳。

“一个女娃子，骑啥子摩托车嘛？”“一个女娃子骑的还是男士摩托车。”医院院长和医生也劝着。

“等我出了院，骑摩托车给你们看。”严克美笑着说。

出院后，严克美又骑着摩托车冲在山路上。白天访农户，晚上写发展规划。两个月后，严克美提交了一份大家一致认可的方案。2009年1月，严克美正式成为红槽村支部书记。

严克美下村

没一件事是容易的

贺伟记得，那时的红槽村，民风彪悍，“山对山，水对水，不打官司就见鬼”，说的就是红槽人的犯横、刁蛮。老支书孙善同说，那时村民瞎扯多，打架斗殴多。

如何改变这样一个红槽村？岂能贫贱相看老，谁愿一辈子过苦巴巴的日子，严克美相信村民是想改变的。她抱着一大堆杂志、图片给村民们讲外面的精彩世界，讲外面的美好生活。她的目的很简单，就是告诉红槽人，我严克美回来是来改变红槽村的。

“那就显点本事让我们看看吧。”有村民迫不及待了。

这时严克美发现，村里谁吃低保是村领导说了算，这导致部分村社干部的亲属吃人情低保，真正困难的村民却没享受到，意见很大。

必须改过来！让村民来评！让事实说了算！她一个社接一个社召开村民集体会议，评与不评由村民定，做到应保尽保，不该保的坚决不保。在红槽村，有的人把低保看得比命还重。

红槽村这下“好看”了，有人大吵大闹，要掀翻天的样子；县委书记来检查工作，有人破口大骂；还有人四处反映。严克美的两位亲戚也闹起来，一位求情吃低保，被拒；另一位的低保被拿掉了。

即使这些人闹上天，严克美也不愿多说什么，她相信村民的善良、质朴，她想通过自己的一言一行，让村民自个儿明白。

此时，让严克美痛心的不是那些失去低保的人的叫骂，他们总有消气的一天，而是红槽村有50多户困难群众（大多是老年人）还住着危房。必须为他们改建房屋！但村里财殚力痛，严克美也没钱，只有一次次求助乡领导，用她的话说，差不多把家都搬到了乡政府。这就是严克美，她认定的事非做到不可。最终，她争取到了易地搬迁的政策支持，红槽村从未有过的农房集体改造启动。2009年，危房全部改建完成。村民见到严克美多了笑脸，还亲切地喊她“美娃子”。“当村支书以来，我第一次开心地笑了。”严克美知道村民们从内心开始接受她了。

一条窄窄的土路连接红槽村与外界，大车进不来，小车也进不来，哪家修房造屋呀，哪家有山货要出去呀，只能靠人一点点背进背出。

“我们必须修路。”严克美说。

“修路好啊，我们支持。”村民们七嘴八舌。

大家等起，等谁先动。严克美说服父母和几家亲戚，“我们几家人带个头。”天麻麻亮，他们到工地，天黑才回家。这样起早贪黑几天，慢慢地，村民们加入进来了。几个月后，5公里的羊肠小道变成两车道的马路，大卡车第一次进村了，有人做起小生意，有人搞起运输……

红槽村的电灯不太亮，老一闪一闪的，像萤火虫，当地人称为“南瓜花”，电视看不起，洗衣机用不起，大风一吹，电就没了。这时，要拿一根长长的竹竿把电线顺一下。原因在于电压不足，电线老化严重。改造需要大笔钱，哪里有钱啊？严克美准备出远门了，她收拾起一包衣服，到147公里外的巫山县城求助供电公司。她决定，找到钱，才回来。

出乎她的意料，事情非常顺利。红槽村在当地率先完成农村电网改造，“南瓜花”变成了“亮华华”。挫折总难免。农网改造后，施工队一直拖欠农民工资，无论怎么找人，都拿不到钱。大家只有指望严克美了。她又来到巫山供电公司找负责人，“你不解决，我就不回去了”。不到一周，钱到手了。严克美说，她永远忘不了拿到钱那一刻的欣喜。她觉得电的事情终于完美了，虽然自己跑了很多路，但这又算得了什么啊！严克美本是不喝白酒的，一直不喜欢烈性酒，但那次她破了例，非常感谢电力公司，她代表红槽村的村民喝了不少白酒。

灯亮了，可村民吃的还是三大坨。在这大山中，连种植和养殖都困难，如何让大家富起来？严克美像一个小学生一样请教有见地的人。红槽村云雾缭绕，适合种烤烟，很多人这么建议。严克美说动父母，家里带头先种20亩。家家户户很快跟着干起来。2010年，全村发展烤烟1200亩，直接创收280万元。

9265亩山林是红槽村另一个资源，严克美决定养羊。过去，红槽人只养过猪和鸡。严克美从湖北神农架九湖乡买回种羊，带头养羊200多只，并免费帮村民培育种羊，很快全村养山羊1500多只。严克美还学会了接生小羊，给羊打针治病。

贺伟回忆，一次到村里开会，严克美正在坡上放羊，她母亲在山上喊"美娃子，贺书记来啦"，隔了好一阵，严克美赶着一群山羊回来了，手拿鞭子，浑身是泥，哪里像个大学生和村支书，活脱脱一个放羊娃。

80岁的伍明英和41岁的智障女儿生活在一起。自来水管接在院坝的洗台上，伍明英拧开水龙头洗红苕，手冻得通红。她的女儿抱着一只猫，坐在火边，电视里正播放着川剧。见陌生人进来，她毫无表情。伍明英还保存着过去背水的塑料桶，一个绿色的方形桶，已布满尘埃。她说："美娃子真是个好人啊，让我们有水喝，大冬天坐在家也有水喝。"

红槽村一直缺水，每年10月到第二年3月，情况最严重。村民吃屋檐水、泥巴水，四处找水，家家户户买有塑料壶，一个可装25公斤，用背篼一壶一壶地背。如果哪家办喜事，须专门安排10个人背水。

干石洞，海拔1200米，全村最低点，大家排队在这里等水、接水，纠纷难免。村民王启莲告诉我们，为争水，她和别的村民打过一架。王启莲住在比严克美家更高处，海拔1500多米，背一次水得走两个小时。严克美回来前，村里有几个蓄水池，但年久失修，已关不住水了。如何一劳永逸解决，把水接到家家户户，像城市的自来水一样？这需要一笔不小的开支，怎么办？

就在严克美为水东奔西走的时候，她被评为全国劳模。2010年4月27日，她到北京参加表彰大会。她说，坐在人民大会堂聆听来自全国各地的劳模们的事迹，自己的心灵受到了从未有过的震撼，深深感到和其他劳模相比，自己所做的一切真的是微不足道。

在去北京的前一天，严克美以全国劳模的身份给时任重庆市长黄奇帆写了一封信，请求帮忙。她确实找对人了，黄市长很快把任务交给了烟草公司。红槽村村主任伍仲林还记得，烟草公司很快资助了4万米水管，外加每米1元的安装费。

米有了，锅也有了，就等煮饭。但好事都不那么容易。水管必须填埋，不能裸露在外，否则冬天会结冰，甚至炸裂。那么，从哪儿接水？怎么接水？谁去做这些工作？

村委会讨论了3个多小时，严克美决定："我带头，大家跟着我，村干部示范。"伍仲林记得，第二天，天还没亮，严克美叫上几个年轻干部扛起锄头上山，来到海拔1900米的蒿了坪，在灌木丛中手脚并用爬行，杂草一人高，荆棘交错，干到天黑，只挖了十几米的沟，手脚全是血泡和被野刺划伤的口子，衣服湿了又干，干了又湿。这样挖了几天，村民感动了，纷纷加入进来。几个月后，红槽人喝上了自来水。

短短3年，红槽村彻底变了，严克美也当选为党的十八大代表。

眺望朝霞升起的远方，严克美对带领乡亲们脱贫致富充满了信心。

幸福不止写在屋顶

在玉灵村村委会对面一个屋顶上，有两个白色大字——幸福。用石灰写的，很远就能看见。严克美说："幸福不是写在屋顶上的两个字，而是我们的目标，是村民最大的追求，作为玉灵村第一书记，我的首要任务就是带领村民把幸福变成实实在在的现实。"

2017年12月1日，严克美在玉灵村9社召开部分村民参加的院坝会，商讨旅游建设。这是玉灵村乡村振兴的重点，也是严克美目前最重视的工作。

村民刘长清戴着一顶安全帽来了，他才下摩托车；村民李正财放下锄头来了；还有几位妇女围着围裙，从厨房里走出来……大家坐在小竹椅上，围成一圈。

严克美先讲了一两个项目，然后征求大家意见。

"脆李栽好了，到时李子怎么卖啊？"刘长清问。

"可以网上卖，我们当阳乡的东西最原生态，现在的东西都好卖。"严克美说。

"我在网上卖不来，咋个整？"刘长清又问。

"你可以找人帮你卖，我们也可以找人教你在网上卖。先种出来。"严克美说。

"农家乐搞起了，没得生意唧个办？"李正财问。

"你先搞起来，我们一起想办法。不能还没做，先把结果想得那么坏。大家要相信党的政策。"严克美说。

“你是十九大代表，我们相信你，相信你会把玉灵村搞好。”刘长清接着说。

……

大家你一言我一句，两个小时很快过去了。

孜孜为善，相养以生。严克美想得最多的还是村民，解决村民的困难，她才快乐；和村民在一起，她才踏实。严克美从湖北神农架九湖乡买种羊，在步行4个多小时的回村途中，得知五里坪自然保护区失火，迅速赶回村里组织30余名村民上山灭火。经过6个多小时的奋战，大火扑灭。等爱人李正军找到她时，她已昏倒在地，脚肿得不成样，脸上全是黑灰。

2013年，严克美参加从优秀村干部中招录公务员的考试，成为一名乡镇干部。但她主动请缨担任当阳乡平定村驻村干部。刚到平定村时，贫困户杨绪英住的还是茅草房，严克美一听说就立即赶到杨绪英家，随后以最快速度为她申报了危房改造指标，并与村干部一道帮忙代建。现在，杨绪英逢人便讲：“美娃子给我建了新房子，过年过节还来看我，比亲女儿还亲。”

2014年8月30日，平定村发生特大洪灾，道路垮塌，民房被埋。幸亏严克美提前动员村民搬迁到安全地带，无一人伤亡。灾情发生后，严克美每天艰难攀爬7公里山路，对3个安置点的灾民逐一进行安抚，即使高烧近40摄氏度，仍坚守救灾一线，几天几夜没合眼，没吃过一顿饱饭。为尽快做好灾后生产自救工作，她主动与受灾损失最重的村民结成帮扶对子。这个时候，她的女儿正处于哺乳期，她却20多天工作在田坎，奋战在灾区，吃住在农家，直到每一位受灾村民安排妥当，生活迈入正轨。

2016年，严克美任玉灵村第一书记，除了帮扶丁龙、何文林，她发现村里的许道敏、陈继莲两人身患肿瘤，花了大笔医疗费，却对医保政策不太了解未及时报销，她便到县城跑手续，分别为他们报销了2万多元。

现在，严克美仍坚守在脱贫攻坚一线。从红槽村到玉灵村，村民们说起她都纷纷称赞："山沟沟飞出的金凤凰，回村当了脱贫领头雁，这是我们的福气。"

这里的每个人，都是群山的一部分，不论命运怎么安排，不论走多远，不论成功还是失败，人们都是峭壁、岩石、坚硬的冻土和云雾的一部分，他们生活在其中，他们命运相连相依。

惊人的婚礼

严克美没有戒指，没有耳环，没有项链，没有化妆品，没有奢侈护肤品。她只有最普通的防冻霜，这是高山的冬季需要的，否则皮肤会冻出一道道大口子。

她没有一件超过200元的衣服，仅有一件衣服颜色稍微鲜艳点，那是参加党代会时穿的，现在珍藏在柜子里，舍不得穿。在这刺骨寒风中，她每天就穿那双白色运动鞋、一件不太厚的黑色运动衣和运动裤。她真是大山里的孩子。

她用一根胶圈把头发扎在脑后，由于有了不少白发，她略微染了一下。她说，现在比过去胖了些，也没有过去那么性急了。

严克美和父母、妹妹住在一起，一大家人和和美美。我们到她家探访时，她的家人正围在一个火炉旁，边烤火边看中央电视台新闻联播。严克美的母亲王启翠端出一盘瓜子，烤了几个红苕，请我们吃。这是当地的风俗，来了客人，要拿出些吃的。我们看了看严克美的房间，简单几件家具，没有特别的。因为衣服太少，也不需要多大的柜子；因为不修饰自己，也没有梳妆台、穿衣镜。没有熨斗，衣服实在太皱了，她就用一个铁杯子，装满热水，在上面压一压。

严克美有个幸福的家庭，丈夫李正军是她的高中同学，和严克美一同上大学，毕业后也到村里锻炼过，现任当阳乡党委副书记，相当于她的领导。

他们在高三时萌发爱情，也经历过风风雨雨。上大学后，李正军家庭困难，严克美每月节省100元生活费给他。

2010年，李正军到严克美家提亲。按照当地风俗，需要聘礼。李正军和老丈人商量，现在社会发展进步了，聘礼就算了，他也拿不出来。严克美在一旁说："我嫁给李正军，是嫁给他的人，不是嫁给他的钱。"

聘礼于是免了。王启翠提出，还是要道个喜。何谓道喜？当地风俗：男方赶一头猪到女方。

"我没有猪啊。"李正军说。

"一头没得，那就半头。"王启翠说。

"聘礼都不要了，还要啥子猪哟。我作为红槽村支部书记，就是要扭转红槽村的落后风俗。"严克美说。

王启翠说："养女就是菜籽命啊。"（意思是嫁给穷人和富人是不一样的，相当于菜籽撒在肥沃的土地和贫瘠的土地，结果完全不同。）

严克美结婚也没按当地风俗算好日子，就定在国庆节；也没有在酒店办；没有结婚戒指；李正军没有房子，单位宿舍就成了新房。一张床，几件家具，两人开始新生活。

他们的婚礼在当地引起很大反响，改变了一些人陈旧的想法。

他们的爱，真挚、朴实、温馨。李正军提起严克美，有说不完的故事。他喜欢严克美吃苦耐劳的精神和永不服输的性格；喜欢严克美的朴实无华，不事雕琢；喜欢严克美爽朗的笑声；也喜欢严克美爱打抱不平。她看起来那么弱小，却有着强大的意志力。

严克美抱着不满一岁的小女儿，李正军牵着大女儿。他们有说有笑，向峡谷方向走去，他们身后上方的峭壁，依然俯视着下面正在发生的一切。

第二部分

对话严克美："父亲一直告诉我要多做好事"

最平凡的你我他，往往有最令人感动的故事。在2017年度感动重庆十大人物颁奖典礼上，组委会给予严克美的颁奖词是：山梁挡住了阳光，为了不让乡亲的梦，跌落山崖，你脚踏泥泞，俯首躬行，在荆棘和贫穷中拓荒。10年奋斗，村庄渐渐丰满，泥土更加芳香，你也在大巴山的美丽画卷中百炼成钢——山乡女儿！

严克美为何毅然扎根大山？是什么力量支撑她克服重重困难一改大山中

的贫穷面貌？她的真实想法是什么？

严克美的成长道路对今天的年轻大学生来说有什么启示？她最希望对年轻大学生说什么？

“我是一个善良的人”

记者：你怎么评价自己？

严克美：我是一个善良的人，也是一个真诚的人。我不喜欢功利心，之所以在困难面前可以勇敢面对，能够坚持，是因为我耐力好。

记者：平凡中见伟大，这句话适合你吗？

严克美：我觉得评价太高了。

记者：你在平凡中树立了一种正面积极形象？

严克美：我觉得，我做的事情都非常平凡。这么多年，无论多么艰苦，无论顺利与否，我坚持下来了。我做的可能跟群众的期望还有一定差距。

记者：你是全国劳模，又是十八大、十九大党代表，还获得了其他很多荣誉，你怎么想？

严克美：我也经常思考这个问题，其实这些也给了我一种压力。从内心来说，我只想把工作做好，想给当地带来更多改变，给村民带来更多实惠，让他们摆脱贫困。这是我想得最多、最希望的。

记者：再次当选党代表，人生有没有什么新的规划？

严克美：我不敢规划。时代变化很快，就像我们红槽村5年来的变化一样，我想未来5年会有更大变化。当然，在工作上，我会更加严格要求自己。

记者：你会利用你的影响力，为当地引进一些有利于发展的资源吗？

严克美：我想过，但从我的内心来说，关键还是把本职工作做好，把我能做的尽全力做好。

“我不想再留遗憾”

记者：你最大的愿望是什么？

严克美：我想干事。

记者：你对自己干工作有什么要求？

严克美：我想在这里踏踏实实做点事情，我走了后，村民还记得我。

记者：你2013年就离开红槽村了，对于那里的工作有没有遗憾？

严克美：有，我觉得自己在红槽村做得少了点，没有做得更多。

记者：比如，有什么遗憾？

严克美：遗憾的是，如果我再努点力，道路硬化可能会早点完成。

记者：你现在在玉灵村，一定不想再留遗憾？

严克美：对，我不想再留遗憾。所以，我现在积极努力争取各种政策，想快速发展玉灵村的经济。我已经向乡政府提交了玉灵村的发展规划，我会按照这个规划一步步做，现在主要把乡村旅游搞起来。

记者：你怎么看你走过的这段人生道路？

严克美：我想借用这句话来表达——有一种生活，你不曾经历过，就不知道其中的艰辛；有一种艰辛，你不曾体会过，就不知道其中的快乐；有一种快乐，你不曾感受过，就不知道其中的滋味。

记者：你每次发言，最后都要说一下当阳乡和红槽村的好。为什么？

严克美：我觉得我们当阳乡真的是个好地方。无论到哪里，我都要说一下我们红槽村好，然后说我们当阳乡好。

“我已经很幸福了”

记者：你怎么看待信仰？

严克美：我对中国共产党的了解认识是从大学开始的，我觉得共产党好，就信仰共产主义。我觉得生活越来越好，我的信仰就越来越坚定。信仰基础是大家的生活越来越好。

记者：信仰是？

严克美：怎么说呢，我觉得是忠诚和爱。首先是忠诚，忠诚于这片土地，忠诚于党的事业。其次就是爱，爱这里的人，爱村民。

记者：你觉得怎么才能坚定基层干部的信仰？

严克美：现在基层干部觉得有干头，有奔头，有盼头，这对年轻人来说也是重要的。我付出的努力能够得到组织认可，我觉得，也是让我坚定信仰的一个方面。

记者：现实的物质诱惑动摇过你的信仰吗？

严克美：没有！真没有！我和丈夫也经常讨论这个问题。我们的家庭收入虽然不高，但是钱多有钱多的活法，钱少有钱少的活法。就像娃娃穿衣服一样，有的娃娃穿名牌，但我们的娃娃穿暖和就行了。实际上，想想过去的日子，我们现在的生活已经很好了。现在，我很知足，我已经很幸福了。

“我的偶像是焦裕禄”

记者：你觉得今天人们还需要榜样吗？

严克美：很需要。

记者：在你心目中，有没有一个共产党员榜样？

严克美：有，我心目中的共产党员榜样就是焦裕禄！他是我的偶像！我的榜样！

记者：看了关于焦裕禄的什么？

严克美：看了关于焦裕禄的所有东西，包括电影、电视剧。

记者：偶尔看过，还是？

严克美：我经常看。

记者：焦裕禄到底什么地方吸引了你？

严克美：他值得我们基层干部学习，如他的那种坚持，那种大胆。其实，一提到焦裕禄这三个字，一提到这个名字，就感到一种力量。

记者：你从焦裕禄那里学到了什么？

严克美：坚守，焦裕禄的坚守。

记者：你一直坚守在这个地方，是一开始有的，还是最后形成的？

严克美：边工作边形成的，我在工作中越来越感受到这里的群众需要我。

“这块土地养育了我”

记者：究竟是什么原因让你在基层乡村干这么多年？

严克美：农村要做的事很多。这块土地养育了我，也锻炼了我，为乡亲们做点事、出点力，让我找到了实现自身价值的舞台。

记者：你觉得吃亏了吗？

严克美：吃亏是福。你在老百姓那里吃亏，这算什么啊？

记者：如今大学生到了乡村，究竟有什么可干的呢？

严克美：在农村有很多事情干。只要你想干，就会有事干。只要你坚持干，就会干出成绩。

记者：他们回来能干出成绩吗？

严克美：说真的，大学生真的不要担心回来实现不了价值。如今，乡村是一个非常广阔的舞台，国家乡村振兴战略将让乡村大变样。乡村也需要有知识、有理想的青年大学生，回来后只要认真踏实干，就会干出成绩。

记者：你是他们的榜样，怎么鼓励他们一下？

严克美：只要你有勇气迈出这一步，勇于扎根乡村；只要你踏踏实实做事，你就一定会实现你的价值。

记者：对他们有什么建议？

严克美：年轻要多做事。只要你实实在在做事，村民们都会看到，不要担心别人看不到你的工作和成绩。

记者：干一件事时，你是否觉得应该不要想得太多？

严克美：对，简单点好，考虑太多很累。做事第一遍做不好，可以做第二遍。

“我喜欢先把事情做好”

记者：你最看重一个人的品质是？

严克美：善良，再就是诚实。这两个方面很重要。

记者：你喜欢和哪种人打交道？

严克美：直接干脆的。我喜欢当面说，我脑壳转得慢，喜欢直接点，那些弯弯肠子少来。当然这种人，我也不会和他走在一起。

记者：老百姓和领导，你更在乎谁的评价？

严克美：我不刻意去追求别人的评价，关键是我能否真正为老百姓办事，帮老百姓解决问题。我喜欢别人给我提建议。我觉得，有人可以给我提建议是最好的。

记者：有人冤枉你，你会怎么办？

严克美：别人冤枉我，我不喜欢正面交锋，我喜欢先把事情做好，让别人看了自己去明白。在工作中，把工作干好了就行。人走了后，对你的评价才是真实的。

记者：你恨过一个人吗?

严克美：没有。我这种人想得简单。

记者：有没有一句话对你影响最大?

严克美：父亲一直告诉我要多做好事。

第三部分

严克美启示：乡村振兴需要更多严克美

修路修出了红槽村的精神面貌。

严克美是一位看起来柔弱的女子，穿着简朴，头发随意地往脑后一扎。但她在村民当中一站，吵架的停了，斗嘴的也不说了，村民们纷纷围拢过来，轻言细语地给她说很多事情。她的形象是那么光明、正派，又是那么亲切。老太太对她特别热情，拉住她的手要说很久，感谢这感谢那的。每次，严克美要走了，她们都会送很远。

严克美带去了什么？改变了什么?

肯定不止是红槽村、玉灵村的经济，不止是让更多的人过上好日子，不止是修房造屋。

她带去了一种精神、一腔热血、一份执着与坚守，在村民心目中树立了一种好形象，积极向上的、拼搏的形象。她通过这样的形象，带动村民，团结村民，影响村民。

严克美说，她的偶像是焦裕禄。她像焦裕禄那样坚守，坚守自己热爱的大地，坚守自己忠诚的事业，坚守那发光的精神，坚守质朴的心灵。

严克美说，她干的事都很平凡，没有大事。其实不然。以前的红槽村，打架斗殴多，滋事生非多。严克美短短几个月就扭转风气，靠的是什么？

老支书孙善同说，靠她的做事公平，靠她的光明磊落，靠她的勤劳，靠她的柔情说服。“首先她自己坐得正，又很讲道理，玩命地为大家谋幸福，再蛮横不讲理的人也挂不住了。”

当阳乡党委书记王鉴鑫也说，严克美靠的是踏踏实实为老百姓干事，靠的是她的那种精神和那股干劲。

树立好的形象，不是小事；发展当地经济，也不是小事；解决村民困难，更不是小事。从红槽村到平顶村再到玉灵村，严克美帮助了一位又一位村民，解决了不计其数的难题。这些难题，在村民心中，每一件都是天大的事。

严克美在红槽村一出场就是坚定的、明确的，给人坚毅、肯定的印象，同时又以她的柔和眼神，轻言细语，让人可信可亲，村民愿意跟着她干。

红槽村村主任伍仲林，高中文化，曾是一名理发师，比严克美大几岁。严克美当村支书时，他还在山下开副食店和理发店，一个月能挣三四千元——在当时算是不菲的收入。来理发的有不少红槽村的人，“当时，大家都说她能干，第一个月工作就有起色，红槽村就有变化。后来，大家一来理发就给我讲严克美如何如何好。”伍仲林说，这些事激发了他也想回村跟严克美干一番的想法。

严克美欢迎他回来，当时村里的干部老龄化严重，正需要年轻人。

很快，伍仲林回来了，一个月工资只有400多元。伍仲林说，跟严克美一起奋战的那几年，自己学到很多东西，做起事来也特别有精神。

胡华是严克美的同学，一直在外打工，同样被严克美感染，毅然回红槽村投资，种植300亩黑洋芋。现在，胡华的黑洋芋成了当阳乡的一个品牌，每年一半产出在网上销售，带动了村民通过网络发展经济。

严克美的妹妹大学毕业后在重庆主城工作，一个月收入近8000元，严克美一直鼓励她回当阳乡。"现在当阳乡很差年轻老师，你回来了还可以干出一点成绩。"在严克美的说服下，妹妹回来了，在当阳乡小学教书，虽然一个月只有2000多元收入，但她慢慢感受到了自己的价值。妹妹说："教贫困山区的娃儿不同于教城市的娃儿，我觉得责任更大，因为我可以改变他们的命运。"

巫山县委主要领导同志表示，乡村领头羊很重要，会吸引越来越多的人回来。严克美逐渐发挥了榜样的力量，不断吸引越来越多的年轻创业者和大学生回到乡村，寻找人生价值。

党的十九大报告提出实施乡村振兴战略。当阳乡领导都认为，乡村振兴特别需要人才。

当阳乡党委书记王鉴鑫介绍，现在当阳乡发展思路有了，就是差人才，差有知识、有理想、踏实苦干的年轻大学生。虽然当阳乡在村里担任职务的30岁以下年轻人占一半，但特别差专业人才。农业现代化需要各种专业人才，如今，当阳乡大力发展乡村旅游，需要专业的规划设计、经营人才。过去搞乡村旅游，只是给房屋贴点瓷砖，院子修葺一下，栽些花花草草就行了，现在这样做行不通了。时代发展了，游客需求高了，即使当阳乡有独特的风景，但要留住游客，仍然需要更高层次的建设。

人才来了，还要肯干、能干、踏踏实实谦虚干。王鉴鑫说，严克美是踏实干事的典范，一直都是主动积极干工作，从来没人催过她。“2017年6月，她休完产假上班第一天就深入玉灵村摸情况，连续半个月都沉下去。她能干，啥事情交给她，她都会尽心尽力干好。她干事踏实、为人谦虚，我经常教育其他年轻人在岗位上不要心浮气躁，要踏实干事情，沉心静气来搞，切忌心高气傲。”

王鉴鑫还介绍，严克美成为全国劳模、党的十八大和十九大代表以后，依然像过去那样工作，仍然那么谦虚。

当阳乡离重庆主城560公里，离巫山县城147公里。如果没把家安在这里，两地长期分居，工作肯定会受到一定影响。

陈国庆是当阳乡组织委员，丈夫在重庆主城，小孩在万州，她每两周回万州一次。她说，陪娃儿的时间太少，娃儿都不喊她“妈”，把婆婆喊“妈”了。说到这里，陈国庆眼眶都湿了。

老家在四川省泸州的林强，当年的选调生，来当阳乡工作好几年了，还没找到女朋友。严克美不忍心把他留在这里，“他要走，我肯定支持。”

在如此偏远、条件艰苦的山区，怎么留住人才？巫山县委主要领导表示，对村干部，关键是如何解决他们的后顾之忧，如何给予关爱，打造一支不走的村干部队伍。县里一年的名额无论多么有限，也要给村里留一部分。欢迎更多的大学生到巫山来，更渴望巫山有更多的严克美。

政策固然重要，但严克美的故事告诉我们，还需要一种精神。在大城市或县城，吸引人才主要靠相关配套政策，但在当阳乡这样偏远艰苦的乡村，更需要一种精神、一种理想的召唤。十九大报告明确提出要培养“懂农业、爱农村、爱农民”的工作队伍。这里有一个关键词：爱。

爱，总是带有情感，愿意投入、奉献。爱是对价值的放大，爱得越深，价值就放得越大，越看重。爱，有着对事物美好的想象，并愿意把想象努力变为现实，因为它不是空洞的。爱，能够激发出无穷的力量。

严克美所做的这一切，不正是因为有了爱吗？她爱红槽村，爱当阳乡，所以，她无论走到哪里，无论在哪里开会，都要宣传当阳乡的好，说一通红槽村的好。她爱这片土地，爱这片土地上的人们。她把帮他们做事，帮他们解决困难，当成莫大的幸福。

（作者：刘　涛）

DANGTAIYANG ZHAOJIN SHENSHAN

脱贫攻坚路上，没一件事是容易的。正是凭着“不干出名堂，我就不叫严克美”的信念，严克美带领村民走上了致富路。

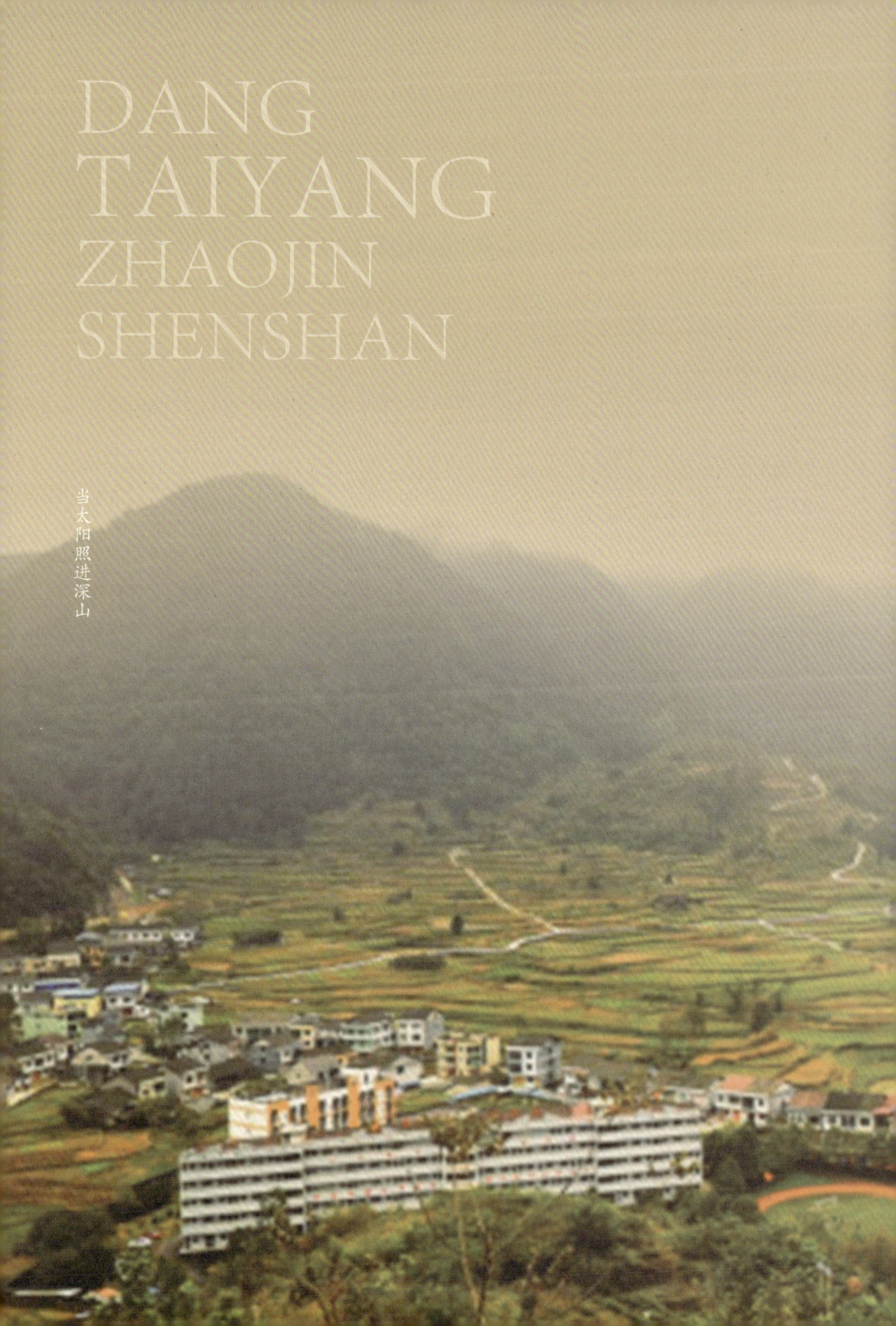
DANG
TAIYANG
ZHAOJIN
SHENSHAN
当太阳照进深山

走在阳光下

第三部分

脱贫故事

脱贫不忘党恩

积极分子向大忠

天气晴好的日子，在大山深处的中益乡坪坝村，总能看到一对中年夫妻或奔波于建筑工地，或在瓜蒌、黄连、黄精基地劳碌，他们一边发展种植产业，一边就近务工，走上了脱贫致富之路。致富后不忘党恩的他们，2020年"七一"前夕，夫妻双双写了入党申请书。他们就是中益乡坪坝村石桥组向大忠和邹小珍夫妇。

向大忠，50岁，过去家庭条件差，日子窘迫，父母相继过世后，一直在新疆阿克苏务工。2007年4月，向大忠认识了来自凉山州的邹小珍，当年年底，向大忠带着邹小珍回到了中益乡老家。

面对两间年久失修已残垣断壁的房屋，邹小珍沉默良久，对丈夫说："只要我们勤苦劳作，一定能慢慢改变家庭贫穷的面貌。"

在哥嫂、邻居的帮助下，旧房腐蚀断裂的木料和破损的瓦片更换了，房前屋后的杂草垃圾清理干净了，两人住进了家。

2015年春节后，夫妻俩决定在原址上拆旧房建新房。5个月后，一幢三楼一底的砖瓦房竣工。“虽然欠了亲戚朋友10多万元钱，但搬进新家，心里有说不出的喜悦。”邹小珍说。为尽快还清债，向大忠到浙江打工。

2017年9月，中益乡擂响脱贫攻坚战鼓，基础设施建设和产业发展步入快车道。“大忠，你不用外出了，我建议你去学焊工技术，就在老家干活，既挣钱又能顾家。”就在当月，坪坝村第一书记韦永胜成为向大忠的帮扶责任人后，他结合中益乡的发展情况为向大忠、邹小珍量身定制了“脱贫套餐”：向大忠参加“雨露”计划焊工技术培训，邹小珍参加厨师技术培训，同时建议夫妻俩把房子装修出来开办农家乐。

2019年春，农家乐开工，中益乡政府按照“三改”政策，将其厨房、卫生间、院坝地坪统一列入“三改”范畴，为其节省了部分资金。

“党的扶贫政策就是好！”望着顺利竣工的农家乐，望着眼前的绿水青山和院坝内绽放的花朵，向大忠夫妻俩喜出望外。

2019年夏天，他们打造的“飘香里农家乐”正式开门迎客。磨土家豆腐、烧制农家菜是邹小珍的拿手厨艺，夏季，来到“飘香里农家乐”的游客络绎不绝。

一年多来，他们发展农家乐，种植辣椒、黄连、黄精，闲时就近务工，家庭总收入20万元左右……不辞劳苦的夫妇俩成为坪村脱贫励志的典范。

“小珍，我们现在生活好了，全靠党的扶贫政策。我想加入中国共产

向大忠（左）、邹小珍（右）写入党申请书

党，既是感恩党，又是为即将进入初中上学的孩子树立起一个榜样。”一天夜里，向大忠向妻子邹小珍说出了珍藏已久的心里话。

“我也想……”未等丈夫把话说完，邹小珍情不自禁接过了话。

第二天，夫妻俩找到帮扶责任人韦永胜，说出了渴望入党的心愿，韦永胜大力支持。

“扶贫工作开展以来，坪坝村面貌焕然一新，我的家庭也迎来了幸福生活……怀着一颗感恩的心，我自愿加入中国共产党，决心为党奉献一切……”他俩的入党申请书虽没有华丽辞藻和豪言壮语，但韦永胜却感受到了他们强烈的愿望。

上交入党申请书后的向大忠和邹小珍，心中的明灯更亮了，干劲儿更足了。

（作者：隆太良）

向大忠邹小珍夫妇脱贫不忘党恩，双双写入党申请书。向大忠说得好：“我们现在生活好了，全靠党的扶贫政策。我想加入中国共产党，既是感恩党，又是为即将进入初中上学的孩子树立起一个榜样。”

没有双手也能脱贫

强人宿祖兵

宿祖兵家住彭水县三义乡龙合村，2009年因工伤失去双手；2015年妻子离婚出走，两个儿子均在上学，家中劳动力仅他一个。

2019年，宿祖兵种植60亩烟叶收入17万元，出栏肉牛18头收入32万余元，未出栏肉牛还有43头。

2020年，宿祖兵着手两件事：多买几头母牛，多产小牛犊，降低养殖成本；扩大烟叶种植面积，带动更多乡亲脱贫致富。

“两山夹一沟，地无三尺平”，是当地人对三义乡的形象比喻。

从彭水县城到三义乡政府，再到宿祖兵家，要连续翻过六七座海拔超过1300米的高山，在九曲回肠的硬化路上开车近3个小时。

“当年因为想走出大山多赚钱，才失去双手。”宿祖兵说。

宿祖兵在烟叶地里劳作

2008年，宿祖兵到广州打工。2009年的2月14日，机器突然跳闸，一个大铁铅块径直落到他的手上，宿祖兵眼前一片血红，失去意识。等他醒来，已躺在医院，双手前臂被截断。年迈的父母连夜从重庆赶来，守在他床边，两眼哭得通红。宿祖兵原本过几天带钱回家过年，但现在连上厕所都需要父亲帮忙。

宿祖兵没钱到医院接受专业康复训练，住院两个月后回家，开始了漫长的恢复。他重新学会洗脸，用了5天；学会穿衣，用了半个月；学会煮一碗面条，花了3年……

即便如此，宿祖兵帮到家里的还是极为有限，2015年，妻子不堪重负离开了。“我想过轻生，可一家老小都指望着我，我不能倒！”宿祖兵抹去了眼角的泪花。

2016年，不知吃了多少苦，用了多大的劲儿，宿祖兵将家里10亩烟叶扩大到40亩，还养了几头肉牛，他想快些赚到钱，尽快摆脱困境。但天意弄人，这一年多雨少晴，烟叶质量差，他又缺乏养牛技术，一年下来不赚反亏。雪上加霜，前路难行，宿祖兵整夜整夜睡不着。

当地政府获知后，将他家确定为建卡贫困户和低保户。让人惊讶的是，宿祖兵拒绝了。“我还年轻，有力气！”

忆起当时的场景，三义乡宣传委员陈传国至今感动不已，“宿祖兵这个小伙子有志气”。

乡政府派人上门为他讲解扶贫政策，申请帮扶资金，解答技术困惑。驻村工作队将硬化公路修到了他的牛棚前，水池建在他的烟叶地附近，为了一桶水，他再也不用来回走半小时山路。

宿祖兵心里的火烧起来了，他要扩大烤烟面积，多养10头牛。驻乡工作队队长王祖勋非常担心，但宿祖兵信心满满：“政府给了我那么多帮助，这次肯定能行！”

从此，宿祖兵每天在烤烟地和牛棚之间来回穿梭，靠双臂翻地、起垄、覆膜、育苗……还给自己买了养牛书籍：“养牛风险小，但要养得好，我还要抓紧学习。”

“他连翻书都比别人难。”在父亲宿代林看来，儿子太累了。

但宿祖兵不觉得累，他要用自己的双臂为家里减轻负担，摘掉贫困的帽子。他的手臂上有无数伤痕，是日复一日的劳作留下的。

如今，宿祖兵不仅为自己、家人撑起了一片天，还带领村民走上了脱贫致富的道路。隔壁62岁的陈碧香，已经连续三年在宿祖兵家的烤烟地帮忙。“每年干6个月，每个月能收入3000多元。”陈碧香笑得合不拢嘴。村民徐兴平请教宿祖兵如何养牛，宿祖兵高兴极了，从建牛棚、圈舍消毒、购买小牛到配制饲料，事无巨细地将养牛经验告诉徐兴平。一年下来，徐兴平靠卖肉牛，赚了3万多元。

宿祖兵的三层楼房，至今只是水泥地面，有的房间连墙都没有。他说：“家里人不多，房子只要有一两间能住就行。”

“我要把钱存起来，过年后再多买几头母牛，这样就不用到外面去买小牛了。”宿祖兵计划着，再多种几十亩烤烟，带动更多人一起脱贫。

山雾升起，天地一片迷蒙，遮住了远山和近路，宿祖兵站起身，不急不慢地走向牛棚。喂牛的时间到了。

这条路，宿祖兵走了千万遍，雾再大，他也不会迷失方向，困难再多，也挡不住他脱贫致富的步伐。

（彭水县委宣传部供稿）

“没有双手，我也能脱贫致富”，宿祖兵真了不起！如果都有宿祖兵这样的意志，这样的毅力和追求，贫困又有何惧，贫困又算什么？！

DANG JIAYANG ZHAOJIN SHENSHAN

王兴全 『电影书记』

空中俯瞰云阳县长保村，连绵的群山包围着洁白整齐的农房，层层梯田泛着新绿，错落有致。2016年7月，王兴全被派到双土镇长保村担任第一书记，肩负起扶贫重任。四年来，他兴产业、解难题、办实事……还在实践中探索出了“院坝电影”扶贫课堂，让村民把扶贫政策真正记在了心坎上。

来到长保村的第一天，王兴全迅速投入到工作中，调查走访、送政策、记录民情村情……晴天一身灰，雨天一身泥，短短数日，他的脚步踏遍了村里的家家户户。几天走访下来，王兴全不停地琢磨着。长保村夜晚生活宁静单调，村民们劳作一天后便早早地睡去，他灵机一动：“那就在晚上给大伙儿放电影，放映前先讲讲扶贫课，既能学习政策，又能丰富村里文化生活，两全其美嘛！”

说干就干!王兴全回单位借来投影设备，拷贝了一些电影，在村里三个院坝设置了电影放映点，同时精心制作了扶贫政策宣传片。

“乡亲们，放电影之前，我们先花十分钟时间学习扶贫政策哈！”之后每隔五六天，院坝上就会放一场热闹的电影。放映前，王兴全都要先放幻灯片，讲解相关政策，说说村里的大小事，乡亲们在欢声笑语中就把扶贫政策记到了心里。几年下来，“扶贫课+电影”的院坝会在村里最受欢迎。

王兴全整理贫困户档案

夕阳西下，晚霞染红了天边。曹祝清割下一捆青草投入鱼塘中，等待鱼儿来觅食。四年前，在王兴全组织的一场院坝电影中，播放的“养鱼种植技术”课程让曹祝清颇受启发，他立马找到王兴全询问养鱼的技术。

仔细盘问情况后，王兴全便请来养殖专家到曹祝清的鱼塘进行实地调研，现场指导养殖技术。曹祝清立即用扶贫资金购买了鱼苗，很快便获得了收益。“第一年，投入1000元买鱼苗，挣了3000多！王书记真是帮了我大忙！”曹祝清说。

如今，他家的鱼已经销售到附近各村，加上养殖鸡鸭猪的收入，全家收入从1万元增加到了3万元。

“捡蛋，装箱！”在彭海林的养殖场内，夫妇俩正忙着鸡蛋装箱，销往各地。

几年前，一场意外的大火，两三千只鸡被烧死了一大半，这让原本贫困的家庭雪上加霜。王兴全听说后，特意请来县畜牧局的技术员上门讲解科学养鸡知识，又推荐彭海林报名参加养殖培训，还帮助彭海林从银行贷款50万元扩大养鸡场的规模，购买了全新的设备，从此鸡场重获新生。现在，彭海林家的养鸡场存栏鸡1万余只，鸡蛋销往周边多家超市，还专门注册了“土林”商标。

“扶贫不是简单的帮扶，而是真正帮助村民解决问题。”王兴全说。

四年过去，长保村发生了可喜的变化：42口山坪塘整治一新，安装饮水管线25千米，家家户户都喝上了干净清亮的自来水；600余亩“产业+农户”模式核桃种植基地初见成效，长保村逐渐走稳脱贫路。

夕阳西下，王兴全演奏吉他的声音萦绕山间。来到这里四年了，王兴全从未忘记过初心，带领村民脱贫致富是他的信念。

（云阳县委宣传部供稿）

王兴全的“院坝电影”扶贫课堂寓扶贫于乐，寓发展于乐，形式新颖，切合现今大众心理。扶贫条条路，摆脱贫困是真路。王兴全找到了这样一条路。

与蜂共舞

『独腿蜂王』熊光明

8月10日，骄阳似火，酉阳天馆乡杉坪村的山岗上，蝉声唱绕，山腰间景色迷人，一间不高的棚子特别醒目，离棚子越近，“嗡嗡嗡”的声音越大，这是熊光明的临时蜂棚。蜜蜂成群飞出去时，真是“蜂拥而出”。

蜂棚内摆满大小不一的蜂箱，里面住着100多群蜜蜂。熊光明拄着拐杖，挨个检查蜂箱里的蜜蜂。再过一周，熊光明就要带着他的蜂群“赶蜂”寻找蜜源。

熊光明只有一条腿。这一走，不知又要多少个月才能回家，也许是来年的春天。熊光明笑着说，这次外出第一站是离家400多公里远的贵州省黔东南苗族侗族自治州雷山县。“别看我少了一条腿，拄着拐，这些年赶着蜂群，走了不少地方。”

酉阳两罾乡红阳村，地处大山深处，是落后、贫穷的代名词，在这里出生长大的熊光明也早早尝到了生活的难与苦，初中还未毕业，他就和同村人搭上了南下的火车，“从搬运工到泥水工，啥挣钱就干啥。”靠着前后外出务工近8年，熊光明组建了自己的家庭，还有了一个可爱的女儿。生活逐渐走上正轨。

人这一生少不了坡坡坎坎。2000年初，一场疾病改写了熊光明的人生。他患了皮肤癌，为了保住生命，最后无奈截肢。少了一条腿，熊光明彻底垮了，每天躺在床上逃避现实，他不知道自己活着还有啥意思。

在妻子的精心照料和鼓励下，熊光明慢慢站了起来。“要把日子重新过红火起来”，从养猪到养羊，能干啥就干啥，养啥能挣钱就养啥。可是劳动力和技术没跟上，相继失败。2003年夏，一群来自湖南的“赶蜂人”来到了村里，经过几次接触，熊光明发现，养蜂的劳动强度较低，投入相对较少，产出颇丰。

熊光明借了2000多元，买来两群蜜蜂，开始了他的养蜂事业。事与愿违，因不懂技术，他又一次失败，但这一次，熊光明认准了蜜蜂产业，一定要干成。熊光明又筹资买来3群蜜蜂，同时恶补养蜂知识。知识、经验积累越多，技术越成熟，熊光明的蜜蜂产业开始起步。2004年，蜂群发展到10多群，收入2万多元；到2006年，蜂群增加到40多群，年收入近9万元；2007年，为了增加收入，熊光明决定结束定点养殖，当起“赶蜂人”。

“外出赶蜂，对于正常人来说都十分艰苦，莫说你还残疾！”“再多的苦我都能吃，再大的困难我都挺得住！只要不放弃，我相信未来一定是光明

熊光明查看蜂箱

的！”这一年，熊光明一口气跑完了湖南、湖北、贵州等周边省份的重点蜜源地，蜂群壮大到60群，收入增加3万多元。

随后的几年，熊光明的蜂群陆续发展到150多群，蜂蜜年销售额50多万元。2011年春，熊光明连智能手机都还不会使用，他的土蜂蜜却通过互联网当年就卖出3000多斤，位居酉阳全县蜂农销量之首。从此，熊光明“独腿蜂王”的美誉广为人知。2014年，熊光明也走上了帮困助残的道路。一只眼睛失明的残疾人熊波说：“要不是他手把手教我，我永远都不会养蜂，更别说一年额外增加2万多元的收入。”冉荣茂是最早跟熊光明学养蜂的残疾人，他说：“有了熊光明的帮助，我一家人的日子才渐渐有了起色。”

截至目前，熊光明先后帮助20多名残疾、贫困群众发展蜜蜂养殖，仅养蜂一项，户年均实现增收近2万元。熊光明说：“都是残疾人，本就该互帮互助。蜜蜂产业是前景广阔的光明产业，我要吸纳带动更多的残疾人和困难群众参与进来，大家共同致富奔小康。”

（作者：冉　川）

熊光明一条腿，却走遍大江南北。他是“赶蜂人”，也是脱贫明星。与蜂共舞，精彩人生。

念好“山”字特色农业经

金刀峡刘德明

盘山公路七弯八拐，远远看去，山巅云缭雾绕。

刘德明家就在白云生处。初夏的太阳热烈但不灼人，坐在家门前的院坝里，体弱多病的他还裹了件外套。

“现在日子好了哟。”刘德明咧嘴笑道。两年时间里，他通过发展山羊养殖和山药种植，念好“山”字特色农业经，蹚出了脱贫致富的康庄大道。

金刀峡镇七星洞村地处华蓥山支线山脉，平均海拔约1000米，是北碚最偏远、最贫穷的村落之一。

今年49岁的刘德明在这里出生，长大。打记事起，他的生活就只有一种状态——穷。

十几岁时，刘德明开始外出打工。虽然去过很多地方，找过很多活，但由于文化程度低，又无一技之长，他一直靠打零工为生。2013年，患上高血压、风湿的刘德明同妻子结束四处漂泊的生活，回到了老家。

房子是一间废弃已久的土房。刘德明夫妇种了几亩粮食和蔬菜，这便是当时家庭全部经济来源。

面朝黄土，不见春暖花开。土里刨食，日子依旧艰难。

刘德明放养山羊

“没有钱的时候就借，跟亲戚们借。最困难的时候连饭都吃不起，吃饭都要借钱。”刘德明微微喘息着。他的身体就像他们当年居住的那间土房，漏风漏雨，陈旧而破败。

2017年，刘德明一家被识别为建档立卡贫困户，享受到了基本医疗保障和住房安全保障政策。2018年，他家的土房也被纳入农村危房改造。2019年春节，夫妇俩搬进了干净整洁的新家。

政府兜了底，致富靠自己。

随着金刀峡镇大力发展乡村旅游，看到进山的游客越来越多，山羊、土猪等生态农产品大受欢迎，刘德明决定发展养殖业，但没有资金。2018年，北碚区启动精准扶贫小额信用贷款，这犹如一场“及时雨”，解决了刘德明的苦恼。他很快申请到5万元扶贫小额信用贷款。

有了资金，说干就干，搭羊舍，买羊羔，刘德明当年就养了30只山羊。

“2019年卖了几只山羊，赚了一两万元。”刘德明笑着说，“今年山羊已经有59只了，另外还养了两头猪、几十只鸡鸭鹅。”

家里的状况逐渐有了起色，可刘德明并未满足，几亩山地一直是他的“心头之患”：山地土质不够肥沃，种植苞谷等作物产量不高，收入也不多。

继续向山要金！2019年，在合作社的帮助下，刘德明种了约两亩地的山药，每亩产量四五千斤，山药的总收入有好几万，一下子就摘掉了贫困帽。

据介绍，2020年，合作社还在村里开办山药加工厂，通过加工山药食品，提高山药附加值。刘德明的山药更能卖个好价钱。

天朗气清，满目苍翠，刘德明坐在院坝幸福地盘算着：看长势，山药产量还会增加，收入多一两万元；山羊再多卖几只，赚个三四万元；鸡鸭鹅太多了，长大了都要卖；两头猪起码要留一头杀年猪……

（作者：邓公平）

念好“山”字特色农业经，这是刘德明找到的脱贫路。每个人的具体情况不同，生存环境各异，要因地制宜，找到自己的致富路。

再创一个丰收年

聋哑人杨华英

黔江区新华乡艾子村有一名聋哑人，她叫杨华英。她家是怎么脱贫的呀？说起她来，真是“千磨万击还坚劲”，对贫困“绝不低头”。

谁能想到，不但杨华英是聋哑人，她的丈夫刘朝西也是聋哑人。他们有一儿一女。过去，一家人靠着丈夫修补鞋子维持生活，孩子们也很懂事，经常帮忙做家务，生活清苦，但其乐融融。

事情突然发生转折，2014年，刘朝西因病医治无效去世。杨华英比画着：我当时感觉天都塌了。这不难想象，一家的顶梁柱倒了，两个孩子还小，要读书，家里一摊子事情，只靠杨华英一个人苦苦支撑。清苦的日子变得十分艰苦。

屋漏偏逢连夜雨，杨华英又相继诊断出肺结核、风湿性关节炎。这个家顿时风雨飘摇，随时可能垮。

这个关键时候，新华乡政府的帮扶干部来了，了解情况后，迅速将杨华英一家纳入了建卡贫困户和低保户，赓即解决了两个孩子上学的难题。帮扶干部还送来了其他帮扶政策。杨华英写道：“党和政府的关怀让我在无声世界里倍感温暖，我看见了希望，有了绝不向生活低头的勇气。”

“靠着墙根晒太阳，等着别人送小康”，这是万万不行的。日子还是要靠双手创造才最踏实，就像电视节目里说的：“生活的甜蜜都是奋斗出来的，幸福都是干出来的。”杨华英决定好好干一番，争取尽快脱贫。

纳入建卡贫困户后，刚开始，杨华英还有一点不适应，帮扶干部三天两头就往家里跑，一天宣传这一天宣传那，说这项目好那项目好，她觉得耽误农活。这天，村里的种烟大户卢绍斌上门邀请她去他家打零工。之前，杨华英去找了几次卢绍斌，都被婉言拒绝了。现在怎么主动上门邀请？原来是帮扶干部多次上门给卢绍斌做了工作。这件事改变了杨华英对帮扶干部的态度，慢慢与他们亲近起来，他们就像“家人”一样。

帮扶干部建议，杨华英流转家里的闲置坡地，每个月可以增加482元收入；帮助杨华英发展油菜种植，帮她买良种、谈价钱、找销路，3亩油菜每年能收入4000元；特别是帮助她申请到8万元的易地扶贫搬迁款，杨华英一家顺利搬进了新家，吃上自来水。现在家里水龙头拧开就是水，再不用外出担水了。家里也添置了大电视机、大冰箱。2016年底，杨华英家成功脱贫。这样的日子是几年前想都不敢想的事情，现在，杨华英农忙时下地，农闲时外出打零工，基本上没有闲暇时间。

杨华英写道："人可能就像一杯苦茶，可能会苦一阵子，但绝不会苦一辈子。我虽然听不见外界的声音，但是想着美好的日子，我就浑身是劲。我要用双手去改变我的世界，创造我的幸福生活。"

两个孩子都已经上初中了，学习很努力，身上都有一种不服输的劲头，成绩不错，让杨华英特别欣慰。

如今，杨华英跟着村里养鸡大户赵佰菊、养猪能手向登福学习养殖技术，计划明年不出去打零工了，搭几间鸡舍猪圈，在家养鸡育猪，再创一个丰收年。

杨华英给新家贴"福"字

杨华英最后写了这样一段话："回首这五六年来，恍如隔世，有的时候生活其实就像弹簧，你强它就弱，你弱它就强。如今党的政策这么好，要抓紧时间努力奔跑，不做小康路上的'插班生'，给孩子们做个好榜样。心中装着太阳，处处都是阳光。"

（作者：吴逢涛）

心中装着太阳，处处都是阳光。聋哑人杨华英的脱贫故事真切感人，值得一读。奋斗过才有真正的感悟，所以，杨华英写道："如今党的政策这么好，要抓紧时间努力奔跑。"

三峡李美蓉

种最好的烟叶

从贫困户变成如今的种烟大户，奉节县太和土家族乡太和社区5组贫困户李美蓉用了5年。

故事要从2015年说起，太和社区扶贫工作队了解李美蓉的基本情况后，为其规划了种植烟叶发展项目。从未种植过烟叶的李美蓉感觉束手无策，扶贫工作队鼓励她大胆探索、大胆创新。

2016年，她租赁周边撂荒土地30余亩，合同种植烟叶40亩。县帮扶单位奉节县烟草公司派出技术员跟踪服务，面对面、手把手传递指导，烟叶大田生长良好。

李美蓉勤奋好学，吃苦耐劳，熟练掌握了烟叶生产的每一个技术环节，当年出售烟叶1.12万斤，创产值15万元，纯收入10.5万元，家庭人均增收1.75万元。

一年的试种，李美蓉获得了烟叶收入第一桶金，她的兴趣来了，激情也高涨了。

“今年你出去务工，我在家种烟。你在外面干一天活的收入，就可以支出我在家种烟请3个民工的工资，这样很划算，比我们都在家种烟要强，既照顾了老人，又照看了孩子。”2017年初，李美蓉和丈夫何诗柏商量道，“政府都在帮助我们，我们自己也要努力，给老人和孩子创造一个舒适美好的家庭环境。”

思想通了，胆子也大了。

李美蓉（右二）在地里劳作

李美蓉说干就干，2017年合同种植烟叶70亩，创产值28万元，由于管理经营到位，纯收入15万元。2018年，种植烤烟80亩、自肋烟30亩，年收入44万元，纯收入20万元，李美蓉由过去的贫困户变成了如今的种烟大户。此外，她还雇请周边张传付、罗庆权、张晓云等5户贫困户长期务工，每人每月工钱都在2000元以上。

几年的奋力拼搏，李美蓉的腰包鼓起来了，家庭环境也改善了，精神也焕发了，笑容也更灿烂了。

2017年11月，李美蓉拿着脱贫申请书找到社区扶贫工作队队长，自愿申请退出贫困队伍。李美蓉自强不息的致富精神，陆续被重庆日报、重庆电视台、东方烟草报、奉节电视台等跟踪报道，引起强烈反响。2019年，她被奉节县妇联授予"脱贫致富三八巾帼带头人"，被重庆市扶贫办授予"带头致富能手"等光荣称号。

"近几年，我不但学到了种烟技术，而且每年收入都是芝麻开花节节高。我个人富不算富，要带动所有贫困户共同富裕才算真正的富裕。今年，我准备种植烟叶60亩，把冉龙梅、张家双、张传付等没有产业支撑的贫困户联合起来，抱团发展烟叶。" 2019年初，李美蓉把这个想法告诉了社区扶贫工作队队长。

但是，贫困户张家双从未种过烟叶，犹豫重重，李美蓉就耐心细致地讲扶贫政策，讲农村农业发展，算收入对比账，鼓励他充满信心。

在具体操作上，李美蓉也没少费心思，实行"三带"入股，带土地、带劳动力、带资金入股抱团，实行统一耕作、统一管理、统一经营销售。红利分配按照土地入股多少、劳动力出工多少、资金带入多少进行核算。入股贫困户共同协商，签订协议，分工明确，责任细化，风险共担，利益共享，合作共赢。

最后，张家双一家人的思想工作做通了。在李美蓉的带动下，冉龙梅、张家双、张传付等4户贫困户抱团发展烟叶120亩。按照常规预测，4户贫困户可创产值48万元，获纯利24万元，户均增收6万元。

据了解，2020年，李美蓉等4户贫困户抱团种植烟叶150亩，目前长势良好，有望获得好的效益。

（作者：雷清平）

种最好的烟，脱真实的贫。李美蓉，美！

麻出甜味

耆老陈世珍

时下，行走在涪陵区南沱镇龙驹村山坡间，青绿色的花椒缀满枝头，阵阵椒香扑面而来。花椒地里到处都是村民的身影，他们三五成群，或提篮，或背篓，正忙着采收花椒，欢声笑语中满怀欣喜、满载丰收。

“遇到种植技术问题，打一个电话他们就来了。”在龙驹村7组建卡脱贫户陈世珍家的花椒地里，村上的产业技术指导员上门为其作花椒采后管护技术指导，67岁的陈世珍说，种植上遇到的问题解决了，没有了后顾之忧，2019年她家补栽了不少花椒树，现在合计有10来亩。

在2019年前，花椒售卖及烘烤储存对陈世珍家来说是个不小的难题，也是全村花椒种植户的痛。

“之前由于村上没有花椒烘烤房，只能在外花高价烘烤。”驻龙驹村扶贫工作队第一书记、队长李桃介绍，鲜花椒不烘干就无法存储，只能尽快售卖，“那时，很多人把花椒运去丰都县售卖，因为那边有烘烤房，但由于量大常被压价，1斤才卖3.6元。不仅价低，因路途较远，还增加了销售成本。”

“要是村上有个花椒烘烤房该有多好啊！”“栽这么多花椒也卖不了几个钱。”面对村民的期盼和忧虑，驻村扶贫工作队和村支两委看在眼里急在心里。

在驻村扶贫工作队的努力下，2018年争取到50余万元的浙江对口支援资金。资金有了，又面临烘烤房选址及土地问题。“我们和村支两委干部开会研究这个事情时，8组组长胡仕林主动提出免费让出自家承包地用于烘烤房的修建。”李桃介绍，后来胡仕林还无偿提供了烘烤房扩建的土地。

就这样，花椒烘烤房的建设还算顺风顺水，于2019年6月建成投用。为了让包括贫困户在内的花椒种植户得实惠，烘烤房对外招商，承租方收购花椒的价格不得低于3.8元/斤。烘烤房启用后，龙驹片区的花椒价格开始上涨。

但随之问题也出现了：2019年6月23日晚，承租商户为提高烘烤效率，一次性放入近3000斤鲜花椒，烘烤房灶台最大承重量为2000斤，导致灶台上一根钢筋断裂。

“还有上万斤鲜花椒等着烘烤。”李桃回忆道，当时已是晚上10点多，技术人员不能前来维修，驻村扶贫工作队队员和村上干部一边寻找钢筋一边联系懂电焊的村民，最终在6月24日凌晨将烘烤房修好。

对陈世珍等贫困户家庭来说，另一件喜事还在等着他们。2019年，龙驹村成立花椒种植股份合作社，吸纳村上35户贫困户为合作社成员，按“保底分红+二次盈利分红”模式运行。同时，合作社成员的花椒除了按市场价格收购外，还能享受政策红利、产业技术指导。

按照陈世珍的话说，花椒的味道虽然是麻的，可她全家人的心却是甜的。

陈世珍和老伴采收花椒

2019年，陈世珍家花椒销售收入4万余元。“现在每年收入都比较稳定，加上家里喂的猪和种的粮食，生活不愁，我们对脱贫奔小康充满了信心。”陈世珍说，读大学的孙女前几天打电话回来说，她要成为扶贫干部那样的人……

走到龙驹村高处极目远眺，一幢幢楼房分布在青山绿水间，水泥路如白缎带般穿行在田野上，成片的花椒、柑橘、李子的树枝随风招展，仿佛在诉说着这个曾经的市级贫困村已实现整村脱贫，踏上了乡村振兴的征程。

（作者：廖存强）

DANGHAIYANG ZHAOJIN SHENSHAN

不愁吃，不愁住，有保障，67岁的陈世珍已经完全实现了“两不愁三保障”。她感谢扶贫干部，所以，她读大学的孙女说，也要成为扶贫干部那样的人。

向贫穷开火

老兵王涛

在重庆市合川区土场镇杨柳村高板桥至易家坪的上山公路边，竖立着一块醒目的招牌——“老兵土鸡场”，这个养鸡场的负责人是一名退伍老兵，同时也是一名尿毒症患者，他就是脱贫户王涛。

“现在我家一年能出栏1000多只鸡，身体状况允许的话，我还想慢慢地扩大点规模。”刚刚做完透析回家的王涛，说话时呼吸比较急促。

他个子高大，皮肤黝黑，虽然饱受病痛的折磨，但却一脸的坚毅，对生活充满信心。

王涛是重庆市合川区土场镇杨柳村9社村民，2000年退伍回乡后，进入老家附近的机械厂打工。2004年他和妻子结婚，同年生下女儿，家庭幸福美满。可让人没想到的是，这一切却被一场突如其来的疾病改变了。

2015年12月的一天，王涛在入院检查中查出尿毒症。为了治病，王涛不得不放弃打工，在医院治疗期间仅医疗费就支付了30多万元，不仅用光了家里为数不多的积蓄，还向亲戚朋友借了不少钱。出院后，王涛每周都要到医院做三次透析，这对上有老下有小的王涛来说无疑是沉痛的打击。

“刚出院时，我真不知道日子该怎么过下去，不知道该如何撑起这个家，当时啥子乱的想法都有。”王涛回忆道。

王涛发展林下养鸡

正当王涛迷茫之际，当地政府及时将因病致贫的王涛家纳入建卡贫困户，并派遣镇、村干部重点帮扶，鼓励王涛重拾信心。

“慢慢地，我心里也敞亮起来，我想如果我这个顶梁柱垮了，这个家怎么办？我是一名退伍军人，也是一名党员，怎能在贫困和困难面前低头呢？我相信通过我们一家人的努力，一定能战胜病魔和贫困。”王涛坚定地说。

因为身体原因，不能外出务工，如何脱贫呢？思索中，王涛发现，自己的家在山脚下，林地坡地很宽，适合搞林下养殖土鸡。通过与镇、村帮扶干部详细论证后，土场镇为他家脱贫制订了详细的帮扶措施，不仅给他家送来了鸡苗，还专门派遣了产业技术指导员与他对接，帮助他办起了“老兵土鸡场”。

望着成群的鸡崽，王涛如获珍宝。

可是，对没有任何经验的王涛来说，养鸡并不容易，按照传统的技术去养鸡，鸡的品种、病症都很难把控，每个季节都可能出现不同的病种。为解决技术难题，王涛一边与病魔做斗争，一边购买养殖书籍自学，他还常常向技术人员请教，去大型养鸡场观摩，一来二去，王涛对养鸡业有了自己的心得。

2016年夏天，王涛散养的400只土鸡陆续长大了。欣喜的家人看到希望的同时，又为销路犯了愁，因为每次赶集最多只能销售掉10多只鸡。焦虑之际，土场镇、村帮扶干部和乡亲们为他伸出了援手，积极为他家在北汽银翔园区内、北碚、合川联系客户，打开了销路。在大家的共同努力下，王涛家的400只土鸡很快被销售一空，同时还卖了5000多个土鸡蛋。

尝到甜头的王涛，决定一边扩大土鸡养殖规模，一边拓展销路。经过两年的发展，王涛家于2017年底顺利脱贫摘帽。“扶贫道路上有许多人给了我帮助，我发自内心感谢他们和党委、政府。”王涛说。

如今，从贫困日子慢慢走出来的王涛，没有忘记乡亲们，他总是尽自己所能帮助周围的邻居。同村建卡贫困户邓良琼在他的帮助下也养上了林下土鸡200多只，王涛无偿传授养殖技术和经验，让邓良琼十分感动。

因为自强不息摘“穷帽”的精神和乐于助人的品质，王涛的事迹被乡亲们传为佳话，他本人2019年被评为“最美合川人”，2020年被土场镇评选为“2019年度十佳退役军人”。

（合川区委宣传部供稿）

DANG TAIYANG ZHAOJIN SHENSHAN

老兵王涛的故事较为典型，向贫穷开火，向病魔宣战。早已脱贫的王涛还积极带动、帮扶其他贫困户，体现了军人的优良传统。

卖菜高手

残疾企业家殷晓兰

幸福的人都一样，不幸的人却有各自的不幸。对家住江津贾嗣镇崇兴村的殷晓兰来说，她的不幸是“多重”的。因为一场车祸，她和丈夫不仅从健康人变成了残疾人，家庭状况也因为他们两个经济支柱的倒塌而变得贫穷、不堪重负。且看她如何逆袭变身为企业家，带领大家共同脱贫致富。

15年前，做蔬菜批发生意的殷晓兰和丈夫王勇在送菜途中不幸遭遇车祸，王勇左脚膝盖下、大腿骨、韧带多处被压断，落下残疾；殷晓兰的伤情更加复杂严重，为重度瘫痪，被鉴定为二级残疾。这突如其来的变故如噩梦一般。

“怎么办？这下半辈子只能在床上度过。娃娃还要读书，这日子没法过了，我活着还有啥意思……”看到自己的双腿不能动弹，殷晓兰感到绝望，

殷晓兰在菜地

天天以泪洗面。亲朋好友得知情况后，不断上门关心、鼓励殷晓兰。治疗前期，由于腿骨受伤，殷晓兰稍微一动，浑身都痛。伤情较好一些的王勇，车祸3个月后，便拄着拐杖，继续拉蔬菜业务，找人代卖，努力支撑起这个家。然而入不敷出，每年挣的钱还不够他们俩做手术。在腿上取钢板、换钢板、接韧带……在此后的五六年间，治疗花光了家里所有的积蓄，原本稳定的家庭渐渐走下坡路，经济变得拮据，生活异常困难，衣服都是捡亲戚的穿。

经过艰难的治疗，2008年，殷晓兰终于可以摆脱轮椅，拄着拐杖走路。为了减轻丈夫王勇的负担，殷晓兰决定重出“江湖”，再创业，继续做蔬菜生意。“做自己喜欢的事才有劲！我这个人没文化，别的工作干不来，卖菜还是可以的。”殷晓兰笑言。

王勇负责生产、收购；殷晓兰负责在店内批发、销售。每天早上，都能见到殷晓兰咬着牙拄着拐杖到市场去经营自家的菜摊，尽心尽力为大小客户推销菜品。为了畅通销售渠道，有时她想跟大点的客户建立良好的合作关系，请对方吃饭，收到对方的回复则是：你的腿不好，不用请吃饭了，如果蔬菜新鲜、品质好，会找你。

“你们可以先试吃，觉得好就来买我家的蔬菜。”殷晓兰的自信以及蔬菜优良的品质，赢得了一个又一个的客户。

同时，很多好心人也被她坚强、能吃苦、自强不息的精神所感动，就力所能及地照顾她的生意，这让她心怀感恩。由于做买卖讲究诚信、不偷懒也不糊弄，殷晓兰夫妇经营的蔬菜批发店生意渐有起色。

2014年，殷晓兰一家被纳入建档立卡贫困户。利用贫困生助学贷款和教育减免政策，子女上学问题解决了。殷晓兰也获得全额资助，参加新农合和精准扶贫医疗险。原来每个月做康复治疗要花近千元，现在有了精准扶贫医疗险，康复治疗不需花太多钱，大大减轻了家里的经济负担。“幸亏党的政策好，不然我们家就陷入无底洞了。现在腿也好多了，我要靠自己的双手摘掉‘贫困帽’。”殷晓兰告诉自己，车祸致贫不能丧“志”，她一定能靠双手脱贫致富。

经夫妻俩辛苦打拼，除在江津贾嗣、支坪等当地收购蔬菜外，他们还在成都、资阳、贵阳、桐梓等地建立了收购点。随着生意越做越大，殷晓兰一家的腰包越来越鼓。2015年底，殷晓兰一家顺利脱贫。

从正常人一下子变成残疾人，她对残疾人肢体残疾的痛苦和生活的艰辛不易感触更深。想到家乡还有一些残疾贫困家庭，殷晓兰和王勇决定，要带领他们和其他乡亲一起脱贫致富。

2015年，他们回到家乡贾嗣镇崇兴村牛栏沟，动员乡亲们发展蔬菜种植。2017年2月，殷晓兰夫妇成立了重庆市江津区祥禾鲜农业股份有限公司，组织了当地56户社员（其中有10户是残疾贫困家庭）成立了蔬菜专业合作社，种起了蔬菜。周才、刁正富、李正兵等村里的贫困户也成了蔬菜种植大户，年产蔬菜几万斤到十几万斤，2017年就脱贫了。目前，合作社成员已发展到80多户，其中有50多户是贫困家庭。

殷晓兰夫妇还投资1000万元创办了蔬菜加工厂，开拓蔬菜深加工业务。现在，厂房里有11个蔬菜深加工腌制池（每个池子可腌制蔬菜50吨），100多个泡菜坛（每个坛子可泡1000斤），泡有生姜、青菜等酸菜。他们打算再建40个蔬菜腌制池，正式建成投产后预计年销售额可达几千万元。

殷晓兰说，贫穷并不可怕，可怕的是不知进取，只知道“等靠要”。只要持续奋斗，每一个人都能依靠勤劳的双手创造出属于自己的辉煌。

（作者：王　茜）

殷晓兰的故事很有意义。她艰难地从轮椅上站起来，一瘸一拐去卖菜。谁不会卖菜呀，但是殷晓兰却卖出一个企业来，不但自己家脱贫致富，还帮扶许多村民迈上了致富路。

柚香山间

江津夫妻档

7月的风带着炎热，我们一路驱车随着蜿蜒曲折的山路，来到江津塘河镇硐寨村的孙绍勇、肖仲连夫妇家中。

一栋二层的房屋虽然简陋，但房前屋后收拾得干净整洁，屋外一捆捆的柴火摆放整齐。老屋无言，见证其病痛挣扎，也见证其苦尽甘来。

52岁的肖仲连采摘着花椒，动作麻利，手上有着厚厚老茧。丈夫孙绍勇从楼上扶着墙慢慢地走下来。夫妻俩有说有笑地聊天，尘封的往事，在交谈间徐徐展开……

56岁的孙绍勇年轻时是个勤快人，不到20岁就在江津滩盘火车站当起了搬运工。1986年，肖仲连看上了勤劳的孙绍勇，并与他组建家庭。后来两人有了一个儿子，肖仲连便在家务农、照顾孩子，孙绍勇则外出打工挣钱养家，生活也算有滋有味。

然而，好景不长。1996年，孙绍勇被确诊为I型糖尿病，医生建议他回家养病。“老婆、儿子还等着我挣钱回家过日子呢，干不了体力活，就进厂干些轻松活儿！”孙绍勇拒绝了医生的建议，一边养病，一边打工，一坚持就是17年。

“你这个眼睛再干就要瞎了！”医生的话打碎了孙绍勇的康复梦。2013年，孙绍勇的视力急剧下降，不得不回家养病。但“闲不住”的孙绍勇并没有“乖乖”养病，而是跟着老婆一起到地里干活，在朦朦胧胧的视线中，孙绍勇用手摸着除草。

祸不单行，孙绍勇回家的第二年，肖仲连因为身体不适，去医院检查出尿毒症，必须接受肾透析治疗。对于这个本就贫困的家庭来说，这个消息宛如晴天霹雳。

日子，过得更加紧巴。2016年，孙绍勇病情加重，双目失明，每天需要注射胰岛素；肖仲连每周二、四、六需要做透析，每月花费近2000元……昂贵的医疗费用，让这个家庭的生活举步维艰。

那两年的时光对他们来说，无疑是最黑暗、最漫长的。两个人一个去治疗眼睛，一个做肾透析，积蓄花得精光，生活的困窘一下子袭上夫妻俩羸弱的肩膀。

就在夫妻俩一筹莫展之时，党的扶贫政策如春风一般，为孙绍勇一家吹来了希望。

2014年，在村小组的集中评议和推荐下，夫妻俩成功申领了农村低保；2016年被纳入建档立卡贫困户，获得了大病医疗救助；同年，通过政府帮扶

肖仲连牵着孙绍勇的手行走在路上

发展花椒产业500株，这些产业减轻了夫妻俩不小的负担。

孙绍勇眼睛虽看不见，但力气还有，每当有挑粪、背东西等力气活，孙绍勇就主动承担了起来。久而久之，他俩形成了“手牵手”的分工：丈夫挑粪、背东西，妻子下地淋粪、干活，夫妻二人一前一后走着，成为乡间小道上一道亮丽的风景。

2018年，孙绍勇的病症越发严重，转为尿毒症，每个星期也要做透析，病情稳定后，两人劳作的身影又在菜地出现。

历经艰辛之后，收获的味道总是格外甜。2018年夏天，花椒丰收了。帮扶干部和村民们以及自家亲戚们组成了“帮帮团”，帮助夫妻俩采摘花椒。“有一次还一下子来了8个人呢！他们帮我们干活，水都不喝一口，真的不好意思。”肖仲连感慨道。

“其实也有过心酸，老婆刚患病的日子里，我经常半夜醒来，有时候也掉泪，但生活总要继续。”孙绍勇轻描淡写的话语中，流露着对生活不屈服的劲，流泪这种事儿，他从没让老婆知道。

2018年夏天，孙绍勇夫妇种植的50棵柚子树成功挂果，绿树掩映中，沉甸甸的柚子挂满枝头，如今，这些成了夫妻俩的“宝贝”，不透析的日子里，他们一天要看上两三遍。看着那些青色的柚子，就像是看到了对未来美好生活的希望。

（作者：陈　婷）

孙绍勇、肖仲连夫妇曾经历了至暗时刻，疾病压垮了这个家。如故事中所写：“就在夫妻俩一筹莫展之时，党的扶贫政策如春风一般，为孙绍勇一家吹来了希望。”现在，他们的日子越来越好了。

DANGTAIYANG ZHAOJIN SHENSHAN

脱贫感恩

养猪『土豪』卢德文

重庆梁平区紫照镇先进村，有一位叫卢德文的“土豪”村民。52岁的他说起如今的幸福生活，过去简直想都不敢想。

那是2013年，躺在病床上的兰家英拉着丈夫卢德文的手，语气带着哀求：“家里没钱了，我们不治了。”

卢德文长长叹了口气，兰家英罹患肾病、囊肿，诊断治疗，掏空了这个农村小家庭。

村扶贫干部知道了卢德文家因病致贫的事情，赶紧众筹捐款，缓解了卢德文一家的燃眉之急，随后又为其办理了建卡贫困户。

“钱没了，可以再赚，但是志气不能没得。人穷不能穷志气！”扶贫干部多次上门鼓励卢德文重新振作。

卢德文背着猪草回家

卢德文坐在长条凳上，抽着烟："我就是个农民，除了下力气，就只会种庄稼了！"

"种菜养猪如何？"

卢德文闷声抽着烟，没说一句话，送走扶贫干部之后，他瞥了瞥屋子旁的老旧猪舍。有几年没养猪了，还能养吗？

"先养两头母猪，试试看。"他和妻子兰家英商量。

2016年，卢德文开始自己的养猪大业。两头母猪，两间猪圈。

每天清晨，天蒙蒙亮，卢德文就起床去割猪草，"这个点的猪草最嫩，太阳出来就老咯。"卢德文细致照顾两头母猪，打扫猪圈、投喂猪食，每天还要观察蚊香的焚烧情况，避免夜里蚊子影响母猪休息。

辛勤饲养几个月，母猪纷纷下崽，两间猪圈空间狭窄，不利于猪崽生长。看着胖胖的猪崽，卢德文有喜有忧，“想扩充猪圈，但没钱。”

这时，扶贫干部又来了，他们联系相关单位，通过产业扶持、金融扶持、健康扶贫等多项措施，又一次解了卢德文的燃眉之急。

2017年，卢德文的养猪场已经小有规模。

生猪养殖，难免会造成污水污物排放。卢德文虽然一向节俭惯了，但仍积极改善养殖环境，修建的沼气池、化粪池、循环池排污均达标。他购买了1万元的干粪分离器和7000元的粉碎机，还花1万多元在1公里外的地方引进水源，用于冲洗圈舍。

2018年，卢德文又扩建圈舍50多间；2019年，卢德文不但还清20多万元的欠款，还有盈余，成了当地养猪的“土豪”。养猪场的生意红红火火，卢德文一家过得安稳惬意。

2020年，新冠肺炎疫情肆虐。“这些年党和政府帮助我们这么多，这次疫情，我们也要帮帮忙。”兰家英主动提出想法。

“我们没办法去一线帮忙，要不捐款吧？”卢德文说。

夫妻二人商量，决定为湖北武汉捐款1万元。这1万元对刚刚脱贫的卢德文来说不是一个小数目，但当他想到党和政府对他的帮助时，看到家人对他肯定的眼神时，他毫不犹豫。

他不但自己捐了款，还鼓励家里其他人也一起捐款。他有个哥哥叫卢德龙，在外做劳务派遣，虽然能在外挣点钱，但绝对算不上宽裕，在接到弟弟卢德文的电话后，哥哥卢德龙也毫不犹豫地向武汉捐款5000元。

卢德文捐款的事在村里传开后，有同村老百姓就问卢德文：“老卢啊，听说你为武汉捐了1万元，是真的吗？”

卢德文回答说：“国家在我困难的时候拉了我一把，我很感谢党、感谢政府，新冠肺炎疫情暴发了，我也要表示自己的一点心意，我希望我这一点捐款，能帮到更多需要帮助的人。”

如今，卢德文的生猪出栏了一批又一批，妻子的病得到有效控制。卢德文一家开始了新生活。

（作者：熊　伟）

人要有感恩的心，还要有感恩的行动。卢德文一家脱贫后，2020 年向武汉抗击新冠肺炎疫情捐款 1 万元。“这些年党和政府帮助我们这么多，这次疫情，我们也要帮帮忙。”这是卢德文和妻子兰家英的共同想法。

一粒米脱贫

“缸缸米”李朝文

南川区东城街道黄淦村7组有一家“放心米业”加工厂，厂长李朝文49岁，如今他的米生意越做越好了。谁知几年前，他还是贫困户。

2015年前，李朝文一家五口挤在破旧的土坯房里，母亲患有周期性精神分裂症，两个孩子上学，仅靠他一个人在外面帮忙送货维持生计，生活困难，被纳入村里的建卡贫困户。

李朝文帮批发公司送货。他发现批发公司卖的米是倒手业务，成本不高，利润可观。“村里的稻谷品种都差不多，口感也不错，要是将村里的稻谷收集起来加工成米，拉到城里去卖，会不会卖得更好？”李朝文寻思着。

他拿出所有存款买了一辆三轮车，在村里收购了几百斤稻谷，加工后拉到城里卖。就这样，李朝文的米生意开始了。

刚开始没有固定客户，有时候一天只能卖十几公斤，除去成本，挣不了几个钱。

李朝文想了个办法，他决定让顾客先带一些回家尝，如果好吃，再联系。就这样，慢慢地，一传十，十传百，固定客户越来越多，李朝文的卖米生意有了起色。2016年，李朝文卖了5万多公斤大米，发展了500多个客户。

“他的米口感、质量都不错，买他的米，我们放心。”世纪广场一小商铺的老板韦述贤说，不仅店里卖的米是李朝文供应的，她自己家也吃这个米。

李朝文肩扛大米装车

李朝文说，要让大家吃“放心米”，质量最重要，在收购稻谷的时候，首先做的就是选品种，看谷子的干湿度，如果遇到不同的品种，他要先自己品尝，口感不错再卖。

除了卖给个体用户外，李朝文在菜市场还有一个固定摊位，无论天晴下雨他都去。为了让别人记住他，他特意准备了两个褐色大缸，将米倒入大缸里卖。因此，大家给他的米取了一个名字：缸缸米。

李朝文的“缸缸米”名声越来越响，需求量也越来越大，每天拉去别人家加工也不方便。2017年8月，李朝文通过扶贫小额信贷贷了5万元，又找亲朋好友借了几万元，搭建了一个100平方米的加工厂，购买了一套价值11万元的打米机和选米机，自己当起了厂长。

李朝文自己算了一笔账，每斤米售价约为2.5元，每年销售七八十吨米，除去打米机的电费、小货车的油费等外，每年纯收入在10万元左右。

到2018年10月，“缸缸米”每天的销售量都在300公斤左右。在菜市场里，你问李朝文家的米在哪儿，可能知道的人不多，但若你问“缸缸米”，整个市场的人都知道，“你往里面走，看到两个大缸，就是‘缸缸米’。”

2019年夏季，李朝文每天要卖近500公斤米。他的手机通信录保存有1000多个电话号码，这些全都备注有具体地址，全是他的客户。

李朝文解释，近一年时间来，除了每日运米到摊位上销售，他还拓展了另外一个业务——向小区住户和企业食堂送货。“每天一大早开始装货，把需要单独配送的大米贴好门牌号卡片。等摊位上的生意做完，差不多10点过一点就配送。”李朝文说，每天摊位的销售量在300公斤左右，配送的量基本保持在200公斤左右，生意好的话配送量会更大。

“刚开始就是许多老客户来买，次数多了，便相互留了联系方式，下次直接送货上门。慢慢地，客人越来越多，存的电话号码也越来越多，有很大一部分客户，连我自己都不知道他们从哪打听到我的。”李朝文笑着说。

脱贫致富不是天上掉馅饼，李朝文每天早上5点起床，上午在摊位销售，忙完后就在南川城区开展送货上门服务，下午收稻谷，晚上再用机器打米，这就是他的一天。生意红火了，收入增加了，李朝文便把钱投资到厂房升级上。一年多了，他硬是连一件新衣也没添置。

在采访过程中，李朝文的电话多次响起，有联系卖稻谷的，有小区客人订米的，有收糠壳的。李朝文感叹道：“我是穷过的，深知幸福生活来得不容易，没有党的扶贫政策，没有大家的帮助，我也没有今天，我将更加努力。”

（作者：刘晓娟　崔　萌）

“缸缸米”李朝文的脱贫故事再次表明：党的扶贫政策铺好了路，只要肯干，就能脱贫致富。

DANG TAIYANG ZHAOJIN SHENSHAN

香桃熟了

六旬庄稼汉覃原

“老伴，我们家已经脱贫致富了。”

“你病重时常常念叨盼我们家好，现在生活好了。”

“老伴呀，我过上了我们过去天天盼望的好日子。”

……

覃原自言自语说着。妻子去世有几年了，好日子不能不告诉她。

63岁的覃原是重庆市铜梁区太平镇坪漆村11社的一位憨厚的庄稼汉子。他在贫苦的岁月里遇到了让他钟情一生的妻子。可惜，因为妻子的病，他家因病致贫，背上了沉重的债务。妻子临终前最大的心愿，就是期盼一家人不再穷。

太平镇坪漆村11社，曾经是一个贫瘠的夹皮沟，但如今这里鸟语花香，

覃原为桂花树造型

水泥公路修到家家户户。覃原一家也告别贫困，走上了致富路。覃原也常常给妻子念叨起现在的好日子。

因为穷，又是家中老大，还有5个兄弟和1个小妹，覃原没念啥书。长兄如父，在帮带弟妹的岁月里，他养成了勤劳、憨厚的品格。他擅长种植养殖业，有一手编篾货的好手艺。

村小的老师将侄女周克英介绍给覃原，两人一见钟情。覃原没跟家里要一分钱，牵着妻子的手，拿上手锤凿子，没日没夜地敲打后山的石头，为妻子盖出了3间石头墙壁的新房。

结婚第一年的冬天，覃原穿着薄薄的补丁衣服，深夜在煤油灯下编出了70多个精美的斗笠，用卖斗笠的钱，买了毛线给妻子编织了一件漂亮的毛衣。

“她性子很直，心里有啥不舒服的，或者对你有啥意见，都会直截了当地说出来，但都是为我好，”覃原笑着说，“吃红烧肉时，她吃小菜，会把肉都夹到我碗里。”

覃原和妻子去广东打工，节衣缩食的周克英不幸患上严重的胃病，后又得了阑尾炎、肿瘤，覃原四处借钱为妻子治病。

2009年，周克英高血压加重，突然中风半身瘫痪，为了挣医药费和孩子的学费，覃原除了种自家的5亩地外，还把搬到城里的亲戚家的土地全部租来种上果树。3年后，周克英不幸全瘫在床，几次抢救下来，覃原债台高筑。

周克英看着累成驼背的丈夫，不舍地拉着他的手说："别去大医院了，吃点草药，少点债，今后你没有那么苦，你岁数大了一定要幸福。"

没多久，周克英成了植物人，覃原通宵守候在床，自己还学会了给妻子换胃管和导尿管，希望奇迹发生。然而，5个月后，周克英还是走了。

妻子病故后，覃原感觉自己的身体都空了，他不停地劳作，以此驱赶心中对妻子的愧疚，两个儿子是他对未来生活的最大动力。

坪漆村地处偏远，属于深丘地貌，田少坡高，土地贫瘠，过去交通不便，村民收入不高，2015年被列为市级贫困村。

"真心感谢党的富民政策，让我们的生活变了样。"覃原说，村民们万万没有想到，这个夹皮沟能修出一条宽阔漂亮的水泥路。路通后，他和村民的20多亩土地都流转出去了，成了特种养殖堰塘，每年租金颇丰。

前来垂钓的人很多，覃原和村民们种出的水果再也不用挑出山，就被游客抢购一空。随着脱贫攻坚力度加大，区里、镇里干部常常来村里，和村民一起走田坎，爬山坡，拉家常，谋发展。

村民们还免费领到了香桃树苗和肥料，在农技员的指导下精心管护，如今，香桃已经挂果，覃原家的300多株桃树将为他带来可观的收益。

覃原还搞起了林下养殖，他在桃林和柑橘林下撒种油菜，拌上红苕和谷糠喂养生态鸡鸭，每次可养100多只。

近两年来，覃原还清了5万元的债，还给大儿子修了一栋漂亮的三层楼房。

覃原过上了好日子。他说，现在政策这么好，只要勤劳肯干，就能脱贫致富。

（作者：蒋明琴）

六甸庄稼汉覃原告亡妻："老伴，我们家已经脱贫致富了。你病重时常常念叨盼我们家好，现在生活好了。老伴呀，我过上了我们过去天天盼望的好日子。"覃原的这番话发自肺腑，让人感动，让人欣慰。他终于过上了好日子，这得益于政策好，以及他自己勤劳肯干。

苦尽甘来

『牛大嫂』蔡长友

蔡长友养了16头牛，这不是一个小数字，她说："预计可卖30多万元。"牛是家里的"钱袋子"，家里所有开销都靠卖牛。以前，她与丈夫在外打工，每年的收入缴完儿女的学费后，只能勉强度日，现在的幸福生活，那时候想都不敢想。

蔡长友是万盛经开区关坝镇田坝村大岗社人，我们称她"牛大嫂"。11年前的大年初二，正是万家团圆的日子，蔡长友的丈夫瞒着她，开着面包车去贵州接娘家亲戚来万盛团聚，本想给她一个惊喜，没想到在回来的路上却发生了车祸，车上9个人全部遇难。面包车早已脱保，蔡长友翻遍全身也只有100多元，家里还背负着5万多元的外债，别说生活，丈夫的丧葬费都是天大的难题。好在镇党委政府及时拿出3000元安埋费，她才勉强缓过来。

儿子4岁，女儿12岁，这个家怎么办？顶梁柱没了，蔡长友便成了这个家的主心骨，一家人的生活、孩子们的学习、家里所欠的债务都只能靠自己。迫于生计，蔡长友将两个孩子托付给娘家亲戚，独自外出打工。在外打工，没有文凭、没有经验，她把吃苦耐劳当作自己最大的本钱，什么脏活苦活都干，每个月的工资，除了补贴孩子和家用，剩下的全部存起来，而自己却啃馒头、吃咸菜维持生活。累了，饿了，苦了，受伤了，受委屈了，她都一个人独自扛着。整整4年，信守承诺的她终于把债还清了。

蔡长友准备牛饲料

“日子总要向前看。”2013年，在娘家人的介绍下，蔡长友与现在的丈夫结婚，有了新家庭，但丈夫无文化、无手艺，靠种地生活，还抚养一个念初中的女儿，结婚后3口之家变成5口之家，家庭负担更重。

2014年，蔡长友家因学致贫，被确定为建档立卡贫困户。屋漏偏逢连夜雨，这时，丈夫所在的煤矿关停，丈夫失业了。

一次一次坎坷，没有消磨掉蔡长友的意志，反而让她越挫越勇。2015年，她告诉丈夫一个惊人的想法：一直打工不是办法，家庭负担越来越重，要通过创业摆脱贫困。

“娘家有亲戚靠养牛赚了钱，我想我也能养牛。”

哪来启动资金，养牛需要钱买牛呀——梦想很美，而现实很残酷。

就在梦想行将破灭之时，关坝镇政府了解到蔡长友的创业想法，立即组织工作人员帮她解决资金难题，助其申办微型企业贷款。

2016年，蔡长友成功申请到15万元创业担保贷款，加之借来的10万元，夫妻俩开始动工建牛圈，买牛犊。

蔡长友没想到，买牛难，养牛更难。20头活蹦乱跳的西门塔尔牛犊，拉回来就变得没精打采。蔡长友赶忙请防疫站工作人员检查，原来牛犊因为长途运输，身体不适，有点感冒。

幸亏兽医治好牛犊。蔡长友意识到，养牛就要懂牛。她和丈夫开始学养牛，学防疫、打针、输液、灌药，学习搭配食料、饲养，熟悉牛的习性。

“每天早上四五点钟就起床给牛配草料，打扫牛圈，保持清洁通风。”蔡长友说，一有空闲，就学习。开初遇到牛生病，打针、输液，常常针打不准位置，牛就踢人，她和丈夫没少被踢，经常是左脚没好，右脚又肿了。

几年辛苦，蔡长友的养牛项目初见成效。“2017年初，我们还清了贷款；2019年，在亲戚朋友那里借的10万元也还了。”蔡长友高兴地说。

如今，蔡长友注册了万盛经开区长友肉牛养殖场，养牛场地250平方米，养牛16头，获微企补助2.7万元、精准扶贫小微贷款5万元。

“现在脱了贫，下一步，我们计划继续扩大养殖规模，达到年销售额45万元的目标，争取也能帮助到更多像我一样困难的人。”蔡长友说。

（作者：刘　倩　刘安安）

苦尽甘来，“牛大嫂”蔡长友靠养牛脱贫了。但这“甘”怎么来的？靠的是扶贫政策的支持和个人的勤奋。

猕猴桃能人

『脑瘫青年』汤召臣

鱼堰村位于巫溪县菱角镇东南面，属中低山至中山沟谷地形，海拔最低650米，最高800米，是大巴山深处一个典型的贫困村，一位“脑瘫青年”在这里创造自己的事业，不等不靠战脱贫。

28岁的汤召臣，是小儿麻痹症患者，肌肉及其他软组织发育迟缓，甚至退化，站立行走都困难，无法正常说话，很多时候靠手比画。

汤召臣一家6口人，爷爷汤先碧66岁，患有美尼尔氏综合征，姐姐汤江娥在上大学。过去，汤召臣的父母在外务工维持家庭生活，爷爷奶奶在家照顾汤召臣的生活起居，但随着爷爷年龄增大，病情日渐加重，常常晕倒，劳动能力大不如前。本不富裕的家庭日渐捉襟见肘。2014年，村里为解决他们家的实际困难，将他们纳入了建卡贫困户。

汤召臣虽脑瘫，但智力不瘫，打小就对种植业有浓厚的兴趣和天分，这些年，他一直希望通过发展种植业来帮助家庭增收，减轻家庭负担。

“我孙子经常对我们说不可能依靠我们一辈子，他要有一份自己的事业，能够保障自己的生活。”汤召臣的奶奶胡青菊言语中透露出骄傲和疼爱。

鱼堰村在一条狭长山谷中，坡地适合猕猴桃生长。早在10年前，汤先碧就种植了一亩多地的红阳猕猴桃，但由于缺乏技术，管理粗糙，收入很少。

汤召臣提出用新技术种猕猴桃。

但他懂技术吗？他念过书吗？

没有。他从小一直待在家里，没进过学校，不识字。

可如今谁不识几个字呀。

汤召臣想要认字读书，在家人和左邻右舍的帮助下，他慢慢可以读书写字了，几年后，能上网聊天。

他买来几本种植技术书，学习猕猴桃种植。现在他学会用手机上网查阅资料，了解最新的种植知识，在网上买东西、卖东西。

2017年9月，汤召臣在鱼堰村第一书记李争和的帮助下，流转了村民50亩土地种植猕猴桃，注册了“巫溪县长茂水果种植场”。汤召臣家的果园正式开始建设。

汤召臣的父亲汤旭章也回乡了，“祖孙三代齐上阵”，汤召臣出脑力，汤先碧、汤绪章出体力，耕田、立杆拉线，全是自己干；就连几百根水泥桩也是自己一根一根浇筑出来、肩抬背扛立起来的，一根100多斤重。

果园要赚钱，品种是关键。为了引进产量大、品质好的猕猴桃，汤召臣在爷爷的陪同下几次到四川广元考察，采购了5000株红阳猕猴桃种苗。

发展果园不是栽几棵树就了事，还需要道路、水源，投入不菲，李争和帮忙联系扶贫小额信贷5万元。就这样，汤召臣一家通过自筹、向亲戚借、小额信贷筹齐了10多万元，栽下了5000株红阳猕猴桃种苗。

为帮助果园成功运行，李争和又为汤召臣争取了近30万元道路硬化资金、10多万元山坪塘建设资金、3万元灌溉管道铺设资金。

汤召臣通过网络学习猕猴桃种植技术

目前，道路硬化已经完工，一个200立方米的山坪塘已经动工，3000米灌溉管道已铺设完毕。

"政府给了机会，帮了我们，我们就要好好干。"汤召臣比画着说。

汤召臣虽没有劳动能力，但脑子聪明，干事细致有恒心，"我们院子里的花坛，一年四季都是孙子打理，之前孙子还搞了一个小型养鸡场，一年能收入几千元。"汤先碧说。

汤召臣的脑力，加上汤先碧的体力，据李争和介绍，汤召臣一家早在2016年就脱贫了。

山野新绿。汤家的果园里，几千株猕猴桃青翠欲滴。

"要是1亩产2000斤，每斤卖10元，最低5元，一年就有几十万的收入。"站在果园边，汤先碧掰着手指头算账。汤召臣学会了通过网络销售自家的猕猴桃。

秋天，一个丰收的季节，这是汤家三代最大的愿望，而汤召臣还有一个愿望：某一天，希望尽快，某个姑娘喜欢上他，他娶了她。

（作者：林　静）

汤召臣，脑瘫，靠养鸡、种猕猴桃改变了一家人的生活。他的秘诀就是不断琢磨、探索，撸起袖子加油干。

DANG TAIYANG ZHAOJIN SHENSHAN

深『椒』贫困

花椒大户陈德彬

紧闭的农家大门、泥泞的小路、荒废的田地、杂草丛生的山坡……2014年夏天，来到重庆市大足区季家镇新水村，映入眼帘的便是这般景象。

但时隔6年，相同的季节，再到新水村，却已截然不同：原本荒芜的山坡已经不见杂草的踪影，取而代之的是花椒树，林下是干净的生产便道，林中是有说有笑的采摘人……

这样的变化，得益于当地一个叫陈德彬的村民。

陈德彬2015年之前一直在外打工，日子过得还算不错，特别是到广东一家大型木工板厂上班之后。“在物流这一行干了十几年了，一年挣个30多万元不成问题。”陈德彬说，回乡前几年，他当上了公司的管理人员，当时底薪有1.8万元，加上提成，每个月收入在3万元左右。

这么高的工资，为什么还要回到农村？

“一年能挣几十万元又如何，难道要等到老了才回家养老吗？”对这样的人生安排，陈德彬不甘心。

从2013年开始，回乡的种子就在陈德彬心中萌芽了。每年回家过年时，陈德彬都会到处打探一下能做点什么？

2014年6月，陈德彬一个人悄悄地从广州飞回重庆，到江津区先锋镇考察花椒种植。看到当地丰收的景象，陈德彬心里暗喜：新水村的条件也能种花椒！

2015年春节，陈德彬一家和往年一样回到新水村过年，然而这一次，他们却没打算再出去。

陈德彬（左一）向贫困户传授花椒种植技术

那一年，陈德彬就在新水村6组以每亩100～250元的价格流转了380多亩土地，发展花椒种植，土地流转、人工、种苗等投入总共花了90多万元，几乎用光了他所有的积蓄。

陈德彬刚回来种植花椒时，附近的村民都纷纷议论他，有人说他犯傻，有人认为他的投入早晚会“打水漂”。

花椒种植投入大、见效慢，一般要3年才能初次挂果。陈德彬通过不断“钻研”，打破“定律”，他种的花椒次年就挂果了。在花椒种植的每一个过程中，陈德彬都仔细摸索，功夫不负有心人，他的努力创造了“奇迹”。

陈德彬说，2020年他又增加了几百亩，现在花椒种植总面积已有780亩。如今这些花椒进入了丰产期，株产在30斤到35斤，亩产可达1500斤以上。

选择回乡种花椒，陈德彬的心里还有一个重要的想法：改变新水村贫穷落后的面貌。

如今，陈德彬的花椒基地初见成效，附近的村民都搭上了“顺风车”，许多村民都愿意跟着他一起干。陈德彬的叔叔、73岁的陈昌友就是其中之一。2020年，陈昌友早早把6亩蔬菜土地全部整理出来，并在附近承包了10多亩土地，陈德彬的苗子一到，就全部种上了花椒。此外，万古、龙水等10多个镇街的农民纷纷前来学习。

“陈德彬帮我们订购花椒苗没赚一分钱，还免费为我们提供技术指导，所以大家都愿意跟着他干。”今年种了10多亩花椒树的村民杨北方一语道出了村民的心声。如今，陈德彬的花椒基地俨然是一所“农民田间学校”。

2020年6月中旬以来，丰都县湛普镇进入花椒丰收期，但大家却愁眉不展：受疫情影响，以往的花椒销售渠道断了。急于冲破困局的湛普镇政府和丰都县农业农村委向大足区发来求助信息。大足区农业农村委研究后，动员百信生态公司以高于市价的价格收购10吨花椒。公司负责人陈德彬当即答应，于2020年7月2日在湛普镇各村开始收购花椒。

晚上，装货点灯火通明，工人将一箱箱鲜花椒搬上大货车，一辆辆大货车径直开往成都、绵阳等地。每晚，装货点工人要从晚上7点忙碌到凌晨5点，日均发货50吨。

解了燃眉之急后，陈德彬已经开始下一个谋划：帮助湛普镇的一些村集体销售库存的干花椒。

（作者：刘　星）

自己富了，不忘其他贫困户，花椒大户陈德彬“先富”帮“后富”，给他点赞。

勤发『羊财』

羊倌田玉华

刚出生不久的羊羔“咩咩咩”地叫唤着，声音回荡在山村。这是秀山县海洋乡小坪村。

几十只山羊跟随羊羔，此起彼伏叫开了。在田玉华听来，这声音如美妙的音乐。金秋的阳光染得田间一片金黄，收获的季节，田玉华满脸幸福。

田玉华46岁，小坪村村民。80多只山羊是他养的。

田玉华原本身体健壮，靠自己的建筑手艺，一家人的日子过得还算宽裕。10年前的一场意外，让他的生活彻底改变。“当时在工地修房子，第一层楼已经修好了，修第二层楼的时候，我下来撤脚手架，不料脚手架突然垮了，我摔在地上，顿时失去知觉，后来下肢基本瘫痪，三级残疾。”说起当年的事故，田玉华满脸忧愁。

靠着坚强的意志，田玉华最终站了起来，但走路大不如从前。

“2009年，妻子也被工厂辞退了。家里为我医病欠下债务。”身残的田玉华不想成为家里的累赘，他决定自己创业。

考虑周围荒山荒坡多，田玉华决定养羊。

没有技术，田玉华一开始就“栽了跟头”：越冬入春后，种羊成批死亡。

“其实就是很普通的肝片吸虫。”在县畜牧中心的帮助下，田玉华找到了“真相”。他认识到技术的重要性。在县扶贫办的支持下，田玉华前往西南大学培训。加上自学，一年下来，他的产业有了起色。“羊发展起来很

“羊倌”田玉华

快，经济效益高。当年我就收入了好几万元。”田玉华介绍，自此后，他很快还清了债务，还盖了一栋小洋房。

致富后，田玉华也想让更多的乡邻富起来。2011年，田玉华建起了专业合作社，成为秀山县永鑫养殖股份合作社的法人代表。“现在我们合作社有163户社员，”田玉华介绍，合作社定期给社员培训养殖技术，负责免疫，还保障销售。加入专业合作社后，没有技术的农民也能放心养羊。

“2019年，本地市场活羊只卖14元一斤，我们专业合作社从社员手中买，17元一斤。我们专业合作社有专门的市场推广员，羊都卖到广州等沿海城市，价格比卖给本地二道贩子高。”田玉华算了一笔账：肉羊一般70斤左右，以价差3元算，社员在专业合作社每卖一只羊就多赚200多元。

“你家的羊长得怎么样？下崽了没有？”闲时，田玉华就到处走走看看，指导村里的社员养羊。

田玉华还免费为贫困户送种羊。

“他3月送我两只母羊，现在下了4只羊崽，打算今年发展到10只，明年发展到20只，帮我们家庭增加收入。”大溪乡力大村村民姚金连最近非常高兴，因为自家的一只母羊刚刚下了两只羊崽。

大家富才是真的富，对于山羊产业，田玉华有着自己的理解。“光靠我一家养得再多，也有局限性，大家养，一是环境，二是草场资源，都可以得到充分利用，这样我们的产业就能做大。”

近两年，田玉华共为16户残疾贫困家庭送羊30多只，价值3万多元。他们有的是本乡人，有的是其他镇的。一大批农村残疾人在他的带动下逐步摆脱贫困，慢慢过上了幸福生活。

“羊倌”田玉华带领乡亲发羊财，一边收获，一边播种，用实际行动诠释着残疾人自强不息的精神。

（秀山县委宣传部供稿）

田玉华虽有残疾，但不“等靠要”，通过勤奋养羊也脱贫了。一边收获，一边播种，田玉华希望尽快实现小康生活，用实际行动诠释残疾人自强不息的精神。

白鸟鱼翻身

『渔家人』黄祖华

父子俩守着屋前沟田的几十亩鱼塘，母亲在不远的何埂镇一处水面20余亩的池塘“驻守”……在永川，黄祖华可谓是远近闻名，他一家三口基本上以养鱼为生。

“一家人都喜欢养鱼，也正是靠着养鱼，我们一家人才会咸鱼翻身、苦尽甘来，过上幸福的日子。”临江镇建卡贫困户黄祖华的儿子黄家君微笑着说。

黄祖华家住临江镇天堂村狮子滩村民小组槽水屋基，距离临东场镇较远。妻子陈善莲是肢体三级残疾，做点轻巧活儿倒没什么，但肩挑背磨的体力活就做不了，所以黄祖华很少外出打工。2011年，他家被纳入建卡贫困户。

黄祖华吃得苦，脑子灵。

走进他家现在住的两楼一底的楼房，谁也不会相信，这幢楼房竟然没花什么钱。距黄祖华家约1里多路，有一个石山坡，石匠出身的黄祖华每天天不亮便到石山坡，自己开采石头，打成方条石，一块一块地挑回家。他请了两三个师兄弟帮忙，硬是把楼房修了起来。

“原来就是石头屋，外面搓砂都没做，后来有点钱了，再做了简单的装修。”黄祖华语气中透着自豪。

黄祖华不缺力气，但守着一亩三分地，日子过得紧巴巴的。槽水屋基处于两边沟田交汇的低凹处，水田多，水源充足。黄祖华想到了养鱼。

2012年，黄祖华投入1万元左右，把自家的2亩水田改造成了鱼塘。他摸着石头过河，主要养殖常见的家鱼。没想到，当年收获不错，这更加坚定了他的信心。

2014年，黄祖华东拼西凑，投入近10万元转包了屋前两块10多亩的水田，请来几个帮手，砌坎子，平整路面，把水田改造成了鱼塘。

妻子有些埋怨，家里这么穷，还欠那么多账，何苦要穷折腾呢。后来，见埋怨不起作用，她转而支持起丈夫来。

在家里，儿子黄家君很喜欢到鱼塘边帮父亲投放饲料、跑腿等。2011年，黄家君考入云南农业职业技术学院，开始水产养殖三年制专科学习，决心走科学养殖的道路。其间，黄家君了解到有一种鱼叫白乌鱼，学名白甲乌鳢，是一种非常珍稀的优质鱼类，具有很高的观赏价值和食用价值。

初生牛犊不怕虎。黄家君跃跃欲试，“怂恿”父亲养殖白乌鱼。看到儿子见识比自己多，黄祖华便投放1万元的鱼苗。然而，事与愿违，当年，鸟害严重，白乌鱼损失很多。看着一天天长大的白乌鱼被鸟啄食，黄祖华心痛不已。

黄祖华（右一）和儿子清理鱼塘

初次养殖失利，并没有打消黄家君对养殖白乌鱼的积极性。2014年，黄家君从云南农业职业技术学院学成归来，决定甩开膀子大干一场。他倾尽所学，但由于缺乏经验，摸索过程中，白乌鱼死了不少，一下子便亏了四五万元。

“后来，我和父亲收缩战线，不再向外购白乌鱼苗，而是用剩下的部分白乌鱼作为母鱼，自己培育鱼苗，进行小规模养殖，把重点放在白乌鱼苗的培育和销售上。”黄家君说。现在，黄家君负责白乌鱼繁殖，他家的白乌鱼苗销路不错，30元/斤的上门收购价，仅此一项，每年就有近2万元的纯收益。

2018年，黄祖华父子到何埂倒包了两块17亩左右的鱼塘。平常，母亲在何埂看守鱼塘，父子俩隔三岔五去看看。

目前，黄祖华一家的鱼塘扩大到近60亩，按每亩产量800～1000斤，每斤8元计，每年毛收入在40万元左右。同时，他还带动三四十户周边村民养鱼致富，常年为他们提供优质鱼苗和免费技术服务。

指着屋前右边已经干涸的水田，黄家君说，准备再扩大10多亩养殖规模，把“黄记渔家”的名号做得更响。

（作者：龙远信）

种植养殖是贫困户脱贫的主要手段。黄祖华勤劳养鱼，一家人过上了好日子。养鱼，看似简单的项目，但要技术。脱贫致富除了勤劳，还得掌握一门技术。这是黄祖华成功的经验。

烂泥巴也是钱

胡代友

"咯咯！咯！"雄鸡刚叫第一遍，人们还在梦乡，胡代友就起床了，开始一天的劳动。

他起这么早干啥？用他的话说，他要靠自己的双手，永远摘掉贫困户的帽子，过上小康生活。

胡代友，渝北区茨竹镇放牛坪村二组人。2016年，因母亲和他患重病致贫，他家成了贫困户。两年来，他靠自己勤劳的双手，于2018年脱贫，目前正处于巩固脱贫阶段。

这是6月初。胡代友起床，开始切猪草，煮猪食。一头母猪，正怀着猪崽；五头肉猪，正是长膘的时候。他计算着，仅养猪的收入，一年就有3万多元。他干起来特别有劲。

两大锅猪食煮好，天才亮，他又忙着煮一家四口人的早饭。母亲和岳母都80多岁了，妻子身体弱，让她们多睡一会儿。

7点刚过，胡代友吃过早饭，带上中午的饭菜出门，到村上梨园合作社

胡代友在梨园查看果树病虫害情况

管理果树。

胡代友总念叨，这份工作得之不易。2017年，他刚治好病，身体虚弱，干不了繁重的农活儿，一家人的吃喝、老人的凉寒感冒，桩桩件件都需要钱。前两年母亲住院，家里改造住房，虽说报销了部分医药费，领取了危房改建补助，可还是借了2万多元。生活重担都落在妻子肩上，胡代友的心，就像煤油灯上积了灰，灰蒙蒙一片。

镇上扶贫办公室的干部了解他的情况后，专门给他找了这份工作，一月1800元的工资，可以解决一家人的日常开支。他还用结余的钱，买了小鸡、小鸭，随后又养了猪。一家人的生活渐渐有了起色，一年后，他家脱贫了。

在梨园，胡代友一边锄草，一边将修剪梨树时散落在树下的枝条捡到路边，一捆捆扎好。他管理的梨园，梨树下的草铲得干干净净，梨树枝条错落有致，果子长得大。人们都说他管理得好。

中午，胡代友吃完带来的饭菜，休息片刻，又回到梨园。他要赶在下班前把工作干完。胡代友说，这份工作是扶贫办干部对他的支持、对他的信任，必须干好。

下班后，胡代友扛着一捆梨树枝回到家，梨树枝用来当柴烧。他放下树枝，马上来到稻田边，挽起裤脚就下田，帮妻子扯田里的草。“杂草要及时扯掉，不然跟水稻抢肥。”他对妻子说。

“烂泥巴不要嫌，翻来翻去就是钱。”这是胡代友经常挂在嘴边的话。最近几年，他种了4亩田、5亩地，是利用空余时间与妻子一道种植的。这解决了吃的问题，还解决了养殖家畜的饲料。

天快黑了，胡代友在回家的路上一边走，一边割鱼草。他把鱼草倒进鱼池的时候，天完全黑了。2019年，他听从镇扶贫办干部小刘的建议，养了鱼。鱼塘有3亩多大。每到周末，城里人三五成群地来鱼塘钓鱼。妻子为客人加工鱼，熬土鸡汤，做地道的农家菜，收入增加不少。

晚上9点多，胡代友感觉有点累，他躺在床上，坚持看完喜欢的“战争片”才休息。

这就是胡代友忙碌而又快乐的一天。每一年，每一天，胡代友都在编织自己的幸福。

（作者：杜春成　刘　燕）

“烂泥巴不要嫌，翻来翻去就是钱”，胡代友这句话值得思考。谁看得起烂泥巴呀，但是只要用好了，一样挣钱。

再当『蛋妈妈』

『鸡妈妈』余琴

“大同村农家土鸡蛋销得好哟，基本都要提前预订才能买得到。”在长寿区云集镇大同村益农信息社内，余琴一边乐呵呵地告诉记者，一边将鸡蛋装进礼盒中。

云集镇大同村地势偏远，产业薄弱，全村2600余人，贫困人口一度多达300余人。近年来，在扶贫干部的全力帮扶下，贫困户自力更生，干群齐心努力，如今大多数贫困户已实现脱贫摘帽，余琴就是其中的一员。

余琴30多岁，4年前，因丈夫身患重病，她放弃在外的工作，带其回老家治疗。不菲的治疗费，让这个不富裕的家庭迅速陷入贫困。

为了增收，余琴开始尝试养殖土鸡，一个人忙不过来，她就只买四五十只鸡苗散养。但要补上家庭开支的“大窟窿”，养几十只土鸡还远远不够。

这一切，驻村扶贫工作队的队员和村支两委干部都看在眼里，记在心里。如何帮助这个家庭渡过难关？大家第一时间将余琴一家确定为精准扶贫帮扶对象，积极为其联系大病保险、医疗费用减免补贴事宜，还送些米、油等日常生活品……“我还年轻，得自力更生。”面对干部们的热情帮助，她总是婉言谢绝，她相信靠自己的双手能摘掉贫困帽。

“最好的帮扶就是就帮她养好鸡。”此后，扶贫干部经常来到余琴家中，和她探讨养殖技术，送些养鸡方面的书籍，引导她稳步扩大规模，提高养殖效益。余琴也通过不断摸索，走上了“鸡生蛋、蛋孵鸡”的循环发展之路，养殖规模一度扩大到400余只，卖土鸡蛋、鸡苗的收入一年也有上万元。余琴靠着养鸡成功摘掉贫困帽。

一时间，余琴养鸡脱贫的故事不胫而走，村民们乐于向她讨教养殖技术。在她的影响带动下，大同村不少贫困户也开始小规模养鸡，大家还给她取了个绰号叫“鸡妈妈”。

“鸡养多了，蛋却不好卖了。”扶贫工作队的队员们在走访中发现，村里不少养殖户年龄偏大、行动不便，鸡蛋堆着卖不出去。为了解决卖蛋难的问题，扶贫干部依托村委会，办起了电商，主动上门收蛋，以略高于市场的价格收购村民们的鸡蛋，再统一包装、统一销售。就这样，大同村发展电商卖土鸡蛋渐渐有了起色。

找到出路，扶上马，再送一程。扶贫干部为了让电商不断档，并持续带动村民增收致富，他们想到了养鸡能手余琴，决定将其吸纳为村上的本土人才，专门负责电商事宜。

余琴正在统计鸡蛋销售情况

“这件事必须干好。”余琴毫不犹豫地接受了这项任务。凭着苦干实干，懂得电脑技术，余琴迅速成为大同村电商发展的核心骨干，她也成为大同村农家土鸡蛋的指定联系人。

接手了电商的工作，家里的活儿就顾不上了，余琴索性把几百只鸡全部卖掉，专职做起了“蛋妈妈”。“一个月能卖好几千个鸡蛋呢！”余琴打开电脑上的统计表，笑着说。

大同村农家土鸡蛋一上线，巴味渝珍电商平台便订单不断，村内的土鸡蛋几乎卖断货。“我们要塑造品牌，让大同村农家土鸡蛋打开市场。”余琴说，接下来他们还将继续完善土鸡蛋质量监控体系，以电商发展巩固脱贫成果，并稳步带领村民们致富奔小康。

（作者：徐熙孟）

脱贫真的很难吗？现在政策好，市场也好，余琴勤劳肯干，通过养鸡实现了脱贫。

DANGTAIYANG ZHAOJIN SHENSHAN

天路奇迹

毛相林

“你们不怕死吗？”

“哪个不怕死哟？为了娃娃们有条路可以走出去，而不是爬出去，死也值了。”

那莽莽高山燃烧了大家都不会知道，高山下的村民，他们的心在燃烧的时候又有谁知道呢？

去往下庄

他们住在井里，400余人。

井不是他们挖的，是大自然造的——连绵大山围拢而成。相比又高又陡的大山，人像蚂蚁，房屋像散缀在山中的小花。据称，从井口到井底，垂直高度1100多米，井底直径1.3公里，井口直径不到10公里。

准确地说，他们住在一座山的“小腿”位置。站在屋前，四周山峰赫然耸立，山腰硕大的石壁似乎触手可及。石壁光秃秃的，一根草也没有，在阳光照射下，闪着淡青色的光。太安静了，仿佛可以听见石壁内部石头生长的声音。

这是美丽的巫山下庄。它藏于小三峡的源头深处。山脚清澈的溪水从两山间的一条窄缝潺潺流出，河床里满是古老的鹅卵石和怪异的巨石，坚硬无比。石头是这里的风景。下庄的美是硬的，硬得纯粹，硬得滚烫，硬得像要燃烧起来。

一个夜晚燃烧起来，20年前的那个夜晚。“老觉得像是昨天的事。”毛相林说。

如此滚烫的心。夜晚燃烧之后，下庄开始无数次被讲起，一次又一次被刻写。有人把它写成剧本，有人写进书里，有人作以雕塑，有人巡展于城市。2019年，毛相林数次演讲，更有众多媒体连篇累牍报道。毛相林一直是故事的主角，已是新闻常客，被称为“当代愚公”，影响了很多人。

20年来的百余篇报道，概括起来，主要关注毛相林的“三条路”：一是他带领村民7年拼搏在悬崖绝壁上凿出一条“生存路”；二是他带领大家蹚出一条“脱贫路”；三是他为下庄铺就一条“振兴路”。毛相林是大山中的一位普通农民，但他的意志和内心并不普通。不少媒体称他为“当代愚公”，或者“下庄精神”的代表。这些说法高度凝练，让我难以感受那精神的肌肤（它的真实现实），感触不到熊熊燃烧时的温度。我反反复复听毛相林的演讲，一遍又一遍阅读新闻报道，我想弄明白，是什么东西点燃了那个夜晚。

据说到过下庄的，必定还会去第二次、第三次……方四才，多年前的下庄驻村干部，自离开后，每年回来一两次；侯长青（《下庄人》一书作者）1999年第一次到下庄，今年已是第30次来了。他说，总觉得下庄有割舍不掉的东西，每年来看看，走走，心一下就静了。

虽然有太阳能路灯，有汽车、摩托车，有智能手机，有白晃晃的马路，有多样的利益冲突，但下庄依旧保持一种未被浸染的纯自然状态。相对于外面世界的烦与躁，在这里，"存在"是那么纯，那么透明。走在下庄的路上，有一种"存在"就在身旁的感觉，好像我们的"存在"回来了。这是"诗意地栖居"吗？是的。

下庄早在5年前就已整村脱贫，现在又如何？我想搞清楚，在奔小康的路上，下庄人是否还有那滚烫的心。我来到下庄，想认识这个坚硬的世界，感受一个特别的心灵。

下庄，云之下

"看，那就是下庄。"站在大山"肩膀"的位置，带路人指着山下远处说。

"除了一团云，什么也看不见。"

"下庄在云的下面。"

没有谁可以赶走这团白云。从早到晚，云时左时右，时而又在下庄头顶，好似一团祥云罩住下庄。我想到艾特玛托夫的《成吉思汗的白云》，无论何处道理相似，唯善行方能留白云。

白云下的人家，从上到下，一排排，一层层，错落有致，非常整洁，那么安静，安静得让你不由得去欣赏它。一家一栋，两层的，三层的，再有几排土墙老房子，更是清新、雅致。蜿蜒的水泥公路直通家家户户院坝，为这块隔绝的天地增添了新的想象。当你凝视它的时候，总觉得它长满神奇。

5月中旬的下庄，麦子还未收割完，村民房屋前后左右金黄的麦子和绿油油的果蔬相映成画。麦穗硕大，麦粒饱满，麦浆雪白，我尝了一粒，淡淡麦香，再吃两粒，满口清香。

村主任毛相林的家在上排，站在二楼阳台可以更好地俯瞰下庄村。院坝前种了好些花，玫瑰开得热烈，月季艳丽着呢。

很多人叫毛相林"毛矮子"。今年62岁的他皮肤黑黄，满脸沧桑，总是带着憨厚的笑容，好像望见了一年的好收成。可当他戴上眼镜，低头写字的时候，看起来就不那么像农民了。

他是一个有胆识的人，有人认为他心善，无私心，平心做事；有人说他讲原则，苦身厉行，有担当；有人提到他执着，倔，干事情总有"不破楼兰终不还"的勇气。还有人说他很纯，（精神世界）纯得无杂质，纯得不动摇。方四才特别强调这点。我注意到一个细节，在一群人围坐一圈谈论下庄当前情况的时候，他一提到毛相林，眼睛瞬间就湿了，哽咽得说不出话来。这位五旬汉子曾和毛相林一起奋斗过。

是呀，毛相林就是这样一个人，有大山的纯朴、大山的仁义、大山的力量。

一个人有那么多追求，浓缩起来其实就一点：努力过上幸福生活。毛相林不同的是，他想让下庄人都过上幸福生活。这不容易。

新冠肺炎疫情改变了毛相林的想法，他决定尽快动起来。

“疫情发生后，我更坚定了这一想法。”

“为什么？”

“疫情初期，一些外出打工的回来了，没想到疫情缓解后，不少人不愿意走了，他们觉得下庄越来越好，想留在下庄干，还有几个在外打工的给我打电话，也想回来。”

这一“留”，让毛相林既高兴也倍感压力。新的挑战呀，出乎意料。过去下庄人最大的梦想是走出去，从“无法走出去”到“可以走出去”，是下庄的一次巨变；如今从“想出去”到“想回来”，下庄面临一次更深远的改变。

毛相林重新谋划下庄的发展。他准备启动一个“鲜花工程”——家家户户屋前和道路两边栽满花；他计划给房屋上色，“已向上级部门申请了，争取明年村里统一刷成赭黄色”；他思量打造“下庄古道”“桃花源”等景点，吸引更多游客。“让下庄更美更幸福”，谈起下庄的未来，毛相林语气骤然一变，好像又回到了20年前，又看到了那个燃烧的夜晚。

他的心又燃烧起来。对美好生活的渴望，像一团火在他的胸膛里燃烧，像太阳一样闪射出光芒。

2020年5月13日晚，下庄召开村民院坝会。村民们围成大圈，就下庄发展，你一言我一语，提意见、讲看法。毛相林边听边记。一村民因为修旅游项目要占自家自留地，很不满。“以前修路有多苦，大家都忘了吗？当初修路为了什么？现在又为了什么？那个时候大家不怕死，死不怕。怎么到了现在，因为自己的一点利益受损，就不考虑发展了呢？”毛相林的一席话，让这位村民沉默了。

“那时候硬是把脑袋拴在裤腰上的！”“现在都不敢想，以前是怎么熬过来的？”……村民们议论纷纷，气氛热烈。

“过去是要吃得饱，现在是要吃得好。我们对修路的父辈怀着感恩之心，只有搞好发展，才能不愧对他们！”说话的是村里的“90后”——毛连长，他之前在外地打工，疫情期间回到下庄。现在他留下来，在下庄干。

院坝会结束时，已近11点，毛相林开始整理工作笔记。他计划在2023年带领全村人奔更高水平的小康：人均年收入达到2.5万元，全村目前大概只有20%的人达到这个水平。“要想按期实现这个计划，必须把每一位村民发动起来。”毛相林说，让下庄人的心都燃烧起来，像20多年前修路那样，哪怕牺牲性命也一定要修通。

燃烧的夜晚

“过去没有这条公路，你们怎么走出去？”

“只能爬出去。”

毛相林家背后隐藏着一条古道，道路陡峭，有108个“之”字拐。健硕的下庄人空手爬上去也得几个小时，去趟巫山县城，一来一回至少4天。侧

毛相林（左一）与技术人员研究修路事宜

边山上是另一条古道，那更陡更险了。毛相林的母亲从这条路嫁到下庄。她说：自走了那一次，这辈子再不敢走第二次，好几个地方陡壁悬崖，必须用绳子把你拉上去。

据统计，先后有23人在悬崖上摔死，75人摔伤。“山里的水果运不出去，只能烂在地里；大量的药材无法卖出去，只能当柴火烧了；成群的猪羊赶不出山；生了急病的村民抬到半路就咽了气；山外的姑娘打死也不往山里嫁，男人们只能打光棍……”毛相林说，许多人从生到死都没能走出大山一步。

下庄人渴望走出去，不是爬出去。谁去修条路呀？下庄不是没有修过路，却一直没能修成。

毛相林站了出来。200多年前，他的祖先带着家人走进来，而今他要带领大家走出去。

没有人回答为什么巫山会有这么多高山。一出巫山县城，汽车迅速扎进群山腹地。风景壮美，道路奇险。过了巫山竹贤乡场镇（传说“竹林七贤”

中的阮籍在附近活动过，故得此名），半小时车程来到下庄村与双河村的交界处。此地海拔近1200米，相当于大山的肩位。景观突变，两山肩挤肩，中间仅3尺宽窄缝，头上千仞绝壁，脚下万丈深渊，没路，也不可能修出一条路，因为无一处立脚，无一寸土。

向石壁要路。毛相林带领下庄人用双手在石壁中刨出一条公路。他们创造了奇迹。人们把这条路称为“天路”，媒体称他们是“当代愚公”。古老神话在社会高度发达的今天有了现实版。

重庆市直辖那一年，毛相林接任下庄村党支部书记兼村主任。下庄的闭塞和贫困，成了压在他心口的一块大石头，他寝不安席，食不遑味。他说：“那年7月，我从县城参加完村干部培训回来，坐在下庄井口的岩石上，看着井底的下庄，我就想：改革开放这么久了，下庄还是老样子，我这个村支书如何向村民交代？如何向党组织交代？当时，我心里就起了修村公路的打算。心想，就算再难，我都要带头冲一冲！”

村民有的怀疑，有的担心，有的说他疯了。毛相林一个个说服动员：“山凿一尺宽一尺，路修一丈长一丈。如能前进一丈，绝不后退一尺。我们修不完还有儿子，儿子修不完还有孙子，总有修完的一天。”

他们没有挖机，没有运输车，没有任何机械设备，连一台钻机也没有，只有绳子、箩筐、钢钎、大锤和一双手。

没有钱，没有物资，没有支持，唯有一颗燃烧的心。

毛相林带头，拿出母亲的700元养老钱，作为第一笔修路资金。村民们自发筹集近4000元，毛相林又以个人名义向信用社贷了1万多元。1997年农历冬月十二，毛相林带领村民炸响了向封闭与贫困宣战的开山炮。他们腰系长绳，站在箩筐里，再吊在几百米高的悬崖上打炮眼；没得挖机，就在悬崖峭壁上先放一炮，炸个立足之地，然后再用钢钎和大锤凿。他们以最原始的方式，空中荡，壁上爬，钢钎撬，两脚蹬，步步为营向前推进。

从工地回家，要翻山越岭，走大半天。晚上他们只能睡洞穴、岩壁，为防止熟睡后滚下山崖，腰间系一根麻绳，绳子再绑在一棵树上。寒冬，山上的雪整天整天下，树是白的，岩石是白的，锅碗是白的，在白茫茫一片的世界，他们像一尊尊周身冒着热气的雕塑。

1999年8月，26岁的沈庆富被峭壁上落下来的一块大石头砸中头部，掉下悬崖。村民们把他拉上来的时候，他早已僵硬冰冷。所有人都哭了。

9月29日，沈庆富出事50多天后，悲剧再次发生。36岁的黄会元在用钢钎撬动岩石时，一方巨石当头滚落，他被砸到300多米的深沟里，拉上来时，已不成人形。《下庄人》一书是这样写的："黄会元从悬崖上摔下去的时候，乌鸦在头顶上不停地盘旋、哀鸣，凄厉的叫声，划破长空，在山谷间久久回荡，令人毛骨悚然……六条汉子一动不动地站在鸡冠梁上，成了岩石上的'岩石'，私钱洞口的男男女女都成了一组雕塑，没有语言，没有表情，没有眼泪。过了一会儿，六条汉子齐刷刷脱掉上衣，手持平常点炮用的香，朝着黄会元摔下去的方向，一起跪下。"他们祭黄会元，祭天，祭大山，祈求修路顺利。

两月不到，死了两个年轻人，毛相林万分愧疚、自责。送黄会元遗体回家时，他做好了挨骂、挨打的准备。可黄会元的父亲、72岁的黄益坤见到毛相林时说的第一句话是“谢谢你们把会元找回来了”。

黄会元的灵堂设在院坝，村民都来了，气氛严肃、悲恸。路还能修吗？再死人啷个办？毛相林想听听村民的意见，他站在灵堂中间问：“今天大家表个态吧，这个路还修不修？”

“修！必须修！”人群中黄益坤第一个站出来，接着，男男女女手臂高举……

“修！”

“必须修！”

下庄人的心燃烧起来。下庄燃烧起来。

整整7年，下庄人在悬崖绝壁上抠出了一条8公里长的“天路”，6个人永远睡在了这条路上。2015年，毛相林带领村民用半年时间将道路升级成3米宽的碎石路，车子能进村了。2017年，在巫山县委县政府支持下，道路完成硬化加固，并加装护栏。如今，从下庄出发到县城，只需一个半小时。路通了，下庄人终于“走”出了天井，36人上小学，132人上中学，29人考上大学。下庄人的日子变了。

下庄的历史

下庄有它独特的历史。他们的祖先什么时候来到这里？年轻人说不太清楚，毛相林珍藏了一本《毛氏宗谱》。“从湖北逃难而来，有两百多年。”他说。

宗谱记载，乾隆二十年左右（1755年前后），毛家始祖携妻逃到下庄，他们一路不知经历了多少艰辛，也没有记载从哪条路又如何进入下庄的。从此毛氏宗族在这里开枝散叶。

在离毛相林家不到百米的地方，残留一段古老的石板墙，墙面光滑，历史风雨留下条条纹路，一些地方斑斑驳驳，墙中央有一扇门，门槛石是一块平平整整的大石板，高高的，跨过去必须尽量抬高脚步，这是特别有讲究的。门左右两边刻有两行字："云润星辉光凝化日新恩传　兰馨桂馥瑞蔼阳春世泽长"，字的下面雕有寓意吉祥的动物图案。有必要注意每行的最后三个字，"新恩传"，"世泽长"，意思显明——只有把恩情一代一代传下去，世泽才会绵长久远。

这些刻在石头上的文字是否也刻在下庄人的心里？我想是的，可能有的刻得深，有的刻得浅，还有个别已模糊，在毛相林那里是越刻越深，他说：下庄人绝不能忘恩。

下庄文化广场建于村口，广场一侧有一块"下庄筑路英雄谱"，上面刻满102位当年以生命挑战悬崖的村民的名字。这是一座丰碑。毛相林说，要让我们的后辈永远记住他们，记住今天的幸福生活是他们用血与泪一点点拼出来的。铭记历史，懂得感恩，厚植精神，这是下庄人值得人们敬佩的品格。

文化广场的主建筑是600平方米的"下庄精神"文化陈列馆，里面陈列了当年修路时用的钢钎、大锤、二锤、绳索、箩筐、铁棒等物品，但让人瞩目的是一组再现修路情景的雕塑——瘦削的汉子用铁环套住自己，吊在悬崖上挥舞铁锤；头发蓬乱、赤裸上身的村民用钢钎撬动巨石；一个孩子在山崖下，烧火煮饭……我凝视着这青铜般的雕像，泪水止不住地滚落。

《毛氏宗谱》还记录了毛家十条家训、六则家戒，这些“老规矩”特别有意义，毛相林很重视。家训第一条“培植心田”；第二条“品行端正”：“从来人有三品，持身端正为良，弄文侮法有何长，但见天良尽丧，居心无少邪曲，行事没些乖张，光明俊伟子孙昌，莫作蛇鬼伎俩”；其余八条：孝敬父母、友爱兄弟、和睦乡邻、教训子孙、矜怜孤寡、婚姻随宜、奋志芸窗、勤劳本业。六则家戒：“戒游荡、戒赌博、戒争论、戒攘窃、戒等法、戒酗酒。”

家训、家戒把要做的和不能做的摆得清清楚楚，陶物振俗，利在成人。到今天，下庄人的和睦友爱依旧闻名远近。

村口竖着这样一条标语：“不等不靠，幸福要自己造”。了解了下庄的独特地理和历史，就不难理解他们团结和睦、耿直豁达、不等不靠的心理。在这样一个封闭隔绝的地方，一家人一个人独来独往是难以生存的，必须抱团取暖；并且山外少有人来此，获得的外界关爱总那么稀薄，不敢有“等靠要”的奢望，只能靠自己。靠自己，下庄人就有这样的勇气和精神。

三件好礼

下庄倒真是一个避难的好地方。

大自然热衷善恶相间，它给了下庄恶劣的自然条件，总得给点什么好处。它给了三件“好礼”：优质的土、充足的水和适宜的气候。对农业稍了

毛相林劳作归来

解的就会明白下庄人是不会饿肚子的。

下庄人称他们的土为“大土”。我在几块地随便抓了几把，一捏，土质特别松软、湿润；再一捏，发现土壤具有团粒结构。土壤学告诉我们，这是栽种作物的好土。

这浅红色的土，不知是如何形成的。真是神奇的下庄。

下庄种出来的粮食瓜果，口感极佳。第一个要说的是小麦，竹贤乡乡长吴文锐介绍：下庄小麦非常有名，面条10元一斤，还难买到。好麦好面离不开好种。下庄人说起他们的小麦都满脸的自豪，麦种是下庄自己培育的老种子，几十年没变过。

洋芋、苞谷、西瓜、柑橘怎样？都好吃，比周围其他地方的好吃。毛相林引进了西瓜。10多年前的一天，他去巫山县城一亲戚家，晚饭后，亲戚买来一个大西瓜，毛相林当时还没吃过西瓜。这么大，这么甜的东西，下庄可以种吗？第二天，他找到卖瓜的了解种植技术。第二年下庄有了西瓜，没想到毛相林的西瓜更好吃。“下庄西瓜渐渐有了名气，附近其他村的西瓜也打下庄的牌子。”吴文锐说。

路通后，毛相林带领村民种上300亩西瓜、650亩纽荷尔柑橘、500余亩南瓜，后来又新开150亩桃园。毛相林带头改造自家房屋，办起村里第一家农家民宿，如今正在实施全村民宿改造。有了这些，下庄脱贫了。

下庄的土地还有更多的想象空间。

一到冬季，巫山高山村镇漫天大雪，奇怪的是，下庄无雪。“雪下到对面山上，就停了。”毛相林说。这也许是在井里的优势吧，下庄海拔不高（近700米），井里的冬天是暖和的。无雪，冬天作物好长。

下庄的水清亮得闪着光，流淌的声音清脆舒畅。水也用于发电。发电站在山脚的河边，很小，一间房子。这让下庄早在1977年就用上电灯，而那个时候，巫山很多乡镇还是用的煤油灯。

下庄像极了世外桃源，对那些热爱原生态的人来说，这里更具吸引力。据统计，400多名下庄村民，现在90岁以上的有 3 位，80～90岁的有20位。毛相林说，下庄长寿的越来越多。

空间与自然无声地编织着人的心理。相比其他地方的村民，下庄人更是故土难离。

母亲

下庄的早晨清新极了。天刚亮，毛相林已在忙碌，他蹲着，把一捆上好的牛皮菜切碎。这是猪食，切碎后还得煮熟。妻子王祥英在灶前忙碌。在热气腾腾中，新的一天开始了。

王祥英正生着病，我们去的前几天，她刚从医院出来，未痊愈。我说："把身体养好，好日子还在后头。"她顿时泪眼婆娑："是呀，好日子来了，我这身子又不争气了。"

下午，太阳出来了。毛相林的母亲杨自芝（83岁）坐在屋前的竹椅上剥胡豆。她红光满面，精神矍铄，思维清晰。"去年我还下地干活，今年身体差些，就不下地了，在家做点杂事。"她边说边剥胡豆。两捆胡豆，叶子全干了，黑了，但胡豆没坏，颗大，饱满。

"大家都忙，一直没去收，现在只有喂猪了。"

"好可惜。"同行的一位记者感叹。

"现在生活好了。"杨自芝弯着腰继续剥胡豆，"这幸福日子，过去想都不敢想。"

杨自芝说，毛相林出生那天，1959年1月21日，大寒，离过大年还有17天，"天冷呀，没吃的，又没奶水，只有一碗野菜汤。大家都担心孩子，结果他挺过来了，身体一直健健康康。"

父亲从抗美援朝战场回来后没几年就卧病在床，毛相林刚上初一，不得不辍学照顾父亲。到今天杨自芝都有些愧疚："他成绩一直很好，可以考学的。"

"他嘴巴甜，尊重长辈，爱护晚辈。"

"他心善，见不得谁受苦。"杨自芝边说边埋头剥胡豆。

母亲党龄60年，对毛相林影响最大。17岁那年，毛相林担任村民兵连长，成为一名村干部。"我告诉他，干部干部，就要先干一步，"杨自芝说，“我们一直鼓励他积极进步，但对他要求又特别严，他1983第一次写入党申请书，写了7次，1992年才正式加入。修路那几年，我们达成协议，你去修路，我管家，分工明确，路修不好，你负责；家管不好，我负责。”

对下庄的未来，她坚信一定会越来越好。“主要是现在政策好。”

对于儿子，她认为他算得上一名合格的党员。“不过我希望他早点退休，过几年轻松日子。”杨自芝说，“他老想着还有好多事没做，想要让下庄人享更多的福。倔得很。”

毛相林忘不了黄会元最后说的话：“我今年36岁，享不到福。其实修这条路，我们这代人也享受不到什么，主要是为子孙后代造点福。”他想让今天的下庄人都能享福。这应该是对黄会元最好的纪念。

下庄古道

毛相林带我们爬“下庄古道”。下午的阳光清澈无比，照得下庄一草一木都闪着光。

我们爬屋后那条“容易的”。毛相林在前面带路，穿过一片菜地、柑橘林，很快就进入树林。路越来越陡，越来越窄。多年无人走，有的地方不见路，长满荆棘。毛相林步履轻松，不像在爬山。

毛相林帮我们清理障碍，不断提醒大家小心。差不多爬了一个小时，我们来到一个“大台阶”。毛相林说：“要想翻过这座山，还要再爬过3个这样的台阶。后面的路更陡、更长。”

大台阶是用石块砌成的一个简易平台，方便背抬东西时歇歇。台阶外有一块光秃秃的石崖，站在高高的石崖上，我们像被抛在偌大的天井的半空中，8公里长的“天路”在我们正对面，这时才看到它的全景，像一根舞动的彩带，镶嵌在翠绿的山腰上，壮美，富有韵味。

毛相林站在石崖上，凝望“天路”，神情肃然，他在想什么？缅怀牺牲的兄弟，追思那些燃烧的岁月。在他所眷恋的这片大地上，再高的山也不能遮挡一颗滚烫的心所喷射出的光芒，再深的井也不能消磨那滚烫的心所蕴藏的力量。这就是下庄人，“不等不靠，幸福要自己造”。

（作者：刘　涛）

DANG TAIYANG ZHAOJIN SHENSHAN

“时代楷模”毛相林的故事已经家喻户晓。他带领下庄人修路、战胜贫困，现在正迈上乡村振兴的大道。我们要记住“幸福都是奋斗出来的”。

图书在版编目（CIP）数据

当太阳照进深山：重庆脱贫攻坚故事 / 中共重庆市委宣传部，重庆市扶贫开发办公室编. -- 重庆：重庆大学出版社，2021.6
ISBN 978-7-5689-2732-1
Ⅰ. ①当… Ⅱ. ①中… ②重… Ⅲ. ①故事—作品集—中国—当代 Ⅳ. ① I247.81
中国版本图书馆 CIP 数据核字 (2021) 第 097384 号

当太阳照进深山——重庆脱贫攻坚故事
DANG TAIYANG ZHAOJIN SHENSHAN——CHONGQING TUOPIN GONGJIAN GUSHI

中共重庆市委宣传部
重庆市扶贫开发办公室 编

策划编辑：石　琴　张　维
责任编辑：李桂英　　书籍设计：琢字文化
责任校对：关德强　　责任印制：张　策
*
重庆大学出版社出版发行
出版人：饶帮华
社址：重庆市沙坪坝区大学城西路 21 号
邮编：401331
电话：（023）88617190 88617185（中小学）
传真：（023）88617186 88617166
网址：http://www.cqup.com.cn
邮箱：fxk@cqup.com.cn（营销中心）
全国新华书店经销
重庆俊蒲印务有限公司印刷
*
开本：720 mm×1020 mm　1/16　印张：23.5　字数：275 千
2021 年 6 月第 1 版　2021 年 6 月第 1 次印刷
ISBN 978-7-5689-2732-1　定价：69.00 元
